À L'Excelsior.

Martine Marck

© 2022, Martine MARCK
Édition : BoD – Books on Demand, info@bod.fr
Impression : BoD – Books on Demand,
In de Tarpen 42, Norderstedt (Allemagne)
Impression à la demande
ISBN : 978-2-3224-3829-7
Dépôt légal : Juin 2022

Midi, le ballet des serveurs a déjà commencé. Les tables sont prêtes, tout est impeccable. Les nappes blanches damassées ont été repassées, le cristal brille et l'argenterie luit. Un bouquet discret orne le centre de chaque table. Un léger fond musical, si aérien qu'on l'entend à peine ne troublera pas les conversations, mais charmera l'oreille du client solitaire. Les invités de marque sont attendus. Il ne s'agit pas d'un banquet exceptionnel réservé à des sommités, à l'Excelsior chaque client est considéré comme un invité de marque et en tant que tel. Un repas à L'Excelsior est une aventure inoubliable dont on se souvient longtemps. En entrant, on est surpris en découvrant que les dames ne portent pas de robes longues, de larges chapeaux ornés de fleurs ou de plumes, que les messieurs ne sont pas en frac comme si le temps s'était arrêté.

Les lourds rideaux devant les fenêtres aux vitraux Art nouveau apportent une note chaleureuse à l'ambiance de même que les boiseries cirées. Dans les compartiments sur le côté gauche de la salle l'intimité est garantie. Des plantes vertes artistiquement disséminées donnent la touche finale. Les lustres en pâte de verre ajoutent au décor et réchauffent le service du soir. Pour le déjeuner, la lumière du jour est suffisante. L'imposante porte à tambour ne va pas tarder à laisser le passage aux premiers clients. C'est l'heure où le restaurant frémit de cette attente et retient son souffle pour affronter le coup de feu. Les garçons ceints de leurs tabliers blancs se déplacent comme des danseurs classiques, efficaces et concentrés, ils ne manquent pas de grâce. Le silence affairé fera bientôt place au brouhaha des attablés. Même en ce jour de semaine, la brasserie affichera complet. Sa renommée n'a pas de limites : cuisine sophistiquée, accueil incomparable et prix modique par rapport au standing de l'établissement. On vient de loin pour manger à l'Excelsior et se plonger dans le décor d'une époque que beaucoup n'ont pas connue. La large porte à tambour est déjà poussée par les plus pressés. Ils devront encore faire le pied de grue pour être admis à une table, qu'importe, ils prendront un apéritif pour patienter. L'attente en vaut la peine.

Samantha.

Elle se hâte à petits pas, elle se hâte dans sa tête, mais elle ralentit au fur et à mesure qu'elle se rapproche du but. Pas question d'arriver avant lui. Elle veut qu'il l'attende comme elle l'a attendu. Il avait dit midi. Elle ne désire pas non plus le faire mariner trop longtemps, il pourrait se lasser et partir. Elle sait qu'il est là un peu contre son gré. Elle aurait l'air de quoi si elle ne le trouvait pas ? Il faut juste qu'elle calcule : dix minutes, ça pourrait aller. Oui, c'est ça, dix minutes pas une de plus, pas une de moins, c'est raisonnable. On peut attendre une retardataire dix minutes sans penser qu'elle vous a posé un lapin. C'est l'écart entre deux trams, elle aura raté le premier. Plus de dix minutes, ça donne déjà une mauvaise idée de celle qu'on espère. Elle ne sait pas s'organiser, elle n'est pas respectueuse des autres, elle n'est pas sérieuse. Elle veut qu'il ait une bonne image d'elle. Pas question qu'elle se fasse déjà mal voir. Elle s'efforcera d'être le plus possible à son avantage.

Il lui reste encore un quart d'heure pour avoir ces dix minutes de retard. Elle va ralentir son pas. Elle n'a pas pris le tram. Elle a hésité, le temps n'est pas sûr, se pourrait qu'il pleuve, impossible qu'elle arrive trempée. Elle a payé assez cher, trop cher ces nouveaux vêtements, ces nouvelles chaussures. Elle n'avait rien qui pouvait convenir dans sa garde-robe. D'ailleurs elle ne se sent pas à l'aise vêtue ainsi, mais elle pense que c'est bien. Cette robe n'est pas du tout son style, elle ne porte jamais de robe. Et pourquoi a-t-elle choisi celle-là, rouge qui la vieillit, du moins c'est ce qu'elle imagine. Elle a même failli se maquiller puis elle a renoncé, ça aurait été trop. Elle ne savait vraiment pas ce qui pourrait aller pour ce rendez-vous. Elle avait envisagé tellement de tenues, de coiffures, tellement qu'elle en avait eu des cauchemars toutes les nuits. Elle n'avait pas osé demander son avis à sa meilleure amie. Elle n'avait touché mot à personne de peur d'être terriblement déçue, elle ne pourrait alors pas en parler. Même Laura ne pourrait pas la comprendre et c'était ça le plus terrible, ne pas pouvoir se confier à sa meilleure amie. Elles se disaient tout depuis leur plus tendre enfance. Laura avait bien remarqué que depuis quelque temps, elle avait un comportement étrange. Elle lui en avait fait part et elle avait eu toutes les peines du monde à ne pas s'épancher.

Elle ne voulait pas non plus arriver essoufflée, rouge, en nage. Elle voulait aussi se donner le temps de se préparer. Elle se préparait déjà depuis des jours, depuis qu'il lui avait donné ce rendez-vous, mais elle avait l'impression qu'elle ne l'était pas encore assez. Elle voulait vraiment mettre toutes les chances de son côté. Elle n'avait pas répété, car elle savait très bien que quoiqu'elle ait pu imaginer dire se perdrait immédiatement dès qu'elle le verrait. Elle allait devoir improviser et c'était aussi bien, ça ferait plus naturel.

Mais c'était quoi, mettre toutes les chances de son côté ? Elle l'ignorait, elle n'avait encore jamais eu à le faire. Elle avait toujours mené sa vie comme ça, au jour le jour sans y penser en se laissant porter par le courant. L'insouciance de la jeunesse. Ces tracas, c'était tout nouveau pour elle. Elle devait se préoccuper de son apparence, de ce qu'elle allait dire, faire. Tout prévoir pour que cette entrevue ne soit pas un fiasco et elle doutait d'y parvenir. C'était vital pour elle. Si elle foirait ce truc, elle ne s'en remettrait jamais. Et elle ne savait pas à qui elle avait affaire. Elle se demandait s'il allait la reconnaître. Question idiote puisqu'il ne l'avait jamais vue. Oui, mais là c'était différent. Il pourrait admettre, tout au fond de lui, le lien puissant qui la rattachait à lui. Ressentir quelque chose, une sensation jusqu'alors inconnue de lui qui lui ferait dire : « je la reconnais » dans les deux sens : « elle ne m'est pas inconnue », mais aussi « je la reconnais comme une partie de moi, je la prends avec moi ».

Elle l'avait cherché si longtemps avec passion, avec foi. Elle était sûre qu'elle le trouverait, c'était obligatoire, mais, surtout, c'était dans l'ordre des choses. Elle avait souvent suivi des hommes dans la rue. Elle savait très bien que ce n'était pas lui. Elle ne l'avait pas reconnu, mais elle avait fait comme si. Elle les choisissait à son goût ou parce qu'il y avait en eux un détail qui l'émouvait, une démarche, un sourire, un clignement des yeux. Elle les suivait un moment, elle s'asseyait en face d'eux dans le tram et elle pensait : et si c'était lui ? Alors, elle imaginait que c'était lui, elle lui inventait une vie qui lui plairait, elle se laissait aller à rêver et c'était bon. Elle faisait bien attention que l'homme ne voie pas qu'elle le suivait, ça briserait le charme. Il pourrait aussi se faire des idées. Elle en tremblait en l'envisageant. Une fois, elle était allée jusqu'au bout de la ville pour en filer un. Elle avait failli se faire prendre. Au dernier moment, elle avait dû entrer dans le premier magasin venu et dû acheter une bricole.

Qu'allait-il penser en la voyant ? Elle se trouvait tellement quelconque. Pas laide, mais pas jolie. La fille qu'on ne remarque pas, celle qu'on oublie dès qu'elle a quitté le paysage. Il va être déçu, elle en est persuadée, mais elle n'y peut rien, c'est comme ça. Il devra s'y faire. Elle aurait voulu être très belle pour qu'il soit fier d'elle, pour faciliter les choses. La beauté est un atout majeur dans les relations humaines. Les hommes sont très sensibles à l'apparence des femmes. Ce n'est pas pour rien que l'industrie de la cosmétique prospère. Heureusement, il y avait l'amour ! Elle pensait que seul l'amour pouvait faire accepter le manque de beauté. Mais là, il n'y avait pas d'amour, du moins pas encore, du moins elle espérait qu'il pourrait y en avoir un jour.

Elle n'est plus qu'à quelques mètres du restaurant. Son cœur n'est plus qu'une immense caisse de résonance. Il cogne si fort qu'elle n'entend pas le bruit de la circulation pourtant dense à cette heure. Elle voit les grands lustres de cristal qui brillent. Elle franchit la porte à tambour. Elle le cherche des yeux. Elle n'a aucun mal à savoir où il est. La salle est encore presque vide et c'est le seul homme n'est pas accompagné. Elle hésite, elle respire un grand coup, se dit qu'elle attend ce moment depuis si longtemps qu'elle ne peut plus reculer. Elle entre. Elle se sent soudain perdue dans l'immensité de la salle. Elle n'est jamais entrée dans un truc pareil. Tout lui semble trop ancien, trop chargé, démesuré. Qu'est-ce que je fais là ? Si l'enjeu n'avait pas été vital pour elle, elle serait ressortie immédiatement. L'endroit l'oppressait, elle était écrasée par le décor, comme si elle n'était déjà pas assez mal comme ça. Quelle idée débile de l'inviter ici, dans ce machin de vieux ! Ça ne promettait rien de bon. Ils n'étaient pas sur la même planète. Enfin, elle devait y aller !

Il ne l'a pas encore vue, il est plongé dans son journal. Elle s'arrête un instant pour se donner une contenance. Elle est déçue, il ne l'attendait pas avec impatience. Elle a le temps de le dévisager. Il n'est pas du tout comme elle l'avait imaginé, moins beau, mais plus imposant moins âgé aussi du moins en apparence. Cheveux à peine grisonnants ; dents parfaites et des yeux bleus tels qu'elle n'en avait jamais vu. Des traits irréguliers, une mâchoire très prononcée, une vraie tête de baroudeur, mâle et puissante, les femmes doivent aimer. Pour le reste cela reste le mystère. Elle sait si peu de choses sur lui.

Ça y est, elle est presque en face de lui. Il a vu son ombre, il lève le regard vers elle. Il ne sourit pas, c'est elle qui attaque. Sans se donner plus de temps pour réfléchir, elle lance.

- Me voilà, qu'en pensez-vous ?

C'est tout ce qu'elle a trouvé. Comme s'il allait lui dire ce qu'il pensait ! D'abord parce qu'il en serait incapable, mais aussi parce qu'il était certainement bien élevé et qu'il ne voudrait pas la blesser. D'ailleurs, elle n'avait guère envie de savoir ce qu'il pensait d'elle. Elle avait bien trop peur. Elle se contenterait de ce qu'il lui dirait par politesse.

Il lui fait signe de s'asseoir. Il paraissait calme, en tout cas. Pas agité comme elle. Il est arrivé à un âge où l'on reste stoïque, quelles que soient les circonstances, pensa-t-elle.

- Bonjour, asseyez-vous et faisons connaissance, on verra après.

Elle a les jambes coupées, elle s'écroule sur sa chaise. Pas très élégant comme atterrissage. Elle a l'impression qu'elle va s'évanouir. Ce n'est pas le moment, elle doit garder tous ses moyens si elle veut parvenir à son but. C'est si difficile ! Elle ne s'était pas attendue à ça toutes les fois où elle avait imaginé cette scène. Elle ne doit surtout pas avoir l'air d'être en position de demandeuse.

Patrice.

Elle sait pourtant qu'elle devait être là à midi pile. Je dois reprendre le travail à quatorze heures, elle le fait exprès. Je n'aurais jamais dû lui donner rendez-vous pour le déjeuner, j'aurais plutôt dû penser à un dîner, ça laissait toute la soirée, mais je voulais que tout de suite après avoir mangé, on se sépare. Après ce que j'ai à lui dire, je ne me voyais pas passer la soirée avec elle. Je ne pouvais pas savoir qu'elle me ferait lanterner et que je n'aurais ainsi que très peu de temps pour parler. De toute façon, avec elle, il faut toujours prévoir les ennuis. Je devrais y être habitué depuis le temps. Et puis, ce n'est plus pour si longtemps. Je ne suis pas fâché de voir le bout de cette union qui ne ressemblait plus à rien. Il faut savoir mettre un terme aux situations qui ne vous conviennent plus et qui s'enlisent dans la boue des convenances. J'ai déjà trop tergiversé. On croit toujours qu'on peut arranger les choses que rien n'est irrémédiable, mais c'est compter sans la nature humaine qui a tendance à jouer les ectoplasmes et reprendre sa forme originelle quoi qu'on fasse. J'admets que j'ai essayé, moi aussi, de changer, ça ne me rapportait rien, alors je n'ai pas insisté. D'autant plus qu'elle ne faisait rien, elle non plus, pour changer. C'est vrai que je ne lui ai jamais demandé clairement de le faire. Je croyais qu'elle voyait comme moi que notre mariage était loin d'être ce qu'il aurait dû être et que, par conséquent, elle chercherait à faire quelque chose. Je m'étais fait beaucoup trop d'illusions. Non seulement elle ne changeait rien à ce qu'elle était, mais j'avais la nette impression qu'elle se laissait aller de plus en plus. Elle devenait insupportable. C'est ça, insupportable, et pourtant j'en ai de la patience. Tiens, l'autre jour, je suis arrivé très tard chez nous. J'avais préparé un petit discours pour m'excuser. Je faisais amende honorable dans des mots très gentils pour elle qui avait eu la bonté de m'attendre. Et bien, j'en ai été pour mes frais. Quand j'étais devant la maison, point de lumière, la cuisine était nickel, mais pas la moindre trace de nourriture, rien à manger. Madame était dans son lit à lire. Elle ne s'est même pas donné la peine d'écouter mes explications et m'a prié, si j'avais faim, d'aller me faire cuire un œuf. Voilà la femme qui dit m'aimer. Je ne sais pas vous, mais moi je n'ai jamais rien compris aux femmes. Elle vous dirait que je n'ai jamais essayé, vous auriez tort de la croire. Don Quichotte, c'est moi, je me suis toujours battu contre les ailes mystérieuses du féminin. À peine on en touche une qu'elle est déjà passée à la suivante.

Mais qu'est-ce qu'elle fait ? Elle n'a pourtant pas grand-chose à faire et elle n'est même pas capable de respecter l'heure ! À moins que ce ne soit pour me contrarier, elle est assez adroite pour ça. Elle sait toujours trouver le point sensible. Je ne suis pas quelqu'un de particulièrement irritable, mais je sens que souvent elle fait tout pour me pousser à bout. Jusque-là, j'ai réussi à garder la maîtrise de moi, mais je ne garantis rien pour la suite. Ça fait déjà deux fois que le serveur tourne autour de la table. Il doit commencer à s'impatienter, lui aussi. J'avais sérieusement préparé tout ce que j'avais à lui dire, mais à force de m'énerver, je vais finir par en oublier la moitié. Ce n'est pas si facile. J'espère qu'elle va comprendre et qu'elle ne me fera pas une scène. C'est un peu pour ça que j'ai choisi ce restaurant à l'ambiance feutrée. La solennité du lieu devrait l'empêcher de perdre son sang-froid et de se donner en spectacle. Je pense qu'elle est assez intelligente, je dois lui reconnaître cette qualité, pour bien se tenir, elle sait.

Déjà, elle a été très surprise par cette invitation à déjeuner. Ce n'est pas dans nos habitudes, nos sorties au restaurant, c'est toujours le soir ou le week-end. Elle est méfiante, mais je ne pouvais pas faire autrement. On doit battre le fer pendant qu'il est chaud. J'ai trop attendu. Bon Dieu ! Un quart d'heure de retard, ce n'est pas possible ! J'ai déjà bu deux apéritifs, si j'en prends un troisième, je n'aurai plus les idées claires et j'en ai vraiment besoin.

J'ai tout prévu sauf comment elle va réagir, avec elle c'est toujours tout ou rien. Je m'attends à ce qu'elle me fasse une crise d'hystérie et voilà qu'elle reste froide comme si elle n'avait pas compris la situation ou qu'elle n'avait pas voulu la comprendre. Si je pense qu'elle ne va pas en faire tout un plat, que c'est peu de choses, elle se met dans un état proche de la paranoïa. Et ça me stresse. Je n'aime pas être stressé. Je suis le mec qui ne s'épanouit que dans la cool attitude, mais avec elle il ne fallait guère y penser. Vous pouvez dire que quand on veut noyer son chien, on lui trouve la rage, mais je vous jure que c'est vrai. Elle réussirait à énerver tout un monastère de moines bouddhistes en pleine méditation. La preuve, elle n'est toujours pas là. Je partirais bien, mais c'est tellement important pour moi, ce déjeuner. Maintenant que je m'y suis préparé, le remettre ficherait tout par terre. Pas question.

-   Garçon, un autre scotch !

Voilà que je me mets à avoir des palpitations, ne me dites surtout pas que c'est l'alcool. C'est vrai, je dois le reconnaître, je n'ai pas le beau rôle, mais c'est de sa faute. Je n'y peux rien, c'est elle qui m'a poussé. Elle vous dira certainement que c'est faux, j'espère que vous n'en croirez toujours rien. Lorsqu'un homme est malheureux, il est bien forcé de trouver une porte de sortie. On ne peut pas vivre éternellement frustré. Je sais c'est un peu égoïste, on n'a qu'une vie. Je suis au milieu de la mienne, il me reste encore quelques belles années avant d'être trop vieux et je veux en profiter. C'est mon droit, non ?

À force de fixer cette foutue porte, j'ai le vertige. Les gens commencent à arriver et toujours pas elle, c'est désespérant. J'ai l'air d'un con, là devant mon assiette vide depuis si longtemps. Je connais le menu par cœur. Si j'avais su, j'aurais acheté un journal ou une revue. Le Monde diplomatique, quand quelqu'un passe près de moi, il pourrait voir le titre et j'aurais l'air intelligent au lieu de cet air d'idiot. Je ne lis jamais le Monde diplomatique, mais ça ne se sait pas. Elle m'aura tout fait, c'est plus fort qu'elle. J'avais imaginé la travailler en douceur, prendre le temps de bien lui expliquer pour qu'elle comprenne que je ne pouvais pas l'éviter. Eh bien voilà, plus de temps ! Je vais être obligé de tout lui déballer d'un coup. Au lieu d'y aller à la cuillère ce sera à la pelleteuse et elle ne l'aura pas volé. Je ne suis déjà pas un as des mots. J'ai toujours eu du mal avec eux. Je crois avoir une pensée très claire, mais dès que je le mets en mots, j'ai l'impression que ça n'a plus rien à voir. Alors, imaginez-moi stressé, avec trois verres d'alcool dans le coco, je ne m'en sortirai jamais. En ce moment je donnerais cher pour être de ceux qui ont le discours précis et fluide, surtout convaincant. J'aurais dû prendre des cours d'éloquence. Oui, mais je n'aurais jamais pensé que je puisse en avoir besoin un jour. Elle ne va pas comprendre et j'aurai fait tout ça pour rien. Elle ne voudra pas comprendre ou alors Dieu sait ce qu'elle pourrait entendre. J'aime autant ne pas y songer.

Je regarde autour de moi, je ne suis pas le seul à attendre, mais d'autres sont déjà en grande conversation. Ils sont plus chanceux que moi.

Bon, cette fois je crois que c'est elle qui va croiser au feu. J'ai demandé une table d'où je puisse la voir arriver, histoire de ne pas être pris au dépourvu. Je me suis préparé mentalement, mais j'avais peur que, quand elle serait devant moi, tout soit remis en question. Je suis parfois très émotif. On ne le dirait pas, hein ?

Pas trop tôt. Elle n'a jamais qu'une demi-heure de retard, une paille ! J'espère au moins qu'elle va s'excuser.

Jacques.

« Ça va, maman, tu es bien ? Tu n'as pas froid ? On aurait dû demander à être dans un compartiment. Oui, je sais, tu es bien partout pourvu que je sois avec toi ». Tu es si fière de moi quand je te sors comme aujourd'hui. C'est tout juste si tu ne te lèves pas pour crier : « regardez, c'est mon fils qui emmène sa mère déjeuner au restaurant. C'est un si bon fils, vous savez et voyez comme il est beau ! » Tu ris et j'imagine très bien ce que tu penses. Ce n'est pas difficile, je sais toujours ce que tu penses. Depuis le temps que nous vivons ensemble, nous formons un vieux couple et, de même que j'ai toujours eu du mal à te cacher mes pensées, je devine toujours les tiennes. Pour l'instant tu es toute à ton plaisir. Tu regardes autour de toi d'un air satisfait. Tu aimes les belles choses et c'est un enchantement pour toi, la porcelaine blanche et son filet d'or, le cristal sans défaut de la verrerie et les serviettes immaculées sur la nappe éclatante, le luxe des matières dans la simplicité. Juste un tout petit bouquet de fleurs naturelles qu'on remarque à peine, mais la vaisselle est si riche qu'elle aurait suffi à embellir les tables. Tu te sens comme une reine. Je ne me suis pas trompé. C'est la première fois que je t'amène ici. Un peu loin de chez nous, mais ça en vaut la peine. Rien que de voir tes yeux me renforçait dans l'idée que j'avais eu raison de venir ici pour que je parvienne à mes fins.

Aujourd'hui est un jour exceptionnel, je t'ai invitée ici pour trouver le courage de te parler. Tu ne te doutes de rien, tu n'as jamais douté de rien. Tu suis ton chemin bien balisé par les certitudes sans jamais regarder de côté et surtout ceux qui sont à côté de toi. Tu es persuadée de bien faire et ça te suffit. Tu es pourtant la personne la plus généreuse au monde. Tu donnes, tu donnes, mais sans te soucier le moins du monde de savoir si les gens veulent ce que tu leur offres. Tu ne t'étonnes pas du manque de remerciements, tu n'en demandes pas. C'est tellement évident pour toi que les autres trouvent ça tout naturel. Ils ont toutes les excuses pour ne pas te dire merci. Tu n'as pas non plus idée que tu crées sans cesse une impression de te devoir quelque chose qui peut gêner. Ceux qui croulent sous tes bienfaits n'ont peut-être aucune envie de se retrouver dans cet état. Mais même si je t'expliquais tout ça, tu ne comprendrais pas. Je t'entends déjà : « mais je n'attends rien en retour. On ne fait pas le bien pour être payé, seulement pour le plaisir d'avoir fait ce que l'on devait ». Tu aurais raison, mais ce n'est pas toujours ce que pensent les autres. Toutefois tu n'es pas prête à le reconnaître, tu es satisfaite de toi.

Depuis que je suis tout petit, tu m'as noyé dans des torrents d'affection, noyé est bien le mot, je n'ai jamais pu respirer. C'était tout pour moi et comme ce n'était jamais assez, tu as cessé de donner de l'amour à mon père. Il vivait en plein désert affectif, il n'avait qu'une seule issue : se tirer. Je ne pense pas que tu en aies été particulièrement affligée. Tu prétendais que c'était un ingrat. Tu l'avais aimé tant que je n'étais pas là et tu lui avais fait le plus beau des cadeaux : un fils. Il n'avait pas à se plaindre. Tu ne pouvais pas aimer tout le monde à la fois, mais tu disais que ce n'était pas une raison pour partir. Comme tu es si généreuse, tu lui as bien sûr, pardonné. Il aurait pu revenir quand il voulait mis tu n'aurais rien changé. Il le savait, il n'est pas revenu et j'ai grandi sans père. C'est ce que tu m'as raconté quand je t'interrogeais sur cet éternel absent. Je n'ai jamais pu savoir si c'était vrai. J'avoue ne jamais avoir cherché la vérité, j'avais une aveugle confiance en toi. Et ce père ne me manquait pas vraiment. Juste avec toi. Petit enfant, j'étais heureux, je t'avais pour moi seul et peu d'enfants avaient une mère à son entière dévotion. Nous ne manquions de rien, tu travaillais. Tu étais professeur dans un lycée de la ville. Tout a commencé quand je suis venu étudier dans ce même lycée. Tu exigeais chaque année que je suive tes cours. Tu m'épiais, tu allais lire mon dossier et ceux de mes amis, tu interrogeais tes collègues sur eux, sur moi et tu éloignais de moi, sans pitié, ceux qui ne te plaisaient pas. Je n'osais pas avoir de petites amies, si elles avaient eu connaissance de ton manège, elles m'auraient laissé tomber immédiatement. Tu entretenais avec ferveur ma cage dorée. Je me souviens encore d'un garçon avec qui je m'étais lié d'amitié, Lionel, je crois. C'était un garçon très intelligent, mais un peu rebelle qui n'aimait pas se plier aux règles s'il les trouvait injustes. Il avait contesté la note d'un camarade que le professeur avait baissée sous prétexte qu'il avait triché. Sur le rapport, il était dit que Lionel avait été très malpoli envers l'enseignant. Tu en as eu vent et tu as exigé que je n'adresse plus jamais la parole à mon ami. Quand je pense que je t'ai obéi ! Lionel m'a longtemps manqué, j'avais si peu d'amis.

Je te regarde, assise là, en face de moi. Tu es toujours aussi belle, heureuse, souriante, tu goûtes parfaitement cet instant sans aucune arrière-pensée. Tu es pour moi l'incarnation de l'amour, mais c'est un amour qui fait mal, car il envahit la moindre parcelle de l'être et on ne peut y échapper. Tu ne vois même pas que je me sens mal. Tu ne veux pas le voir, tu es persuadée que le fait de m'avoir toujours adoré suffit à mon bonheur. Tu es heureuse de m'aimer, je dois être heureux d'être aimé. Il y a tant d'enfants malheureux, abandonnés par leur mère, maltraités, délaissés, j'ai la chance d'avoir la meilleure mère au monde. C'est pour toi une évidence et il ne pourra jamais en être autrement jusqu'à ta mort. Dont tu ne veux pas entendre parler : « je ne peux pas mourir, qu'est-ce que tu deviendrais sans moi ? ».

Tandis que tu es ainsi sur ta chaise droite comme une reine sur son trône je me demande comment aurait été ma vie si tu m'avais délaissé à la naissance, si tu étais morte en couches ou si tu avais été une mère indigne, si tu avais bu, si tu m'avais brutalisé. Je ne peux pas l'imaginer. Tes yeux malicieux font le tour de la salle. Elle n'est pas encore complète, il est encore tôt, mais tu n'aimes pas manger tard. Tu veux avoir tout ton après-midi. Tu as déjà dans la tête un programme, tu me demanderas mon avis, mais s'il ne correspond pas à ce que tu avais souhaité, tu n'auras aucun mal à m'en faire changer. Tu as réussi à me faire changer d'avis pour des choses bien plus importantes que le programme d'un après-midi. Tes arguments sont rarement imparables, mais tu manies le chantage affectif à la perfection. Cette petite larme au coin de ton œil, je la connais par cœur et j'ai beau me demander chaque fois si ce n'est pas la culpabilité qui me la fait voir, elle m'oblige à renoncer encore et encore. Tu ne dis rien, tu n'en parles pas. Comme si ça n'en valait pas la peine ; c'est quoi une larme de mère ? Ce n'est que le signe de l'amour le plus grand et le piège se referme. Que tu aies un sourire rayonnant ou cette petite larme, c'est toujours moi qui en suis la cause et c'est lourd, si lourd à porter. Parfois je ploie sous la charge. Et pas question de te faire partager mes tourments, ce ne serait plus la larmichette, mais des torrents, les chutes du Niagara tu souffrirais plus que moi, car bien sûr tu souffres plus que moi de ce qui me chagrine. Et l'enfant ingrat que je suis ne peut le comprendre.

Seulement là, j'ai atteint la limite, c'est toi ou moi et j'ai bien l'intention de sauver ma peau. Sauver ma peau ! Y parviendrai-je ? Je sais d'ores et déjà que ce sera un travail de Titan. Si je m'en sors, je serai bourrelé de remords, tu n'auras aucun mal à m'y acculer. Je m'attends à tout, mais je suis persuadé que ce sera encore pire que tout. Sauver la liberté, mais à quel prix ? C'est peut-être l'enfer qui est au bout, mais qu'est-ce que l'enfer que je ne connais pas à côté de ce paradis qui m'enchaîne et que je connais trop bien. Si je dois souffrir, qu'importe, je me serai tout de même prouvé que je peux vivre sans elle. C'est ce dont j'ai le plus besoin : vivre sans elle. Jusqu'ici, je n'ai eu que des aventures sans lendemain, car elles restaient toutes clandestines. Je préférais me cacher de toi. Ça peut paraître enfantin, mais c'est ainsi que je me donnais un semblant de liberté et j'étais incapable de faire autrement. Organiser ma vie, une vie normale pour un homme, voilà à quoi j'aspire : trouver une femme, faire des enfants. Avec toi, pas question. Je sais trop ce que ce serait. Un regard perpétuel sur les moindres actions de celle qui partagerait mon existence, ou plutôt qui m'aurait volé à toi. Des reproches, à elle et à moi, nous ne ferions jamais aussi bien que toi dans l'éducation de nos enfants. Tu pourrais au contraire nous étouffer sous cette affection que tu sais dépenser sans mesure. Aucune femme ne résisterait à ce que tu nous ferais subir.

Je vais te laisser jouir encore de cet instant. Ne croyez pas que je recule déjà. Enfin, si ! Mais j'ai tout le temps du repas et coûte que coûte, je parlerai avant le dessert ? Je me le promets à moi-même.

Simon.

Cinquante ans de mariage, je ne pouvais pas faire autrement que d'inviter Alice dans un bon restaurant. Si j'ai choisi celui-ci, c'est parce qu'il n'est pas très loin de la maison et si j'ai trop bu, j'ai bien l'intention de me laisser aller, on pourra rentrer à pied. Elle ne sera pas contente, mais tant pis, c'est jour de fête, je veux en profiter et ce n'est pas en buvant de l'eau minérale que je vais m'éclater. J'ai la volonté de prendre le menu le plus copieux, j'ai besoin de consistant. Rien qu'à voir le dressage des tables sur la photo du restaurant, mes papilles se mettent à gigoter. Ces assiettes de porcelaine appellent la bonne nourriture, ces verres étincelants sont faits pour les plus fins nectars. Je me sens déjà tout chose. Ce n'est pas seulement la perspective de fêter dignement ces cinquante années de mariage qui m'excitent, mais la perspective d'un bon gueuleton. Parce que d'ordinaire, on ne peut pas dire que ce soit ça. « Simon, tu n'y penses pas, songe au cholestérol, au diabète ! » et ce ne sont que légumes bouillis, poissons pochés et viande blanche, de quoi vous dégoûter à tout jamais de vous mettre à table. Heureusement qu'on a inventé quelque chose qui s'appelle la faim et qui vous force à avaler ces nourritures insipides. J'ai beau mendier, au moins de temps en temps, un gâteau au chocolat, une bonne blanquette, rien à faire. « Tu veux faire comme

Charles, comme Édouard, au cimetière avant soixante-dix ans ? Je n'ai pas envie d'être veuve, moi ! » J'ai envie de lui dire qu'elle est déjà à moitié veuve, car à manger comme ça, je suis déjà à moitié mort. Je pense parfois que si j'étais hospitalisé ce ne serait pas pire. Je rêve toutes les nuits de plats savoureux, de viandes en sauce bien épaisse, de gratins de pommes de terre bien crémeux, de gâteaux dégoulinants de chocolat, de vieux Cognac. Je me suis mis, en cachette, à regarder les émissions culinaires à la télé. J'ai au moins la vue. Si ça continue comme ça, c'est la dépression qui me guette. À quoi bon vivre si on vous prive du plus grand des plaisirs qui vous restent ? J'ai toujours été gourmand et même, j'ose le dire, gourmet, les poireaux vinaigrette et la purée de courgettes sont mes pires cauchemars. Elle le sait pourtant, mais elle a décidé de n'en tenir aucun compte.

Aujourd'hui bombance quoi qu'elle dise. Notre fils qui vit aux États-Unis et qui ne peut pas être présent nous a envoyé un beau chèque pour fêter l'évènement, alors autant lui faire honneur. Elle a d'abord refusé, j'ai insisté, elle a renâclé, j'ai encore insisté. Ce n'est pas dans mes habitudes de « faire claquer les sardines », mais là, je n'aurais capitulé pour rien au monde. Cet anniversaire de mariage, c'est aussi le mien, je pouvais donc la forcer à reconnaître mes volontés. Je savais qu'elle me le ferait payer à coups de bouillons maigres et de salades vertes sans huile, mais je ne voulais pas y penser. Le combat fut rude, mais j'en suis sorti vainqueur. J'avais pour cela un allié de poids. Ce n'était plus la raison qui m'animait, mais mon estomac frustré depuis si longtemps et, dans la bataille, mon estomac a toujours été le plus fort. Je n'allais plus seulement rêver à la cuisine gastronomique, mais la goûter pour de bon et ça me donnait la force du guerrier. Je n'entendais plus les lamentations de ma tendre moitié que ces agapes terrifiaient.

Je la sens toute raide à mon bras dès que nous passons la porte à tambour ; pour elle, nous pénétrions dans l'antre des enfers.

Dès l'entrée, nous sommes accueillis par un charmant garçon.

- J'ai réservé une table pour deux.
- Suivez-moi.

Et nous voilà devant une magnifique table rien que pour nous deux. Ce n'est pas tous les jours que l'on viendrait dans ce genre d'établissement. Ce n'est pas le plus luxueux ni le plus cher, mais ce n'est pas dans nos moyens. C'est exceptionnel. J'ai eu du mal à me décider pour le restaurant, j'avais peur que nous ne soyons pas à notre place, mais, pour finir, on se sent comme des intrus. Le décor est majestueux, mais c'est chaleureux, je ne sais pas ce que l'on pourrait demander de plus. Alice est un peu intimidée, mais le sourire du serveur la rassure.

Elle est impressionnée et ne peut résister à la perfection du lieu. Elle n'apprécie pas la bonne cuisine, mais elle aime les belles choses. Le serveur, charmant jeune homme, est très avenant, il doit avoir des grands-parents comme nous, nous présente notre table. Très solennel, nous nous sentons importants. Même Alice minaude son merci au garçon, il aurait presque réussi à la détendre. Tandis que nous prenons place, je regarde les gens autour de nous. Une maman avec son fils à moins que ce ne soit un couple, on voit de tout de nos jours. Deux hommes seuls à des tables différentes et qui semblent attendre quelqu'un. Beaucoup de tables ne sont pas encore occupées.

Ça fait tout drôle de se retrouver ici, on ne va jamais au restaurant. Alice trouve qu'on mange mieux et surtout plus sainement à la maison. Lorsqu'on s'arrête pour déjeuner, sur la route des vacances, elle dit qu'on ne sait pas ce que l'on a dans l'assiette. Elle n'a aucune confiance et accepte seulement, car elle ne peut pas faire autrement. Chaque fois, elle étudie le menu aussi minutieusement que si c'était un manuel de survie. J'ai toujours refusé catégoriquement les pique-niques sur les aires d'autoroute. Je déteste ces nourritures froides qui ont traîné dans le coffre de la voiture. J'aime bien les petits restaurants dans les villages : les nappes à carreaux et les plats du jour. J'ai connu des plats régionaux dont je me souviens encore précisément. Des garbures fondantes, des choucroutes succulentes, des cassoulets irracontables. Si j'avais épousé une autre femme qu'Alice, j'aurais fait un tout de France des auberges campagnardes pour goûter à toutes les cuisines du terroir. Mais, c'est Alice, ma femme et ce tour de France reste un beau rêve que je me repasse comme un film les soirs de dépression après un repas insipide et frugal.

J'ai dû insister pour qu'elle accepte ce repas. Notre fils qu'on a eu en « visio » m'a soutenu : « maman, vous ne pouvez pas rater ça, c'est votre anniversaire de mariage, tu ne vas pas cuisiner ! » Elle lui a donc promis que l'on irait au restaurant, mais elle se lamentait déjà sur ce que nous allions manger. Moi, je jubilais, mais je ne voulais pas lui montrer, elle était capable de changer d'avis.

Enfin, nous y voilà et je commence à me détendre. J'ai cru jusqu'au dernier moment qu'elle allait renoncer. Je ne pouvais tout de même pas y aller tout seul. Encore que… Mais c'est notre fête à tous les deux, cinquante ans de vie commune ce n'est pas rien. On ne va pas se mentir, ce n'est plus comme aux premiers jours, mais on s'habitue à tout et nous sommes une génération où le divorce était mal vu. Et puis ce n'était quand même pas le bagne. Pas de quoi tout foutre en l'air, vendre la maison, partager les meubles, une sacrée source d'ennuis. S'il y a une chose que j'apprécie au plus haut point avec la bonne bouffe, c'est mon confort. Alice est une excellente femme d'intérieur et tant que nous étions encore jeunes, avant sa manie de nous conserver en bon état en nous faisant manger des trucs sans gras et sans sucre, elle cuisinait bien. Elle a très bien élevé notre fils et pratiquement seule, j'étais commercial dans l'agroalimentaire et je voyageais beaucoup. C'est d'ailleurs ce qui nous a permis cette longévité dans le mariage. Et puis, soyons francs, elle avait aussi beaucoup d'atouts si vous voyez ce que je veux dire. Nos retrouvailles étaient toujours des fêtes. Je n'ai jamais eu la tentation de la tromper, j'avais tout ce dont j'avais besoin à la maison, comme on dit. Nous étions donc plutôt bien ensemble. C'est vers la cinquantaine que ça s'est gâté. Elle a pris conscience m'a-t-elle dit, que nous vieillissions et que nous devions tout faire pour ralentir le processus. Ce qui voulait dire, en langage clair, commencer à manger sain. Au début, je travaillais encore, je prenais mes repas le plus souvent à l'extérieur, je ne m'étais pas rendu compte de l'étendue des dégâts. C'est quand je me suis retrouvé à la retraite que j'ai pu constater l'ampleur de la catastrophe. Chaque repas était devenu une punition, punition non méritée donc d'autant plus ressentie comme injuste. Je pourrais encore rentrer dans mon costume de mariage. Je n'ai pas pris un gramme depuis. Je ne suis pas un grand sportif, mais je fais encore un peu de vélo et je marche beaucoup. J'avais donc droit une nourriture un peu plus roborative. Si je ne pars pas d'une attaque cérébrale ou d'un AVC, je mourrai un jour d'inanition.

Aucun acte de rébellion n'a eu de prise sur la détermination d'Alice. J'ai menacé de faire la grève de la faim. Elle m'a répondu que ça me ferait le plus grand bien, car, me connaissant comme elle me connaissait, ça ne durerait pas très longtemps. Elle avait raison, non pas sur l'effet bénéfique de la grève, mais sur mon incapacité à rester longtemps sans manger. Je l'ai menacée aussi de la quitter, elle m'a ri au nez. Elle avait toujours raison : où serais-je allé ? Je me suis donc résigné à faire maigre tous les jours du reste de ma vie. Mais ce qu'elle ne sait pas, c'est que parfois je me rends en cachette dans mon magasin préféré chez Les sœurs macaron, j'achète une douzaine de ces petits palets dorés. « Attendez un moment avant de les déguster, ils sont tout chauds », me recommande la vendeuse qui pourtant me reconnaît. Mais je me précipite au Jean Lam », je commande un chocolat et sans plus lanterner mords dans les délices tièdes. C'est moelleux, le parfum d'amande accompagne le fondant sous la langue. Avec le goût du fruit défendu, c'est encore plus divin ? Je me paie aussi, de temps en temps, une boîte de Bergamotes que je cache dans mes affaires pour qu'Alice ne les trouve pas. Je suis alors comme un petit garçon malicieux et ça me fait chaud au cœur. J'ai l'impression d'être moins vieux.

Le serveur nous apporte le menu. J'essaie de ne pas anticiper les commentaires d'Alice. Je voudrais goûter en paix au plaisir de découvrir ce qui va enchanter mon palais.

Chaque mot évoque déjà le délice que je sens fondre sur mes papilles. Mon cerveau est en ébullition et mon estomac gargouille d'impatience. Il doit savoir lire. Mes narines s'ouvrent en grand pour être sûres de ne rien manquer du parfum des plats qui vont arriver. Mes yeux m'envoient les images de ce qui n'est encore qu'en mots. Je me sens comme un croyant qui parcourt la bible et qui y rencontre Dieu. Dans ce menu je sais que je vais trouver l'extase. La goutte d'eau pour celui qui est perdu depuis des jours dans le désert. Je vais découvrir tout ce qui est resté loin de ma portée depuis longtemps. Au Diable Alice et ses yeux exorbités, je veux oublier qu'elle est là.

Paul.

Toute la matinée, j'ai pensé à ce rendez-vous. Je sais que je joue à la roulette. Je crois avoir quelques atouts dans mon jeu, mais comme la petite boule, bien malin celui qui peut deviner dans quelle alvéole elle va finir. Quand on a misé sur elle toute sa fortune, il y a de quoi sentir son cœur s'emballer ct le mien est bien loin d'être calme pour l'instant. La boule tourne encore et c'est quitte ou double. Rouge ou noir, rouge pour la flamme, l'éclosion de quelque chose que je ne connais pas, noire c'est la fin, l'obscurité, la solitude.

Lorsqu'il est entré dans l'amphithéâtre et qu'il s'est installé au deuxième rang, je l'ai tout de suite remarqué. J'en ai vu défiler depuis trente ans que j'exerce le professorat à la fac. Quelques-uns ont marqué leur passage et certains m'ont laissé dans un triste état. Je n'y peux rien si j'ai besoin d'amour pour vivre. Je dis amour, mais je ne suis pas dupe, l'amour est toujours en sens unique c'est-à-dire de moi vers eux. Et c'est plus du désir que du sentiment. Lorsque l'un ou l'autre a accepté de partager ma vie pour un temps, je n'ai pas rencontré beaucoup d'amour. De l'admiration parfois, je suis, sans me vanter, un érudit et je joue à la perfection le rôle de mentor. De l'intérêt souvent — j'aide et je conseille - mais de l'amour désintéressé, jamais. Je me contente de ce que je peux obtenir sans espoir insensé. Ils sont jeunes, ils sont beaux, je ne suis pas laid, j'ai de l'allure, encore tous mes cheveux et un ventre plat, mais j'ai l'air de ce que je suis et je pourrais être leur père. Quand je dis que j'ai de l'amour pour eux, cela ne veut pas dire que je sois aveuglé par la passion. C'est plutôt une sorte d'affection, un peu plus quelquefois, mais je n'éprouve aucun désespoir s'ils me quittent. Je n'ai jamais eu l'idée de me suicider si l'un d'eux se montre ingrat ou pire, se moque de moi. Je sais rester digne en toutes circonstances. Oui, je les aime tous ces garçons, jamais plus l'un que l'autre, je les mets tous sur le même plan. Je pourrais dire qu'ils sont interchangeables.

Lorsque je parviens à en amener un jusqu'à mon lit, c'est déjà un beau présent. Pour éviter tout malentendu, je n'exerce aucune pression, aucun chantage. Tout juste si je fais miroiter le fait que je peux apporter mon expérience pour les aider dans leurs études. Je ne prends rien pour rien. D'ailleurs, je choisis des élèves brillants qui réussiraient très bien sans moi. Je n'ai jamais non plus subordonné ma notation à la relation que j'entreprenais avec eux. Je suis toujours resté très honnête et dans la plus stricte légalité même si certains ont très mal agi envers moi. Mon pouvoir n'a jamais été un moyen de régler mes comptes. Je sais aussi à qui je m'adresse. Je repère ceux qui sont homosexuels comme moi. Je ne veux pas d'un hétéro qui serait curieux de voir ce que ça fait et essaierait de profiter de moi ou m'attirerait des ennuis. Je suis très circonspect quant à mes choix, j'ai l'œil.

Celui-là s'est tout de suite imposé à moi. Excellent élève, un peu trop solitaire pas vraiment viril et très beau garçon. Je l'ai observé pendant des jours. Toujours les mêmes vêtements, il ne doit pas être riche, jamais un regard en coin vers les filles du premier rang, pourtant très jolies et une attention soutenue à chacun de mes mots. Il n'est jamais resté à la fin de mes cours pour me poser une question. Il ne veut pas risquer de me montrer un trouble possible. Chaque fois que j'entre dans l'amphi pour donner mon cours, c'est lui que je cherche en premier. Il est toujours assis à la même place comme s'il m'attendait. Je ne veux pas dire qu'il m'attend comme un élève attend le prof pour le début du cours, je sens quelque chose de plus personnel. Et à chaque fois je regarde la petite boule noire s'arrêter dans la bonne case. Du moins c'est ce que j'aimerais croire. Pour la première fois, je suis gêné quand nos regards se croisent, je suis gêné et ému. De là à ce que je me fasse des illusions, il n'y a qu'un pas. Je ne voudrais pas me laisser aller à espérer ce qui n'est peut-être que le fruit de mon imagination, mais je ne peux m'en empêcher. Je repousse toutefois vigoureusement l'idée que je puisse être épris de ce jeune homme. L'affect après quand la relation est établie. Le platonique ne m'intéresse pas. Je ne peux aimer que dans le concret. D'abord les corps, après les sentiments. Je suis un homme sensuel avant d'être sentimental. Je ne peux guère me le permettre.

Je n'ai plus l'âge des bluettes. Ça n'a rien à voir, c'est plutôt l'attrait du loup en chasse et qui voit surgir une proie de choix. Contrairement à mon habitude, je ne me suis pas précipité, j'ai laissé faire les choses. Je sentais qu'une trop grande hâte le ferait fuir, alors j'ai appâté doucement. Je lui ai demandé une fois ou deux de rester après les cours pour parler de sa copie. Je suis demeuré très professionnel, mais je suis assez habile pour lui avoir fait comprendre qu'il pourrait toujours venir me parler et de tout. Il a mis longtemps pour le faire, toujours sous l'angle des rapports élève professeur. Puis le champ s'est élargi, j'ai réussi à l'amener sur des terrains plus personnels. Des généralités encore, mais c'était un pas de plus. La semaine dernière, j'ai tenté le tout pour le tout et je l'ai invité à ce déjeuner. Je pensais qu'il refuserait catégoriquement, mais il a accepté. Je n'avais pas pris la peine de préciser que ce n'était pas moi qui l'invitais, mais son professeur, ce qui aurait été un mensonge honteux. Je ne saurais pas dire comment il a interprété cette invitation, je ne vais pas tarder à être fixé. J'espère seulement pouvoir prendre assez sur moi pour ne pas l'effrayer. Je ne connais rien de lui, mais c'est là l'attrait du jeu. Je suis très mauvais perdant, j'adore jouer et cette fois le prix à gagner est d'importance. Je ne sais pas ce qu'il a, mais, c'est certain, il n'est pas comme les autres. Est-ce cette timidité qui n'est peut-être qu'apparente ou le fait qu'il vienne d'un milieu si éloigné du mien et de la plupart des étudiants ? De la campagne sûrement. Il semble d'un autre âge, à la fois enfantin et plus vieux, plus mûr. J'ai pu le constater dans ses écrits, naïf et très sage. J'ai aussi la conviction qu'il est vierge. Ça, ça me gêne un peu. Je n'ai pas très envie de prendre le rôle d'éducateur, c'est trop compliqué. Ça demande trop de patience et si je n'en manque pas dans mon travail, je suis du genre impatient dans les jeux du sexe. Je préfère qu'ils aient de l'expérience, on va ainsi droit au but. À vingt ans, ils en ont presque tous. La jeunesse est bien plus précoce que de mon temps. Me voilà donc à attendre cet étrange garçon et l'excitation me gagne. Je ne suis pas en terrain connu, c'est l'aventure et quoi de mieux pour se sentir rajeuni ?

Je le vois qui arrive. Il n'est pas habillé pour cet endroit, mais il ne semble pas en être gêné. Encore un bon point pour lui. Il regarde autour de lui, étonné, il n'a jamais dû entrer dans un tel lieu. Il m'aperçoit, vient vers moi, il me sourit, le sourire est à peine esquissé, mais c'est quand même un sourire. Il manque de bousculer le serveur, s'en excuse, il est très poli. Il a la démarche hésitante de celui qui ne sait pas à quelle sauce il va être dévoré. Il est là, devant moi, je lui fais signe de s'asseoir. Il ne dit pas un mot, il s'affale sur sa chaise en balbutiant un bonjour presque inaudible. Je ne pensais pas lui faire un tel effet. A-t-il au moins saisi l'enjeu de ce déjeuner ? Je ne le crois pas naïf à ce point. S'il ne fréquente guère ses congénères, il a certainement eu vent de ma réputation. Cependant, on ne sait jamais.

À moins que ce ne soit le décor qui l'écrase, je n'aurais pas dû choisir cet endroit qui est pourtant l'un de mes restaurants favoris. Et si j'allais tout gâcher en me faisant passer pour un horrible vieux snob. Ce n'est pas le terme de snob qui me fait le plus peur. Ce n'est pas un restaurant pour les jeunes, j'aurais dû y penser. D'ailleurs je n'ai jamais amené un seul de mes amants juvéniles ici.

Il n'est pas à l'aise, ça se sent et par osmose je ne le suis pas non plus. Un comble ! Mon Dieu qu'il est beau ! Quand il est entré, j'ai vu le regard d'envie que lui jetait le chef de rang, un autre amateur de beauté masculine. Lui n'y a pas prêté attention. Je ne me lasserais pas de le contempler, mais je ne dois pas faire peser mon regard sur lui, je dois lui laisser le temps de retrouver ses marques sans le gêner. Je lui souris à mon tour. Je fonds intérieurement. La peur me gagne.

Richard.

Si on m'avait dit un jour que j'en arriverais là, j'aurais pris celui-là pour un fou. Mais la vie nous réserve tellement de surprise. Elle ne m'a pas épargné les épreuves, la plus dramatique a été le décès de ma femme. Cinquante-deux ans, ce n'était pas un âge pour mourir. Quand on pense à tous ces centenaires qui, dit-on, ont encore bon pied bon œil. Lorsque le cancer s'est déclaré elle n'avait alors que cinquante ans. Elle n'a plus jamais eu bon pied bon œil jusqu'à ce qu'elle meure deux ans plus tard après des années de souffrances et de déclin. J'avais eu le temps de me préparer, si l'on peut appeler ça se préparer parce qu'en réalité on garde l'espoir qui ne veut pas lâcher. La mort nous prend toujours au dépourvu. On peut dire que nous nous sommes aimés ma femme et moi. Pas de coup de foudre, pas de passion dévorante, il nous avait fallu du temps avant de nous rendre compte que nous ne pourrions pas passer notre vie l'un sans l'autre. Nous n'étions pas à nous regarder l'un l'autre dans une admiration béate, mais ce qui nous liait était indéfectible. Calmes et sereins, nous étions heureux. Je n'ai jamais eu envie de la tromper, elle me suffisait en tout et je pense que c'était la même chose pour elle. Nous n'étions pas non plus fusionnels, nous avions chacun nos intérêts, nos activités, nos amis, mais nous aimions nous retrouver avec des amis communs pour des activités communes.

Nous respections l'espace vital de chacun. Nous n'avions pas les mêmes goûts, mais nous n'hésitions jamais à faire des concessions quand c'était nécessaire à l'harmonie. C'était une question de dosage et cela nous convenait très bien. Je ne dirais pas que c'était la plus belle femme que j'aie jamais rencontrée, mais je l'aimais telle qu'elle était. Je voyais ses défauts comme elle voyait les miens, mais nous nous en accommodions. Je n'ai pas été un homme de passion, j'aimais tout simplement, c'était comme ça. Si j'étais incapable de folies pour ma femme, je faisais tout mon possible pour la rendre heureuse et je crois que j'y suis parvenu .Un couple sans histoires, un couple imparfait, mais un couple heureux. Nous ne demandions à la vie que ce qu'elle pouvait nous donner.

Et voilà la maladie. Je l'ai aidée comme je pouvais surtout matériellement. J'aurais sans doute pu faire mieux pour la réconforter, mais j'avais du mal avec la souffrance et je n'ai pas su trouver les mots. Je refusais d'invoquer la maladie et jusqu'au bout, j'ai fait comme si rien ne se passait. Elle non plus n'en a jamais parlé. Inefficace peut-être, mais jusqu'au bout, je lui ai tenu la main. Je l'ai fait, non par devoir, mais parce que mon cœur me le dictait. Quand est venu le moment de lui dire adieu, j'ai mesuré l'horreur de mon existence à venir. Je me suis révolté. Pourquoi nous ? Nous demandions si peu à la vie et il nous était refusé.

Après l'enterrement, je me suis effondré. Je n'imaginais pas un seul instant vivre sans elle. J'attendais toujours son retour comme lorsqu'elle revenait du yoga ou de chez une amie. Je goûtais ma solitude, car je savais que bientôt elle repasserait le seuil de la porte pour me raconter sa journée. Maintenant, elle ne rentrait plus et elle ne me raconterait jamais plus rien. Je coulais, je m'enfonçais un peu plus chaque jour. Je n'avais plus la force de me faire à manger, je dormais peu et mon travail ne m'intéressait plus. Je me serais peut-être suicidé ou tout au moins laissé mourir si je n'avais pas eu mes enfants. Quand ils se sont aperçus de mon état que j'avais réussi à leur cacher jusque-là, ils m'ont secoué, sommé de me reprendre en main. Je n'avais pas encore soixante ans et pas mal d'années devant moi. Je leur rétorquais que je pourrais très bien avoir un cancer moi aussi, que je me fasse écraser par un camion, que je fasse une crise cardiaque, alors tous mes efforts seraient vains. Oui, mais, me répondaient-ils, tu peux encore durer trente ans et plus et ce n'est pas en agissant ainsi que ces années seront vivables. Pour eux, j'ai essayé de m'en sortir. C'était dur, je crevais de solitude, mais je ne voulais pas être un poids pour mes enfants. J'avais des amis que j'ai recommencé à voir, mais dans ma maison, quand j'étais seul le soir, les murs résonnaient et je parlais tout haut pour ne plus entendre le silence. J'ai souvent cru devenir fou. Je repense à tout ça, je me dis que j'ai quand même une solide santé mentale. Je ne serai plus jamais comme avant, mais je continue à vivre, son ombre m'accompagne, je ne pourrai jamais l'oublier.

C'est mon fils, il y a tout juste six mois qui a eu cette idée insensée. « Maintenant, ça fait cinq ans que maman est morte, je sais que tu ne l'oublieras jamais, mais tu pourrais chercher une compagne pour tes vieux jours ». Je lui ai ri au nez. « Qui veux-tu que je trouve à mon âge ? » « Tu n'es pas si âgé et tu es encore bel homme, pourquoi ne pas t'inscrire sur un site de rencontres ? » Je n'avais pas envie d'une autre épouse, mais je commençais à envisager que je pourrais avoir une amie de coeur qui m'aiderait à atteindre le bout de ma vie sans éprouver cette constante torture de la solitude. Je ne l'imaginais pas, que m'importait comment elle serait physiquement, je la désirais seulement attentive et bienveillante.

Je ne voulais pas d'une femme trouvée comme ça à la loterie. Il m'a rétorqué que je n'étais qu'un vieux schnock. Que ça ne m'engageait à rien de tenter le coup. Il m'a montré comment je devais faire pour me créer un profil comme il disait. Je l'ai laissé faire. J'avais l'impression de me vendre. J'étalais mes qualités comme si je les disposais à l'étal. J'essayais d'être le plus honnête possible, je n'aurais pas été un bon commerçant. « Ne parle pas trop de tes défauts » m'avait conseillé mon fils, mais je ne voulais pas sembler avoir eu le dessein de cacher des choses si un jour je devais rencontrer une femme. C'est si difficile de parler de soi, on se demande si on se connaît

44

vraiment et on n'a pas la réponse. Je regardais les profils des autres hommes. Ils me paraissaient tous parfaits, bien loin de ce que j'étais. « Ils friment », me disait mon fils, « ils seront démasqués tôt ou tard. Ça ne sert à rien. » Il paraît même que certains postent des photos de mannequins. J'avais un peu honte de me retrouver dans cette compagnie, mais mon fils insistait, alors je me suis laissé faire.

Et puis, il y a l'autre, la femme, pourra-t-on lui faire confiance ? Si je dois fréquenter l'une d'elles pour m'apercevoir, un beau jour, qu'elle m'a menti de bout en bout, je préférerais rester seul. J'ai donc hésité un bon moment avant de me lancer définitivement dans l'aventure. Puis, je me suis dit : « Richard, tu as plus à gagner qu'à perdre et si tu ne trouves pas de compagne, tu peux peut-être trouver des amies ». Autant passer mes soirées solitaires à « chatter » comme les jeunes, ça pourrait être très amusant.

Je n'aurais jamais cru qu'il puisse y avoir autant de personnes qui souffrent comme moi de solitude. Je passais beaucoup de temps à répondre aux sollicitations que je recevais. Je ne sais quelle ancienne politesse me poussait à répondre à toutes. Ça me prenait du temps, mais c'était un passe-temps efficace. J'entrais en relation avec des femmes, j'établissais des liens avec elles, je pouvais parler, m'épancher, mais je n'avais aucune envie de les rencontrer dans la réalité. Tant que tout se passait par écran interposé j'étais à l'aise et je prenais du plaisir, mais je ne voulais surtout pas donner de faux espoirs à ces femmes, les blesser ou leur faire de la peine. Je ne me sentais pas capable d'être celui qu'elles recherchaient : un compagnon sûr et sur le long terme. Je dois avouer que j'ai cédé à deux invitations qui avaient le mérite d'être claires, un bon moment sans arrière-pensées. Ce furent effectivement de bons moments sans suite. Je suis toujours un homme, au cœur brisé certes, mais au physique intact. Un repas au restaurant, un spectacle puis un « chez vous ou chez moi ? » et je me retrouvais vivant. Ces femmes n'étaient pas compliquées et souvent très agréables. J'ai passé des heures exquises. Je me disais que tout compte fait, je n'en voulais pas plus. J'étais heureux après ces rencontres de rentrer à la maison. Je n'étais plus si seul, car je savais que je pourrais recommencer avec une autre. Ça aurait pu durer longtemps, j'avais trouvé l'antidote à mon état dépressif.

Jusqu'au jour où j'ai reçu le message d'Annabelle. Je n'avais jamais contacté de femmes, seulement répondu à leurs courriers. J'ai tout de suite senti chez elle quelque chose qui me correspondait. Nous avons tout d'abord dialogué sans nous envoyer de photographies, elle n'en avait pas posté sur son profil, moi non plus. Je prenais un plaisir immense à la lire et je sentais que ce que je lui écrivais la touchait. Lorsque j'ai pu enfin mettre des traits sur la personne qui me parlait, je n'ai pas été déçu. Elle n'était pas vraiment belle, mais son sourire et ses yeux provoquaient immédiatement une envie d'être proche d'elle. Elle respirait la bonté, la générosité et une volonté de vivre malgré les drames qu'elle avait connus. Elle était veuve, elle aussi. J'avais d'abord hésité à continuer cette relation, car elle avait quinze ans de moins que moi, mais ça ne lui posait aucun problème. Je lui plaisais et elle se sentait enfin comprise. J'avais envie de la protéger, de lui apporter un peu der joie. Depuis que j'entretenais cette relation virtuelle avec elle, je n'avais plus répondu aux sollicitations d'un soir. Je lui restais fidèle en quelque sorte. Ça ne me coûtait pas de renoncer aux rencontres sexuelles. Elle m'apportait beaucoup plus. J'avais tout le temps d'en venir là avec elle si ça devait se faire. Elle m'apportait tout ce dont j'avais envie, de l'écoute, de la tendresse, elle trouvait tout doucement le chemin de mon cœur encore si sensible.

Par certains côtés, elle me rappelait ma femme, en plus jeune, en plus enthousiaste. Elle occupait déjà une place dans ma vie. Mon fil me charriait « tu es tombé amoureux, papa ! ». Non, je n'en étais pas encore là. Je n'ai jamais été homme à m'emballer, j'ai toujours eu besoin de temps pour voir clair dans mes sentiments. C'était encore trop frais et nous ne nous étions même pas encore rencontrés. Je ne pensais même pas que je pourrais être déçu, je sentais qu'elle était honnête et que je pouvais lui faire confiance. Elle avait été très précise dès le début, nous prendrions tout le temps avant de nous engager. Et ce ne serait que quand nous serions vraiment sûrs l'un de l'autre que nous pourrions envisager une relation plus sérieuse.

C'est elle que j'attends aujourd'hui, c'est notre première rencontre et je ne suis pas très à l'aise. Ce repas ne sera que la première étape, mais je n'ai pas envie de la gâcher.

André.

J'aime cet endroit, j'aime en arrivant dans ce restaurant me sentir chez moi. C'est un paradoxe de se sentir chez soi dans un endroit pratiquement public. C'est mon côté égocentrique. J'aime à penser que cette table dressée à la perfection l'a été rien que pour moi. Absurde, me rétorquerez-vous, les garçons qui l'ont dressée ne savaient absolument pas que j'allais venir, n'importe qui aurait pu venir s'y attabler. Je ne fais de mal à personne en me leurrant ainsi. Je me leurre, mais j'en suis conscient. Même quand je suis accueilli par cette charmante jeune femme qui va m'indiquer ma table, je peux me dire que c'est moi et personne d'autre qu'elle attendait. Elle est jolie, elle est polie, et tout ça pour moi.

Bon, voilà, je suis assis en face d'une fenêtre, mon endroit favori. C'est une table pour une seule personne, car je suis seul. Je suis toujours seul, mais ça ne me gêne absolument pas. J'ai toujours été seul, c'est un choix même si vous ne me croyez pas. Je ne suis pas laid, je possède une intelligence un peu au-dessus de la normale, je n'ai vraiment rien de rédhibitoire. J'aurais pu, comme tout le monde, avoir des amis, une compagne, pourquoi pas, mais je ne l'ai pas désiré. Je ne suis pas un monstre d'insociabilité, je sais être poli, mais j'ai toujours la plus grande difficulté à partager mon espace de vie. Je ne supporte aucune contrainte, aucune entrave à ma liberté. Lorsque vous avez des amis, vous devez composer, tenir compte de leurs opinions, de leur emploi du temps, les aider quand ils sont dans le besoin, accepter qu'ils envahissent votre domicile, votre ligne téléphonique. J'ai eu quelques vagues relations, mais je ne leur ai jamais donné mon adresse ni mon numéro de téléphone. On se voyait de temps en temps en terrain neutre et c'était bien suffisant. Quant aux femmes, j'ai passé mon temps à les fuir. J'avais quelques adresses dans mon carnet où je pouvais me rendre et contre une somme fixée à l'avance le temps était compté, mais les prestations satisfaisantes. C'étaient des lieux sûrs, des femmes parfaites avec qui je ne parlais pas, mais qui me procuraient ce dont j'avais besoin avec un grand professionnalisme. Efficacité et discrétion, je n'avais besoin de rien d'autre. Je gagnais bien ma vie comme écrivain ce qui m'autorisait très souvent ces plaisirs que je goûtais à leur juste valeur. Car, voyez-vous, j'aime la vie et tous les plaisirs qu'elle peut m'offrir. Et comme je ne dois de comptes à personne, je peux jouir à discrétion. Je rentre chez moi quand je veux, je pars en voyage à ma guise et je n'ai à me soucier que de moi-même. J'entretiens avec ma personne le plus agréable des commerces.

Vous l'avez aussi très bien compris, l'un de mes plus grands plaisirs est celui de la table. J'ai la liste des plus grands restaurants de la ville et je les visite tour à tour sans être jamais déçu. J'ai pu bien sûr l'être lorsque je visitais un nouvel établissement, je le rayais immédiatement de ma liste. C'est plus délicat quand je suis en voyage. Si c'est un pays dans lequel je ne suis encore jamais venu, j'achète un guide et je me fie aux commentaires, mais je ne suis jamais certain du résultat. Rien ne me démoralise plus qu'un repas médiocre. Je m'en fais toujours une telle fête à l'avance qu'un plat raté me procure une telle déception que j'ai du mal à m'en remettre. C'est ainsi, je ne supporte pas d'être contrarié. J'essaie au maximum de l'éviter, je prends toutes les précautions, mais on n'est jamais à l'abri.

Pour l'instant, je ne crains rien, je connais très bien cette ancienne brasserie qui m'enchante toujours. Installé à ma table, je me sens comme un roi qui attend d'être servi. Certes, j'aimerais être seul, mais on ne peut jamais tout avoir. J'espère seulement que mes voisins de table vont être discrets. Je me souviens, il n'y a pas très longtemps, avoir déjeuné près d'un couple qui se disputait et pas de façon très discrète. J'ai dû supporter tous les reproches de la dame, les remarques acides de monsieur, ils m'ont gâché la meilleure des truites aux amandes. J'aurais été tenté d'intervenir, de leur demander d'être moins bruyants, mais je craignais de mettre de l'huile sur le feu. Avec ces importuns, on ne peut jamais prévoir leurs réactions. Une autre fois, c'était une vieille dame qui n'arrêtait pas de pleurer, je ne pouvais ignorer qu'elle venait de perdre son mari. Je l'ai même entendu à un moment dire à son interlocuteur, je suppose que c'était son fils, qu'elle ne supportait plus son chagrin et qu'elle allait mettre fin à ses jours. Quelle impudeur ! Troubler le repas de ses voisins avec ces propos insupportables, qu'elle se suicide si elle veut, je respecte les idées de chacun, mais qu'elle ne nous impose pas sa volonté de le faire. J'ai eu envie de lui dire d'aller se couper les veines ailleurs, mais je suis un gentleman et je respecte les femmes. Ce jour-là, mon tiramisu avait un goût amer. Je ne pardonnerai jamais à cette vieille dame et si elle a mis son projet à exécution, qu'elle aille brûler en enfer.

Par contre, je ne déteste pas voir les gens de loin. Je ne les entends pas, je ne fais que les observer. Ils meublent mon paysage et quant à être en société, c'est la meilleure solution. Imaginer des marionnettes muettes et leur donner vie selon mes envies, c'est un passe-temps qui ne me déplaît pas. C'est dû à mon métier d'écrivain. Pourquoi ne pas donner à mes personnages des modèles réels ?

Pour le moment, je n'ai en face de moi qu'un couple de personnes sur le retour qui n'échangent guère, deux hommes qui attendent, certainement des homosexuels, le plus vieux est très efféminé le jeune c'est moins évident, ils sont très calmes. Il y a aussi ce drôle de couple, un fils avec sa mère, elle le dévore des yeux et lui fait mine de l'ignorer. Il semble nerveux, pourvu qu'il n'explose pas.

Et puis aussi ce mec avec une gamine, j'espère qu'il n'est pas un de ces prédateurs qui s'attaquent à des enfants juste pubères. Et cet idiot qui attend, certainement une femme, comment peut-on attendre une femme aussi longtemps, elle doit en valoir le coup, car elle se moque de lui.

Je suis un peu en retrait, j'ai demandé une table près de l'entrée, elle est un peu isolée des autres. Ils ne font pas attention à moi, je vais pouvoir les observer à ma guise. Pourvu qu'ils ne haussent pas la voix. Dans le brouhaha des conversations et les bruits de vaisselle, s'ils parlent normalement, ils ne me troubleront pas trop.

Voilà le serveur qui arrive avec la carte. Il a l'air bien jeune, j'espère que son service est à la hauteur. Le menu a tout pour me satisfaire et j'ai déjà des idées plein la tête. Que de beaux spécimens me sont donnés à voir aujourd'hui ! Je sens que je vais en faire mon bonheur. Des personnages comme ça ne me sont pas offerts tous les jours.

Grégoire.

Elle est en retard, mais ça ne me gêne pas. Je me demande si j'ai bien fait d'accepter ce rendez-vous qui me met réellement mal à l'aise. Je ne me sens vraiment pas à mon avantage. Mais, au fait, pourquoi devrais-je être à mon avantage ? Elle peut bien penser ce qu'elle veut de moi. De toute façon, elle a déjà une idée préconçue et quoi que je fasse ou dise, ça n'y changera rien. Les enfants ont toujours une fausse interprétation de leurs parents, alors, quand ils ne les ont jamais connus, il ne peut pas en être autrement. D'ailleurs si je ne sais pas ce qu'elle peut penser de moi, je ne vais pas tarder à le savoir. C'est pourquoi je ne suis pas pressé. Je n'ai aucune idée d'elle non plus. Elle n'a pas voulu m'envoyer une photo. Je m'attends à tout. Je ne serais pas étonné de la voir débarquer avec de la ferraille partout sur le visage, des cheveux verts ou rouges, une tenue achetée aux puces et des bottes d'égoutier. Je ne sais pas comment j'ai pu avoir cette idée pas géniale du tout de lui donner rendez-vous dans ce type d'établissement. À moins que je n'aie droit à une vamp, short court sur des jambes interminables, les cheveux décolorés. J'aurais dû aller faire un tour à la sortie d'un lycée pour me faire une idée des tendances d'aujourd'hui. Il y a si longtemps que je n'ai plus fréquenté d'adolescentes. Je n'ai nulle envie de me sentir gêné en déjeunant avec une caricature de punkette.

Oui, j'appréhende le moment où je vais la voir apparaître. Déjà, comment accueille-t-on sa fille que l'on n'a jamais vue et dont on ignorait l'existence jusqu'à il y a peu. Pour combler le tout, je n'ai jamais eu d'enfants, d'autres enfant si elle dit vrai, donc pas de filles. Je suis un de ces baroudeurs qui n'ont jamais su se fixer ni garder une femme très longtemps. Je n'y ai même jamais songé. Trop passionné par mon métier de journaliste photographe, la photographie envahissait tous les interstices de ma vie. Nulle place pour autres choses. J'étais le plus heureux des hommes quand je prenais un avion pour le bout du monde où je savais que l'aventure m'attendait. Je n'avais jamais eu la moindre tentation d'abandonner tout ça pour fonder une famille.

Et voilà qu'un beau matin ! Enfin, c'était plutôt un soir, je reçois ce coup de téléphone. Une voix de gamine a prononcé le « allô ! » traditionnel puis s'est tue. J'attendais et ce n'est que quand je m'apprêtais à raccrocher croyant un faux numéro, qu'elle 'est décidée à parler.

- Allô ! Monsieur Grégoire Maréchal ?
- Oui, qui le demande ?

Pas de réponse.

Je n'ai pas l'habitude de recevoir des coups de téléphone de gamines, les rares femmes qui ont mon numéro ont déjà un âge avancé. Je ne suis pas le pervers qui s'intéresse aux lolitas. Je trouve ça répugnant. Ma vie amoureuse, si je puis dire, toute chaotique qu'elle est ne me pousse jamais vers les très jeunes filles. Si je les regarde, comme tout homme, je n'ai nulle envie de les approcher de trop près. Il était donc plus qu'improbable que je reçoive un coup de téléphone d'une ado, même une postado si j'en jugeais par le timbre de la voix.

C'était étrange. Je pensais que c'était une erreur, j'aurais dû raccrocher, mais quelque chose m'en a empêché. Une prémonition, le destin, qui peut savoir ? J'étais là, m'interrogeant sur l'identité de cette fille qui se taisait toujours et je ne disais rien non plus. J'attendais sans savoir quoi. Le truc qu'on n'arrive pas à expliquer. Qu'aurais-je pu dire ? Quand enfin elle s'est mise à parler, je n'ai rien compris.

- Bonsoir, je vous appelle, car vous êtes mon père.
- Pardon ?
- Vous êtes sourd, je vous dis que vous êtes mon père.

Le ton était sec, presque colérique. Je restais là, sans comprendre. Qu'avais-je fait à cette fille ?

- Sauf que je n'ai pas d'enfant et que je n'en ai jamais eu.
- Bien sûr que si puisque je suis là ! Et depuis seize ans.

- Si c'est une plaisanterie, elle est drôle, mais vous pourriez l'écourter.

Raccrochez et allez dire à vos camarades que vous avez gagné le pari, ou le gage, car c'est de cela qu'il est question, je suppose.

- Oui, je sais, les plaisanteries les plus courtes sont les meilleures sauf que ça n'en est pas une.
- Écoutez, je ne comprends rien à ce que vous essayez de me dire. Je ne peux pas être votre père et si vous en cherchez un je ne suis pas votre homme.
- Je n'en cherche pas un, je l'ai trouvé, c'est vous. Je peux vous le prouver. Je me doutais bien que vous ne me croiriez pas comme ça, sur parole. Je ne demande qu'à vous apporter cette preuve.

Elle avait l'air tellement sûre d'elle que je me suis mis à penser que ça pouvait être possible. J'ai connu des tas de femmes, il se peut que l'une d'elles m'ait fait un enfant dans le dos. Je suis allé chercher dans ma mémoire l'image d'une femme que j'aurais rencontrée il y a seize ans, l'âge que m'avait donné la gamine. À ma grande honte, je n'ai pas trouvé grand-chose ou plutôt si, j'en ai trouvé plusieurs, ça ne m'avançait pas plus. Elle ne parlait plus, soulagée certainement d'avoir jeté son pavé dans ma mare. Non, cette fille devait me confondre avec quelqu'un d'autre. Je ne sais plus ensuite ce que j'ai dit, certainement une vague formule de politesse avant de raccrocher et je suis resté abasourdi mon téléphone à la main sans même penser à le reposer. J'ai longtemps hésité avant de donner suite à cette affaire. Les jours passaient et l'idée creusait mon cerveau comme une vrille. Je la rejetais, puis je doutais, je la rejetais encore, doutais de nouveau, mais elle s'enfonçait irrémédiablement. Ce n'est pas tous les jours qu'un homme se voit nommer père au bout de tant d'années, seize ans. Je réfléchissais à ce que pouvait être un père et je n'avais aucune réponse à m'apporter. J'allais sans doute au-devant d'ennuis, mais j'étais curieux et parfaitement capable de reconnaître à qui j'avais affaire si c'était une mauvaise blague ou une possible arnaque. Et puis je voulais savoir le fin mot de cette histoire rocambolesque. Je n'avais aucune mission à ce moment-là et je commençais à m'ennuyer. Je voyais là une occasion de me distraire un peu.

Je l'ai rappelée après quelques jours qui m'ont été nécessaires pour faire le point. J'avais peut-être envie aussi de la croire et de me donner le vertige d'un saut dans l'inconnu : l'état de père. Ma vie devenait un peu monotone, les sensations nouvelles m'excitaient. Persuadé que je le faisais pour de mauvaises raisons, on ne cherche pas un enfant par ennui, je ne pouvais pas m'en empêcher.

Et me voilà, là, à attendre mon hypothétique fille. Je ne sais pas ce que je ressens vraiment. De la curiosité, c'est certain, de l'appréhension, mais surtout de la peur. On a toujours peur face à l'inconnu et une relation père fille, c'est pour moi le comble de l'inconnu. Je n'ose imaginer le bordel que ça pourrait faire dans ma vie si c'était vrai. Ce que je ne voulais toujours pas croire. Encore heureux que je vive seul. Je n'ai de comptes à rendre à personne. La femme avec qui j'entretiens une relation en ce moment, une des rares qui ait réussi à durer un peu, c'est certainement dû à l'âge, ne vit pas avec moi. Nous ne nous voyons que pour les bons moments, l'incursion d'une fille dans le paysage ne ferait pas une grande différence. Ce n'est que pour moi que je crains. On ne se retrouve pas père comme ça du jour au lendemain. En général on a au moins neuf mois pour se faire à l'idée. Et puis il vous échoit un bébé qu'on a le temps de voir évoluer et grandir. Pour moi, c'est le parachutage d'une ado de seize ans. Je n'ai même pas de domicile fixe, juste un minuscule studio à paris quand je suis obligé d'y faire halte. Le plus souvent, je suis par monts et par vaux et à l'hôtel. Tout ce que je possède tient dans le coffre de ma voiture, pour la plus grande part mon matériel photo. Je n'ai jamais su me fixer, j'adore ma vie et je n'en ai toujours pas l'intention. Ce n'est pas un petit bout de femme qui pourrait me faire changer d'avis. Je me rends compte tout à coup que je n'ai jamais vraiment douté de ses dires. Une petite part de moi, refuse, mais la plus grande se laisse aller à la croire. La surprise passée, j'ai mis plus de temps à m'effrayer par l'idée qu'à douter.

Pourtant j'aurais dû, elle aurait pu me raconter des salades, me faire miroiter des preuves qui n'existent pas. Elle aurait pu vouloir me tirer de l'argent ou Dieu sait quoi d'autre, un book de mannequin, l'introduire dans mon milieu. Je n'ai jamais vraiment cru à ça. Pourquoi ? Ça m'étonne encore. Bon, je serai fixé quand elle m'aura tout déballé.

Je crois que là voilà, elle n'a aucun piercing, ses cheveux ont une couleur naturelle, elle est vêtue d'une robe rouge qui se voit de loin, elle porte des baskets. Une ado parmi tant d'autres. Elle est plutôt jolie, mais elle ne me rappelle personne. Je ne peux m'empêcher de me dire que si j'avais désiré une fille, j'en aurais voulu une comme elle. Grégoire, tu es sur la mauvaise pente, reprends toi !

Emma.

Pour une fois qu'il m'invite au restaurant, c'est entre midi et deux. Peu de temps pour en profiter. C'est bien de lui, toujours à contretemps. Il sait que je n'aime pas courir le matin. Je ne suis pas matinale. Je suis insomniaque et j'ai beaucoup de mal à me réveiller après une nuit en pointillé. Lui, il met pied à terre aux aurores frais comme un gardon tout juste pêché. Et puis, ce matin, c'était le jour de la femme de ménage et je dois la surveiller, celle-là ! Elle est capable de ne jamais passer dans les coins, je vérifie chaque endroit où elle dit être passée et ça me prend un temps fou. J'avais aussi à me pomponner. Arrivée à mon âge, le naturel ne suffit plus et je n'aime pas sortir sans être pleinement à mon avantage. Il ne sera pas dit que mon mari pourra me faire le moindre reproche sur mon apparence physique. Tout homme doit pouvoir être fier de sa femme en toutes circonstances. Et pour ça, sans me vanter, je suis irréprochable. Jamais un collant filé, jamais un pli au chemisier, jamais de rouge à lèvres effacé, un rimmel qui coule. Je ne peux pas dire la même chose de lui. Si je ne lui faisais pas la chasse, il se laisserait complètement aller. C'est fou ce qu'un homme une fois marié se laisse enfermer dans ses habitudes, ne cherche rien de nouveau. Encore un peu et il sortirait en jogging et baskets, même pour aller travailler. Plus la moindre fantaisie. Tout est acquis, plus besoin de fournir le moindre effort. Bien loin, le jeune amoureux, le nouveau marié. J'ai parfois l'impression d'avoir mon père en face de moi à table. C'est comme s'il n'avait plus la moindre envie d'autre chose. Je dois même avouer que je m'ennuie prodigieusement avec lui. Pas une seule initiative depuis des années. Noël chez sa mère, le Nouvel An chez mes parents, vacances à la Baule. Fichue idée d'avoir acheté cette maison de vacances là-bas. Et quand nous y allons, il passe ses journées à ne rien faire sous prétexte que son travail l'épuise et qu'il a besoin de repos. Depuis un certain temps, c'est encore pire, il parle de moins en moins, il arbore en permanence un air absent pour ne pas dire idiot. Je ne sais pas comment je fais pour le supporter. Quand je veux protester, il n'a qu'un seul mot à la bouche : travail. Il ajoute ensuite : pression, burn-out, que de bonnes excuses pour me rendre la vie impossible. Et cette idée de repas dans ce restaurant, j'avoue que je n'ai rien compris. D'habitude, il déjeune dans son restaurant d'entreprise. Si nous sortons manger au restaurant, c'est le soir et très exceptionnellement, je ne me souviens même plus de la dernière fois où ça nous est arrivé. J'aimerais bien, moi, de temps en temps être dispensée de la corvée de cuisine. Je ne demande pas forcément un grand restaurant, mais quand j'ai pu le suggérer il m'a toujours répondu : pourquoi aller manger mal ailleurs quand tu cuisines si bien. C'est vrai que j'aime cuisiner et j'ai toujours à cœur de me surpasser, quand même, la routine, ça finit par peser, ça vous bouffe le cerveau à la fin. Qui dira jamais l'ennui de la femme au foyer ? Car c'est ce que je suis : une femme au foyer. C'est lui qui l'a voulu. Avant notre mariage, j'avais toujours travaillé. Il avait les arguments pourtant si communs de tous les hommes : j'ai besoin d'une femme qui m'attende chaque soir pomponnée et avec le sourire, pas de ces femmes qui courent sans arrêt et que l'on finit par ne plus voir qu'entre deux portes. Je veux qui nous profitions de la vie à deux pleinement. Je n'aimais pas spécialement mon travail, je me suis laissée faire. Ce que je peux le regretter aujourd'hui ! C'est lui que je ne vois plus qu'entre deux portes.

Bon, je suis en retard, il a dit midi pile. Il doit reprendre le boulot à quatorze heures. Pour résumer, j'ai un mari pas marrant et je dois m'en contenter. J'exagère un peu. Force est de le reconnaître quand je dis que c'est un homme de routine. Il y a quelque temps, il s'est découvert une passion pour l'écriture. Lui qui ne lisait jamais plus d'un livre par an, qui travaille dans la communication, les médias, le voilà qui s'est mis dans la tête de se mettre à écrire. Non pas des livres techniques sur son métier, des romans. Et, pour ce faire il s'est inscrit à un atelier d'écriture. J'ai osé lui dire que c'était ridicule, que c'était un passe-temps pour les vieilles femmes retraitées. Il s'est fâché, je n'ai pas insisté. C'est peut-être ridicule, mais ce n'est pas dangereux et ça ne coûte pas très cher, des cahiers, des stylos et les ateliers sont à un prix raisonnable. Il est heureux. Une fois par semaine, il va écrire. Il a même participé à des week-ends entiers dans un gîte perdu au fond de la campagne avec des écrivains prétendument connus. Enfin, ça lui fait plaisir et il prétend y trouver la détente et l'oubli du quotidien. Si j'ai bien compris, le quotidien, c'est moi qui dois garder le foyer tandis qu'il part rêver à devenir le prochain Balzac. Il m'a suggéré de trouver, moi aussi un passe-temps qui me passionne. Ça change la vie, disait-il. Il a voulu me faire lire des textes qu'il avait écrits, mais ça ne m'intéressait pas. Je le laisse à sa marotte.

J'ai songé, moi aussi, à me trouver une activité, mais je ne suis pas une personne très sociable, je n'aime pas côtoyer des inconnus. Partager des choses avec des gens que je ne connais pas me fait peur, je perdrais tous mes moyens. Et je ne vois pas non plus ce qui pourrait me passionner. J'aimerais bien faire une activité avec Patrice, mais l'écriture ce n'est pas pour moi. On aurait pu pratiquer un sport, mais monsieur n'en avait pas envie ou alors il ne voulait pas le faire avec moi. J'ai parfois l'impression qu'il a honte de moi. Pourtant, si je ne suis pas la plus belle femme, je suis loin d'être laide et je surprends souvent, dans la rue des regards masculins sur moi. Ils sont plutôt flatteurs. J'ai gardé la ligne et je soigne mon allure.

C'est compliqué un homme, on a beau se casser la tête pour bien faire, on a toujours le sentiment de ne pas en faire assez pour eux. Ou alors ce n'est pas ce qu'il faudrait faire et eux, au lieu de nous donner le mode d'emploi, ils préfèrent critiquer. Depuis le temps que nous sommes ensemble, je n'ai jamais su ce que Patrice voulait de moi. À part ma cuisine et les ébats du samedi soir, rien d'autre ne semble l'intéresser chez moi. Il traîne toujours un air désabusé quand il est près de moi. Il refuse de le reconnaître et me dit que je me fais des idées. Il me prend pour une idiote, que je ne suis pas.

Je suis déjà en retard et ce tram qui n'arrive pas. Car, bien sûr, il a choisi un restaurant en plein centre-ville, là où se garer est impossible. J'aurais dû prendre un taxi. Je sens qu'il va me faire la tête. Pour ça, il est champion. Quand nous ne sommes pas d'accord, il commence par me donner ses arguments, je les réfute, mais il doit penser que je suis trop bête et que tout ce qui sort de ma bouche est inepte, car, alors, il se tait et commence à faire la tête. Impossible d'aller jusqu'au bout d'une conversation avec lui, il me plante là, circulez, y a rien à voir ! Elle est trop idiote pour que je perde mon temps à lui faire comprendre quelque chose. C'est alors : « ma pauvre fille, je n'ai pas envie de discuter dans le vide » et il se referme comme une huître. Vous imaginez ce que c'est gratifiant pour moi !

Enfin, voilà le tram. En avant pour les remarques acerbes.

Virginie.

Il est beau ce restaurant, il a vraiment bien choisi. Tout ce qu'il fait c'est bien. Depuis tout petit, ce garçon ne m'a jamais apporté que des satisfactions. Je sais, on dit que l'amour maternel, tout comme l'amour tout court, est aveugle, je ne sais pas si ce que je vois est la réalité, mais je suis tellement satisfaite de ce que j'ai sous les yeux quand je le regarde que ça ne peut être que vrai. Il est beau, il l'a toujours été : bébé merveilleux, enfant extraordinaire même l'adolescence ne l'a pas dégradé, pas d'acné, pas de membres dégingandés, le jeune homme était fascinant et le voilà maintenant homme mûr dans la force de sa beauté. Pas de calvitie en vue, des rides à peine marquées qui renforcent sa virilité. C'est mon œuvre d'art, elle est parfaite.

« Tu n'as pas froid, maman, tu es bien ? » Et aussi beau à l'intérieur qu'à l'extérieur. Si je suis l'artisan de sa beauté, je suis aussi la responsable de cette parfaite éducation. Je n'ai aucun mérite, il ne m'a pas rendu la tâche ardue. Il était sage, il m'écoutait et surtout, il n'aurait jamais voulu me causer le moindre chagrin. On peut dire que je suis une mère comblée. Quand je le vois ainsi, assis en face de moi, je ne peux m'empêcher de l'admirer et de mesurer ma chance. Quand certaines de mes amies qui se tracassent toujours pour leurs enfants, qui n'ont que des marques d'ingratitude de leur part après tout ce qu'elles ont fait pour eux, je n'ose pas leur raconter toutes les satisfactions que j'ai avec mon fils. Et, à son âge, il vit toujours avec moi. Vous allez me dire qu'à son âge, il aurait pu faire sa vie, se marier, avoir des enfants, c'est seulement parce qu'il n'a jamais rencontré la bonne personne. Je ne veux que son bonheur. Toutefois, je n'aurais pas accepté d'avoir une belle-fille indigne de lui. Je n'aurais pas manqué de lui faire comprendre que ce choix n'était pas bon et je sais qu'il m'aurait écoutée. Qui pourrait être meilleur juge que sa mère ? Grâce à Dieu, le cas ne s'est pas présenté et je n'en suis pas mécontente. Il a encore le temps et nous sommes si bien ensemble. Jamais de heurts, jamais de désaccords, une vie simple et tranquille.

Pourtant ça n'a pas toujours été facile. Son père avait du mal à comprendre que je lui avais donné le fils idéal, il ne se privait jamais de lui faire des reproches pour des choses insignifiantes. Il était trop ceci, pas assez cela, jamais il ne trouvait grâce à ses yeux ce qui m'obligeait à palier toutes ces remontrances par des compliments, des marques d'admiration pour rassurer ce pauvre garçon. Le plus grand reproche que lui faisait son père c'était un manque de caractère, car Jacques ne se rebellait jamais. Il se contentait de le fuir et son insatisfaction pour venir chercher le réconfort auprès de moi. Heureusement son père nous a quittés, grand bien lui fasse quand il avait sept ans et depuis nous vivons en parfaite harmonie. Nous avons la plus belle vie qui soit. Jacques a une très bonne situation il a fait de brillantes études, il ne le doit qu'à son travail si l'on excepte le fait que je lui ai donné l'intelligence dans les gènes, mais je ne lui dis pas par modestie.

Seul point d'ombre : mon fils ayant été abandonné par son géniteur, j'ai dû travailler et je n'ai pas pu me consacrer entièrement à Jacques. Par chance j'étais professeur de lettres dans un lycée, je bénéficiais des vacances scolaires et je pouvais aménager mon emploi du temps pour passer le plus de temps avec lui. Nous n'étions pas beaucoup séparés. Ses études de biologie achevées, il a trouvé un poste dans la ville où nous habitions. Je l'avais aidé, j'avais quelques connaissances. Nous avons donc toujours pu vivre ensemble. Je sais qu'il aurait beaucoup de mal à se séparer de moi.

J'ai longtemps craint qu'il trouve une femme à son goût. Pas forcément le mien. Malgré tous les bons principes que je lui ai inculqués, il aurait été capable de se laisser emporter par ses sentiments ou pire ses désirs. Dieu merci le calvaire de devoir le ramener à la raison m'a été épargné. Et s'il décidait de se marier, je saurais quoi lui dire. Je ne sais que trop ce que le mariage peut apporter de déceptions. On se met en ménage avec une parfaite inconnue qui devient bien vite un tyran domestique. Je l'ai mis en garde bien souvent. Je lui disais : tu peux passer un moment agréable avec une femme, tu es un homme normalement constitué, mais ne t'avise pas de vouloir t'installer avec l'une d'elles. Tu ne trouveras jamais le bonheur et la paix que tu as avec moi. Je t'aime sans condition, je ne te demande jamais rien, je suis toujours heureuse d'être avec toi. Aucune autre femme ne peut t'apporter ça. Et il m'a écoutée, c'est ce qu'il avait de mieux à faire.

Je sais qu'il est heureux, mon petit, et ça me fait plaisir. Il m'a demandé un jour si je ne regrettais pas de ne pas avoir de petits-enfants. « Tu plaisantes ! » je lui ai répondu, « si j'avais des petits-enfants, je ne pourrais jamais les aimer autant que je t'aime. Ils seraient les enfants d'une autre femme et je ne voudrais pas d'enfants d'une autre femme. Oui, je sais, ce serait aussi les tiens, mais ça ne changerait rien ». Il m'avait rétorqué qu'il était pourtant certain que je les aimerais, mais il se trompait. Enfin, je n'en ai pas et c'est très bien ainsi. Je n'aime pas beaucoup les enfants. Ça fait du bruit et ça dérange tout. J'ai aimé le mien, mais de plus en plus au fur et à mesure qu'il grandissait. J'aime ma maison en ordre et je suis encore jeune pour être une mamie ? Je ne sais pas faire les gâteaux et j'ai horreur de jouer. Quant à les voir des heures entières les yeux fixés sur les écrans, je ne pourrais pas le supporter.

Je vois le serveur qui nous regarde tandis que nous consultons le menu. Je parierais qu'il n'a pas une mère comme moi et qu'il envie mon Jacques. Il a l'air bien aimable ce jeune homme, c'est dommage pour lui. Jacques lève le nez de sa carte il va me demander ce que je veux prendre. Je vais lui dire que je le laisse choisir, il connaît parfaitement mes goûts et sait ce qui me ferait plaisir. Il aime tant me faire plaisir. Quand je suis satisfaite, je vois son regard attentif posé sur moi et je sais qu'il est en pleine euphorie. Il est comme ça, mon Jacques !

Je ne sais pas pourquoi, mais aujourd'hui, je le sens préoccupé. C'était déjà étrange qu'il m'invite comme ça un jour en semaine, d'habitude nous déjeunons au restaurant le dimanche et les jours de fête. Il a pris un jour de congé. J'espère qu'il n'a pas d'ennui dans son travail. Il ne me cache jamais rien, mais, là, il est tendu. Je sens que quelque chose ne va pas, c'est l'osmose entre nous, tout ce qui le touche me touche et même quand il minimise les choses, je ne suis pas dupe. Je suis toujours parvenue à lui faire cracher le morceau, il n'a personne d'autre avec qui s'épancher et je suis la meilleure personne pour lui apporter des solutions à ses problèmes. Il va me parler de choses graves, enfin graves pour lui, car je trouverai toujours le moyen de tout arranger. Je ne suis quand même pas rassurée. Mon cœur de mère est toujours aux abois. Protéger mon petit, c'est ma priorité et j'ai toujours peur de ne pas y arriver. On trouve toujours le monde trop cruel pour ceux qu'on aime et on voudrait qu'ils soient en permanence dans un monde idéal. Je suis prête à tout pour lui, je suis capable d'affronter le monde entier. Se pourrait-il qu'il ait un chagrin d'amour ? J'en tremble d'horreur. Si une femme faisait du mal à mon petit, elle le regretterait, je peux vous le dire. Elle aurait, devant elle, la pire des tigresses et ce n'est pas peu dire. Non, ça ne peut pas être ça. Il est peut-être malade. Non, je le saurais. Nous avons le même médecin et il sait très bien que s'il me cachait quelque chose au sujet de la santé de mon enfant, il le regretterait, lui aussi. Je l'ai vu dans la semaine, il ne m'a rien dit et Jacques a l'air en pleine forme.

Allons, je dois cesser de me monter la tête. Nous allons passer un bon moment et Jacques va m'expliquer ce qui le préoccupe.

Il s'absorbe dans la lecture du menu comme s'il craignait d'avoir à me parler, comme s'il redoutait les questions. Non, je ne me trompe pas, je vois bien sa main qui tremble sur le menu. Depuis le temps qu'il l'étudie, il doit le connaître par cœur. Je n'ai pas eu le temps démettre le moindre mot pour lui demander si ça allait qu'il m'assène :

« Dépêche-toi de faire ton choix, le garçon attend ! »

Je suis restée bouche bée. D'habitude, il ne me parle pas comme ça. Je sens de l'impatience dans sa voix. Le pauvre serveur est gêné. Il attend, c'est normal, il est là pour ça. Pas de quoi en faire un drame. Jacques semble pressé de se débarrasser de lui. Oui, il y a bien quelque chose qui ne va pas et je pressens que c'est grave. Décidément, je n'aime pas ça !

Alice.

Cinquante ans de mariage, ça peut paraître long, en réalité on garde des images floues des instants passés et on n'a pas une conscience très nette du temps constitué par une somme de jours trop souvent pareils. Des souhaits non réalisés, des petites catastrophes non évitées, des regrets non exprimés et des occasions ratées. Durant ces cinquante années, pas de drames, des pertes attendues de parents âgés, des maladies non mortelles, une relative aisance financière, pas de quoi écrire un roman. Juste une vie ordinaire, presque banale. Les témoins extérieurs pourraient dire une vie heureuse. Mais on sait tous que rien n'est moins fiable qu'un témoin. Pour avoir une image fidèle, le témoignage des deux protagonistes serait nécessaire, mais là encore, je n'ai qu'un témoignage tronqué à vous apporter. On se laisse assez facilement aller à occulter ce qui ne nous convient pas, on ne dit pas tout non plus pour éviter de vexer, de faire de la peine y compris à soi-même.

Juger sa vie, c'est difficile. Il y a les jours où tout va bien et l'on se dit qu'on a la meilleure vie qui soit possible, la chance est de notre côté. Bon mari, bon fils, que demander de plus ? Et puis, certains matins, on se lève et on se dit que cette vie ne nous a pas apporté grand-chose. Que les rêves que l'on caressait dans sa jeunesse ont bel et bien été oubliés en route, avalés par les réalités de la vie. On se dit que cette vie, on l'a plus subie que choisie et que malheureusement il est bien trop tard pour y changer la moindre chose. C'est l'alternance de ces états qui devient fatigante avec l'âge. Pour finir, c'est toujours la fatigue qui l'emporte.

Nous avons voulu célébrer ce bail. J'aurais aimé une fête à la maison avec toute la famille, mais notre fils vit aux États-Unis et Simon ne voulait pas de nos frères et sœurs. Il disait que ça ressemblerait plus à un repas de Noël qu'à notre anniversaire de mariage. Nous ne sommes donc que tous les deux, en tête à tête, dans ce beau restaurant, un peu trop luxueux pour moi. Je ne m'y sens pas à ma place. Tout ce tralala, ces cristaux, la porcelaine, l'argenterie me dérangent. C'est beau, trop beau. Je n'ai pas été habituée à ça. J'ai l'impression d'être mal habillée, j'ai peur qu'on me regarde d'un air ironique. Heureusement, il n'y a pas encore grand monde ; je ne voulais pas, mais Simon a tellement insisté. Pour avoir la paix, j'ai cédé, je le regrette.

Je suis seulement contente, pour une fois, de ne pas avoir à cuisiner, de ne pas avoir à me lever, le repas terminé pour laver et ranger la vaisselle. Je vais quitter ma chaise et partir sans me soucier d'autre chose. Pour ça, c'est un jour de fête. Et ce n'est pas coutume. Depuis qu'il est en retraite, Simon m'aide un peu, mais la cuisine, c'est toujours mon domaine. Cinquante ans de repas, cinquante ans de vaisselles. Certes, les dernières années, j'ai eu un lave-vaisselle, mais il ne se remplissait ni ne se vidait tout seul.

Je serais mal venue de me plaindre. Je n'ai jamais eu à travailler à l'extérieur. J'ai pu élever notre fils à mon rythme sans courir. J'ai eu une maison à moi que j'ai pu arranger à mon idée. Je me concentrais sur l'éducation de mon fils et sur la tenue de la maison. C'était simple. J'ai toujours fait attention à moi, je peux encore mettre ma robe de mariée que j'ai gardée. Je n'ai pu éviter ni les cheveux blancs ni les rides, mais la cosmétique m'aide bien. Je n'ai pas à rougir de mon apparence. Je ne suis pas certaine que Simon s'en aperçoive. Lui non plus, d'ailleurs n'a pas à avoir honte de son physique, mais c'est grâce à ma vigilance qu'il a gardé sa silhouette de jeune homme. Quand je nous regarde dans la grande glace qui nous fait face, je vois un couple âgé, mais qui a encore de l'allure. Pour moi, l'image que l'on donne est très importante, on doit pouvoir garder en toutes circonstances l'estime de soi et ça passe par ce que nous renvoie le regard des autres. S'il était un tant soit peu réprobateur, je serais très mal à l'aise. J'aime qu'on me voie dans le meilleur état possible. Je ne suis pas coquette, je ne me préoccupe pas de la mode, je ne me maquille que dans les grandes occasions, comme aujourd'hui, et très discrètement. Je fais seulement toujours attention d'être impeccable. Autant pour ma satisfaction personnelle que pour la galerie.

Tout n'a pas toujours été si facile, Simon est gourmand et n'a pas beaucoup de volonté en ce qui concerne la nourriture, mais j'ai lutté pour lui. Il peut m'en être reconnaissant. Il ne croyait tout de même pas que j'allais le laisser devenir un vieillard ventripotent, portant des joggings, des charentaises. Mon fils dit toujours : vous ferez les plus beaux vieux que je connaisse. Simon proteste de temps en temps, mais il finit toujours par admettre que j'ai raison. Il dit aussi que depuis que je n'ai plus eu d'enfant à surveiller, j'ai dû me mettre à surveiller mon mari. Mais c'est le rôle de la femme, pas vrai ?

Ce n'est pas que le cadre qui m'intimide, c'est aussi le service. Tous ces jeunes qui vous tournent autour, qui vous guettent. « Ont-ils terminé ? » Ils se précipitent alors pour récupérer vos assiettes et apporter la suite. Ils ne vous quittent pas des yeux. J'ai l'impression que je ne mange pas assez vite et que je dois me hâter pour qu'ils me lâchent plus vite. Et ils vous demandent si tout va bien, si ça nous plaît. Que leur dire ? Car je crains que tous ces mets raffinés, certes, n'aient rien à voir avec la nourriture saine et diététique.

Le serveur nous amène le menu. Je vois les yeux de Simon qui se mettent à briller. Je tremble de découvrir ce qui y est inscrit. Je vois déjà le beurre et la crème dégouliner des plats, le sucre omniprésent dans les desserts, je vois les calories, les graisses saturées, les glucides perfides et les lipides cachés. Je n'ose me saisir de la carte tentatrice. Simon s'est précipité. Je sens qu'il hésite, je sais qu'il a envie de tout prendre. C'est comme si je n'existais plus. J'essaie de capturer son regard pour lui faire comprendre qu'il doit rester raisonnable et que cet anniversaire ne doit pas être le prétexte à se laisser aller à la goinfrerie. Il peut faire un petit écart, mais pas un qu'il regretterait pendant longtemps. Il ne me voit pas ou il feint de ne pas me voir. Je n'ose pas lui faire de remarque. Je ne voudrais pas que nous ayons l'air de deux vieux qui se disputent. Je ne sais pas comment Simon le prendrait, il a parfois des mots qui dépassent sa pensée. Il le regrette, il s'en excuse, mais il est trop tard, on l'a entendu.

Il hésite, je suis certaine qu'il ne va pas prendre le plat le plus léger. Je sais qu'avec moi, il est frustré en permanence, mais c'est le prix à payer pour rester en bonne santé. Il ne dit plus rien maintenant, il s'est habitué. Il fut un temps où ce n'était pas facile. Il ne comprenait pas. J'ai tenu bon faisant fi de ses reproches, je savais que j'étais dans le vrai, mais cette lutte qui revenait à chaque repas m'épuisait et me peinait, car les propos de Simon étaient méchants. Il n'y a pas pire qu'un homme que l'on prive de nourriture si ce n'est un homme qu'on prive de nourriture grasse et sucrée. Oui, je suis dans le vrai puisque nous allons très rarement chez le médecin, Simon ne veut pas en convenir et lorsque je le vois regarder son assiette avec dégoût, je sais que cet homme si doux et gentil a des idées de meurtre. Mais il n'entamera pas ma résolution.

Je le vois tellement heureux que j'hésite à lui gâcher ce moment. Je risque de le faire sortir de ses gonds. Je n'ai pas peur de lui, il aboie, mais ne mord pas. Seulement j'aurais honte d'être maltraitée verbalement, ce qu'il ne manquerait pas de faire sans se soucier d'être entendu par nous voisins de table.

J'attends, je n'ai pas envie de m'affoler trop vite, mais je suis loin d'être tranquille. Il a déjà demandé la carte des vins, c'est un signe préoccupant. Simon n'est pas alcoolique, mais s'il se décide à boire plus que d'habitude, je peux craindre ce qui serait susceptible d'arriver. Il sent mon inquiétude qui est assez forte pour arriver jusqu'à lui. C'est rare qu'il se préoccupe de mes inquiétudes sinon pour les railler, je le soupçonne de vouloir se venger et quelle plus belle vengeance qu'une bouteille de bordeaux. Ses yeux brillent, il fait déjà de grands gestes. Rien que l'idée de s'enivrer l'enivre d'avance.

Et je suis là, impuissante dans ce décor de rêve, au milieu de ces gens qui sont habitués à de tels endroits et à manger de ces plats dangereux. Des gastronomes, dit-on, qui font la fortune des gastro-entérologues. J'entends Simon si je lui faisais part de mes réflexions : « tu vois comme ces gens sont épanouis, heureux et ils n'ont pas l'air malades ». Ils n'ont pas l'air si heureux que ça. Tiens !

La femme avec son fils, elle semble plutôt en colère et la gamine à l'autre bout, elle a toutes les caractéristiques de l'ado contrariée.

« Détends-toi, c'est la fête aujourd'hui ! Il faut en profiter ». Je veux bien en profiter, mais pas au risque que nous tombions malades en renonçant à notre vie saine. Pour moi, profiter, c'est avoir l'esprit tranquille, ce qui n'est pas le cas en découvrant ce menu. Je vais manger à contrecœur et voir mon mari s'empiffrer, tu parles d'un anniversaire de mariage. C'est la fête à la calorie, la fête au cholestérol et au diabète. Je les aperçois déjà prêts à foncer sur nous. Comment veut-il que je me détende ? À peine si je pouvais avaler un verre d'eau.

Kévin.

Je me demande ce que je fais ici, ce n'est pas un endroit pour moi. Je suis gêné et je ne peux que me faire remarquer, ce que je déteste entre tout. Je vais commettre des impairs, c'est sûr. On ne m'a jamais montré comment on se comporte dans un tel restaurant. Tout ce personnel qui va et vient me donne le tournis. À ma maison, ma mère pose le plat sur la table et chacun se sert à tour de rôle. Ici, ils amènent les assiettes déjà garnies et on ne peut pas décider quelle quantité on désirerait prendre. Trop, trop peu ? Comment savoir si l'on doit tout manger alors qu'on est rassasié s'il y avait trop ? Et si on a encore faim ? Je n'ai jamais connu que les cantines scolaires et les restaus U. Je suis certain que mes parents ne sont jamais allés au restaurant. Et voilà, moi, leur fils, sur le point d'entrer dans l'un des plus grands restaurants de la ville. Ils pourraient en être fiers, mais j'en doute. Surtout s'ils savaient qui m'a invité ici. Il se pourrait qu'ils ne voient que le professeur, ils ne se douteraient jamais de la vraie raison de cette invitation. Ils en mourraient. Je préfère ne pas penser à eux. Je fais le malin, comme ça, mais je ne suis pas rassuré. J'ai accepté ce repas, je ne suis pas dupe, je sais à quoi m'attendre. Malgré tout je ne sais toujours pas ce que je vais décider.

Toute cette vaisselle, ces cristaux, je commence à ressentir les affres des couteaux. Je ne sais pas ceux qu'on doit utiliser à bon escient. C'est comique vu l'enjeu de ce déjeuner, s'appesantir sur le bon usage des couteaux, mais c'est plus fort que moi, c'est le plouc qui resurgit. Si je n'avais pas été autant obnubilé par le pourquoi de cette rencontre, j'aurais pu me renseigner, c'est seulement maintenant que j'y pense. Sans doute pour cacher ma peur encore un peu derrière les problèmes techniques. J'ai beau me dire que c'est ça, que je triche encore et que les couteaux, ce n'est pas le plus important, ça me gêne quand même.

Oui, le plus important… Lorsque je suis arrivé dans son cours, j'ai entendu de tout à son sujet. Je me méfie des rumeurs, mais j'ai très vite compris que si rumeurs il y avait, elles n'étaient pas totalement infondées. Le professeur était homosexuel, pas besoin de le regarder deux fois pour en être certain. Il avait des relations avec ses élèves, pas étonnant ce type avait un charisme exceptionnel. Il n'a pourtant jamais été dit qu'il exerçait des pressions, tous ceux qui avaient accepté ses faveurs étaient consentants. Jamais de plaintes, jamais de scandale. Nous sommes tous majeurs. Je dois dire que la première fois que je l'ai vu, j'ai été ému. Ému, c'est le seul mot qui me vient à l'esprit. Je sens le mot trop faible, c'était trop difficile à analyser. J'ai ressenti comme un appel, une reconnaissance. Je n'ai jamais été au clair avec mes sentiments. C'était trop embrouillé. Je savais seulement que je devais les faire taire. Cette fois, je ne parvenais pas à les faire taire. C'était diffus. Je devinais que ce n'était pas anodin. Puis j'ai assisté à ses cours et j'ai été subjugué. Je n'avais encore jamais rencontré quelqu'un d'aussi intéressant. Il aurait pu nous lire l'annuaire, nous aurions été fascinés par lui. Tout devenait clair et en même temps on se sentait plus intelligents d'avoir compris tout ça. Les heures de cours avec lui semblaient ne durer que quelques minutes, on aurait voulu que ça ne finisse pas.

J'étais en admiration devant lui, on pourrait même dire en adoration. Une foule l'attendait toujours à la fin des cours, pour lui poser des questions, pour se faire voir de lui. Je restais en retrait comme s'il m'effrayait. Je sentais que me rapprocher de lui ne serait pas sans conséquences pour moi. Je ne les voyais pas vraiment ces conséquences, mais elles me faisaient peur. En fait, je ne voulais pas les voir. Je suis, depuis longtemps, passé maître à dissimuler ce que je suis. Dans le milieu où j'ai grandi, il n'était pas envisageable de montrer ses sentiments, surtout quand ils ne sont pas conformes à la morale. Ignorant tout de la sexualité, je ne me suis aperçu que très tard de mes goûts qui n'étaient pas les goûts communs, ce que je me suis empressé de cacher. Lorsque j'ai compris les commentaires, la haine qu'engendrait ce que je représentais, il était hors de question que je me fasse connaître pour ce que j'étais. Lorsque j'étais attiré par un de mes camarades d'école, je le fuyais immédiatement. Je passais pour un sauvage. Je n'avais pas d'amis de peur qu'ils découvrent que je n'étais pas comme eux. Je souffrais de solitude, mais j'avais tellement peur de laisser échapper un mot, un geste que je préférais rester en marge. Je suppose que dans mon milieu, ils n'étaient pas très instruits sur l'homosexualité, on ne s'est jamais douté de rien. Je ne me souviens pas non plus avoir découvert un de mes semblables parmi eux. Je l'aurais immédiatement reconnu même s'il était aussi honteux que moi et le niait tout autant. C'est pourquoi j'ai longtemps été persuadé d'être anormal. Quand il n'y a dans son entourage, personne qui vous ressemble, c'est que vous devez être hors normes. J'ai donc toujours été un enfant solitaire ce qui m'a permis d'être un bon élève, je ne pensais qu'à travailler.

Heureusement pour moi, je vivais dans un village éloigné de tout, j'ai donc dû le quitter très tôt pour poursuivre mes études. Même très loin de mon milieu d'origine, après avoir pu constater que je n'étais pas le seul à être homosexuel au monde. Certains, totalement décomplexés, s'affichent au grand jour, se marient, et moi, je ne parvenais pas à me laisser aller à mes penchants. J'avais toujours l'impression d'avoir tous les yeux de mon village braqués sur moi. Je vivais replié sur moi-même évitant la compagnie, surtout celle des garçons. Je passais pour un coureur de jupons parce que j'étais souvent avec des filles, un comble pour moi. Elles m'aimaient beaucoup parce que j'étais doux avec elles et que je leur fichais la paix. J'étais, pour elles, l'ami idéal. Même à elles, je n'ai jamais pu avouer. Voyant que je ne répondais jamais à leurs avances, je n'en manquais pas, je me savais beau garçon, elles avaient bien dû se douter de quelque chose. Elles ne m'en avaient jamais parlé. Je ne les remercierai jamais assez pour leur délicatesse qui me faisait regretter de ne pas pouvoir les aimer.

Mon bac en poche, j'ai pu intégrer cette grande école, prendre un studio en location et vivre libre avec ma bourse. Mais, même à ce moment-là, je me refusais la moindre relation. Mon travail me prenait beaucoup de temps, j'avais trouvé des heures dans une association qui aidait les personnes âgées. Avec mes études, il ne me restait guère de temps pour m'appesantir sur mes frustrations qui étaient très grandes, vous le pensez bien. Depuis la puberté, je devais tenir la bride à mes élans primaires, ne pas regarder les beaux garçons qui m'entouraient, fermer mon cœur et mes sens, une souffrance perpétuelle. Il m'est arrivé bien souvent de pleurer de détresse en songeant qu'il en serait toujours ainsi. Je ne voyais aucune issue à ma situation.

Et je me suis inscrit aux cours de ce professeur qui a réussi à jeter le trouble dans ma vie bien rangée. Je n'ai pas mis longtemps à repérer son manège. Dès qu'il arrivait dans l'amphi, ses yeux se portaient sur moi et durant toute la durée de son cours, c'est sur moi qu'ils revenaient le plus souvent. Je me demande si les autres ne s'en sont pas rendu compte. Mais personne ne m'en a parlé. À moins qu'ils ne l'aient fait derrière mon dos. Je ne parvenais pas alors à analyser ce qui se passait en moi, mais je sentais que c'était quelque chose d'inhabituel. Un émoi jusqu'alors inconnu. Ce n'était pas à proprement parler de l'ordre des sentiments, plutôt une réaction physique. J'avais du mal, par moments, à suivre le cours. Quand je m'égarais, il avait le don de hausser à peine le ton comme pour me rappeler à l'ordre. Il sentait tout de moi. Je luttais de toutes mes forces pour contrer l'état dans lequel me plongeait son regard. Tout était exacerbé par l'admiration que je lui portais. Je me gardais bien de l'approcher de trop près. Sans le savoir ou au contraire en ne le sachant que trop bien, il avait ouvert les vannes du barrage que j'avais mis tant de temps et de peine à construire. C'est cette admiration qui m'avait empêché d'exercer ma vigilance habituelle.

C'est au bout de quelques mois qu'il s'est mis à vouloir me parler après les cours. Je n'osais dire non. C'était toujours pour me parler de mon travail, j'ai fini par me rassurer, mais je me sentais toujours aussi mal en sa présence. Je n'espérais rien, je n'attendais rien de lui, je redoutais plutôt ce qui viendrait non pas de lui, mais de moi. J'avais refoulé bien trop longtemps ce qui bouillait en moi. Je me sentais comme une machine à vapeur prête à exploser. Un jour où je ne m'y attendais pas, il y a eu cette invitation. J'ai compris que je devais regarder, une bonne fois pour toutes, la réalité en face. Il était temps d'assumer quoi qu'il m'en coûte. Alors, j'ai dit oui. J'ai dit oui avant de me laisser le temps de réfléchir entraîné par mes désirs pourtant toujours aussi inavouables à mes propres yeux. Je voulais me mettre au pied du mur. Je ne savais pas à quoi je m'exposais en fin de compte. Je devais pourtant l'expérimenter. J'étais devenu un homme, je devais apprendre à assumer. C'était très difficile. J'en étais conscient, mais je me disais que je ne pourrais vraiment combattre que si j'étais confronté à la bataille. Très difficile, ce n'est pas peu dire. Je tremble devant tout ce luxe, mais surtout devant lui. J'avance vers l'épreuve comme un condamné, condamné à la découverte de ce que je n'ai jamais voulu regarder en face. C'est mon corps qui me pousse et qui me fait oublier ma raison. Cette attirance physique a fait taire mes scrupules. Il était temps. Je ne pouvais plus supporter ces désirs inassouvis qui me rendaient fou. Ce n'était plus tant la honte qui me tourmentait que la peur de l'inconnu. Une peur qui ne m'empêchait pas d'avancer vers mon destin, mais qui me vrillait les tripes. La possibilité d'atteindre enfin la satisfaction de mes désirs était là devant moi. La voie était ouverte, il me suffisait de trouver le courage de m'assumer enfin.

Je ne sais toujours pas comment les choses vont évoluer et je préfère ne pas anticiper. Je vais faire comme si rien ne se jouait là, comme si je déjeunais avec mon professeur, comme s'il était marié, comme si j'aimais les filles. Je vais fermer les yeux et me jeter à l'eau, on verra bien. Je sens que je retrouve un peu d'assurance, mais jusqu'à quand ?

Annabelle.

Comment fait-on quand on rencontre un homme pour la première fois ? J'avais toujours connu mon mari, nous étions à l'école, au collège, au lycée ensemble. Nous nous étions séparés après le bac pour fréquenter des universités différentes, mais nos parents habitaient toujours le même village, à chaque fois que nous rentrions à la maison, nous passions nous voir. Nous étions les meilleurs amis du monde. Nous connaissions tous l'un de l'autre et nous étions bien ensemble. C'était donc de toute évidence ensemble que nous allions passer notre vie. Elle fut belle, mais malheureusement courte, la vie commune. La seule passion que nous ne partagions pas, la moto, me l'a enlevé. Il était encore dans la fleur de l'âge et moi aussi. Seule avec deux enfants en bas âge, j'ai cru connaître l'enfer. J'ai travaillé, pleuré, travaillé, encore pleuré, encore travaillé et les années ont passé. Je m'étais complètement effacée, je ne vivais plus que pour les autres, mes parents, mes enfants. Je ne m'en suis vraiment rendu compte que quand le plus jeune de mes fils a quitté la maison. Je me suis alors sentie complètement désemparée. Je tournais en rond, seule dans une maison vide. J'avais perdu tous mes amis, je n'avais plus d'activités autres que mon travail et les corvées ménagères encore réduites depuis qu'il n'y avait plus que moi pour salir. Que reste-t-il quand tout ce qui faisait votre vie a disparu ? Je n'avais pas la réponse. Cependant le destin ou ce qui lui ressemble veillait dans un coin. Je me rendais au travail à bicyclette, une mauvaise chute, fracture du radius droit. Impossible de rester chez moi ainsi handicapée. On m'envoie dans une maison de convalescence. Je me lie d'amitié avec ma voisine de chambre à peine plus âgée que moi et tout aussi esseulée.

C'est elle qui m'a proposé de m'inscrire sur un site de rencontres. Elle avait envie de tenter le coup : marre d'être toujours seule ! disait-elle. Je ne l'aurais jamais fait, mais elle a su me convaincre et, reconnaissons-le, elle n'a pas eu beaucoup de mal à le faire. Marre de ces soirées solitaires devant la télé, de ces sorties entre filles toujours plus jeunes que moi, celles de mon âge étaient en famille, et à qui je n'avais pas grand-chose à dire. Marre de n'avoir jamais de projets de vacances. Seule, ce n'est pas marrant. Marre de la pauvre assiette solitaire sur la table. Marre de n'avoir personne à qui montrer la dernière robe que je m'étais achetée. Marre d'avoir toujours peur d'importuner mes enfants quand je n'en pouvais plus et que je leur demandais de passer me voir sous un prétexte quelconque. Ils ne refusaient jamais, mais ils avaient leur vie à construire. Marre d'attendre qu'ils soient mariés et parents pour que je puisse garder leurs enfants et les voir plus souvent. Marre d'être la pauvre veuve toujours en quête d'un peu de compagnie.

En élaborant notre profil, nous riions comme des gamines. J'ai refusé tout net de mettre une photographie. « Pourquoi, tu es très bien, tu n'as pas à rougir ! » Elle était gentille. « Si un homme s'intéresse à moi, je ne veux pas qu'il le fasse pour mon physique ». « Mais ça compte le physique, quoi qu'on en dise ». Elle pouvait bien être aussi catégorique, elle était canon. « Chacune son opinion ». « Tu as raison, mais moi je mets une photo ». Je dois reconnaître que je regardais les photos des prétendants avec attention. Quoi, on peut rêver, non ? Cependant, je ne m'y arrêtais pas. Je n'ai jamais essayé d'en contacter un, j'attendais seulement qu'on me sollicite. J'avais mis ce que je considérais comme important sur moi dans mon profil, ce que je considérais comme pouvant intéresser un homme qui me conviendrait. Si je pouvais lui donner envie de me connaître, ça ne pouvait qu'être quelqu'un de bien. C'est du moins ce que je pensais en me lançant dans l'aventure.

Je n'y croyais pas beaucoup. J'ai été contactée par tout un tas d'hurluberlus qui ne savaient pas ce qu'ils voulaient ou qui le savaient trop bien et ça ne m'intéressait pas. Je n'avais aucune envie d'une aventure d'un soir, mais ce que je craignais le plus c'était de devoir me défaire d'un homme qui me déplairait et qui me harcèlerait. Comment fait-on dans ces cas-là ? Je répondais très prudemment et n'acceptais aucun rendez-vous. J'avais bien trop peur. Contrairement à moi, ma nouvelle amie, une fois sortie de la maison de convalescence s'est lancée dans la chasse aux hommes. Elle me racontait ses aventures, ça me faisait rire, mais ça ne me donnait pas envie. Je ne cherchais pas seulement un dérivatif à ma solitude, mais un compagnon de route. Que m'importaient les beaux parleurs qui, une fois qu'ils ont obtenu ce qu'ils voulaient, disparaissaient comme par magie. Il était même fort possible que certains soient mariés et pères de famille. C'est ce que je redoutais. Je sais que c'est courant sur ces sites de rencontre où l'on se croit tout permis. Je ne me voyais vraiment pas en briseuse de ménage même si c'était à mon insu et que l'épouse continue à l'ignorer. J'avais besoin d'avoir du respect pour moi et la conscience tranquille.

Soyons honnête, j'ai été tentée une ou deux fois par un de ces types qui annonçaient la couleur : un coup d'un soir sans lendemain. Le corps perle et il était bien trop sage depuis longtemps. Certains de ces hommes étaient magnifiques et ça n'engageait à rien. Je ne saurais dire ce qui m'a retenue. L'image de mon mari ou la peur tout court. Ces hommes avaient certainement des exigences, voire des pratiques particulières. Pour une reprise des activités, je n'avais pas envie de me retrouver dans ce genre de situation. Je n'étais pas certaine de pouvoir assurer. J'étais trop rouillée et encore assez conventionnelle dans les rapports sexuels. Tant pis pour ma frustration, elle ne me ferait pas mourir.

Et puis Richard. J'ai vu son profil, il n'y avait pas non plus de photo, mais ce que j'ai lu m'a donné envie de mieux le connaître. Pour la première fois, j'ai fait la démarche de le contacter, ça devait être un signe. C'était tout à fait naturel. Je ne m'étais pas posé la question. J'avais tout de suite eu envie d'en savoir plus sur lui. Il a répondu immédiatement à mon message. Nous avons correspondu pendant longtemps. Tout ce que je découvrais sur lui me plaisait et de même pour lui, il le disait. C'était toujours avec impatience que j'attendais ses mails. Nous avions fini par correspondre directement. Quand nous avons décidé de nous dévoiler physiquement, je n'ai pas été déçue. Ce n'était pas le plus bel homme, mais il n'avait rien de repoussant, il était encore très bien pour son âge et j'étais déjà sous le charme de sa personnalité. Mon amie qui ne comprenait pas comment j'avais été séduite par un homme sans savoir à quoi il ressemblait m'avait souvent mise en garde : « et s'il est vraiment laid, difforme, qu'est-ce que tu feras ? » Je n'en avais pas la moindre idée, c'était un risque à courir, je suivais tout simplement mon instinct. Il avait été juste. Richard était on ne peut plus convenable et par chance je lui avais plu aussi. Aujourd'hui, je suis dans le bus qui m'emmène au restaurant où il m'attend et je me sens comme une jeune fille à son premier rendez-vous. Enfin, je suppose puisque je n'ai jamais connu ça avec mon mari. J'avais pris grand soin de ma tenue. Moi qui me laissais aller côté vêtements, traînant mes vieilleries, j'étais allée faire des achats et j'étais très satisfaite de ce que j'avais trouvé. Je me sentais à mon aise et presque sûre de moi, du moins de mon apparence ce qui ne m'était pas arrivé depuis longtemps.

Nous allons devoir faire vraiment connaissance. Nous avons beaucoup échangé, mais seulement par écran interposé, c'est certainement très différent de le faire face à face. Sur l'écran, seulement des lettres, il n'y a pas le ton de la voix, l'expression des yeux, du visage, on peut donc plus facilement dissimuler. Par contre on en dit plus que de vive voix où le trac, la timidité peuvent s'en mêler. Je tourne et retourne ça dans ma tête. Puis il y aura le repas. Ce sera sans doute très bien, on aura plaisir à échanger, mais après ? Cet après me terrorise. Car c'était inéluctable. Tôt ou tard, il me demanderait d'aller plus loin que la conversation. Je n'ai pas eu de relations avec un homme depuis si longtemps, je n'ai jamais eu de relations sexuelles après mon mari. Je ne sais pas comment je vais me comporter. J'espère que nous n'en arriverons pas là immédiatement. Je fais confiance à Richard pour me laisser le temps de me préparer, mais les hommes sont plus rapides et plus demandeurs. Nous n'avons encore jamais abordé le sujet ce qui me laisse penser que Richard est un homme délicat. Je vais essayer de ne pas y penser. Il sera encore temps quand je serai au pied du mur. J'espère que toutes ces années d'abstinence qui m'ont privée de ce plaisir rendront les choses plus faciles. Il suffira d'une étincelle comme le dit cet autre chanteur et je suis sûre que le feu reprendra. J'aimerais vraiment que cette relation prenne un bon tour. C'est réellement angoissant. Je dois faire appel à tout mon courage pour ne pas faire demi-tour. Le bus s'arrête juste en face du restaurant, il est un peu tard pour reculer. « Allez, Annabelle, haut les cœurs, ton bonheur est peut-être là, derrière la porte à tambour. Ne le laisse pas filer ! » Imagine ta future vie, le plaisir d'avoir quelqu'un qui t'attend, qui prend soin de toi. Tu ne seras plus seule. Ça prendra un peu de temps pour t'habituer à un autre homme, un peu de temps pour l'aimer. Même si tu n'aimes jamais plus autant que tu as aimé, même si ce n'est pas de la passion ce sera de l'affection et c'est précieux l'affection.

Oui, mais…

Tais-toi et fonce, personne ne le fera à ta place ! Pense d'abord à toi ! Tu veux un homme, il est là, à ta portée. Il ne tient qu'à toi.

Menu

Foie gras de canard maison, gelée au vin de Toul « Auxerrois »

La sélection de l'écailler – 6 huîtres Fines de claire N° 3

Tartare de Daurade royale, pommes Granny, vinaigrette citronnée.

Salade de tomates, Mozzarella et Pistou, copeaux de parmesan Reggianno

Les Plats

Suprême de volaille française, crème fleurette de champignons, linguines

Tartare de bœuf charolais, salade de saison, frites

Dos de saumon cuit sur peau, arlequin de légumes, vinaigrette balsamique

Cœur de rumsteck normand poêlé sauce au poivre, flan de Bintje au Comté

Les Desserts

Entremets au chocolat croustillant « Excelsior », crème anglaise vanille

Le Tout-Nancy : parfait glacé aux éclats de macarons et bergamote coulis de mirabelles

Crème brûlée à la bergamote

Assortiment de glaces et sorbets.

Les Garnitures

Garniture supplémentaire au choix : haricots verts frais, pommes frites, salade de saison, purée de pommes de terre.

Samantha et Grégoire.

Par quoi allons-nous commencer ? Et si nous choisissions notre menu, ça nous permettrait de reprendre nos esprits.

Grégoire ne la mène pas large, l'air de Samantha n'est vraiment pas engageant. On pourrait même dire qu'elle a un air buté. Celui qu'affectionnent particulièrement les adolescentes quand les choses ne vont pas dans leur sens. Grégoire se demande si elle n'est pas déçue par lui. Et ça le contrarie. Il n'est pas mégalo, mais il aime être à son avantage et qu'on le reconnaisse. Il voulait plaire à cette gamine ! Pourquoi ? Il en était le premier surpris. Il n'était même pas sûr que ce qu'elle disait était vrai. Et même si c'était le cas, il ne voulait pas jouer le rôle de père. Alors que lui importait l'effet qu'il pouvait produire sur elle. Il s'en préoccupait pourtant. Tout était si nouveau et étrange pour lui. Il se rend vite compte que ce n'est pas lui, le premier à la décevoir.

- Ils n'ont même pas de hamburgers, ici. C'est quoi ce restaurant ?
- Ne me dis pas que tu n'es jamais allée qu'à Quick ou Mac Do !

Il aurait dû s'abstenir, elle n'appréciait pas du tout.

- Ben non, quand même ! Mais j'avais envie de hamburgers ou de pizza.
- Navré, j'aurais pensé te faire plaisir en t'invitant dans un bon restaurant.
- Un restaurant de vieux !
- Encore une fois navré que ça ne te plaise pas.

Elle ne répond pas, il ne sait pas si c'est bon ou mauvais signe. Elle reste concentrée sur son menu comme si elle allait y découvrir quelque proposition qui puisse convenir à une gamine de seize ans. Ses longs cheveux qui lui tombent devant le visage cachent un moment son expression. Grégoire espère qu'elle va enfin découvrir quelque chose de positif. Elle relève la tête, sa mine n'est pas plus réjouie.

- C'est que des trucs compliqués et j'aime pas les trucs compliqués.
- Prends une salade de tomates, ce n'est pas compliqué.
- Bon, ça va !
- Et ensuite ?
- Je sais pas !
- Du poulet, c'est simple aussi.
- Oui, mais il y a des tas de trucs avec.
- Essaie, tu trouveras peut-être ça bon.
- Bon, ça va !

- Et pour le dessert, je suis sûr que tu aimes les desserts, les glaces.
- Oui les glaces, vanille, chocolat.

On y est, elle se dégèle. Décidément, il ne connaît rien aux ados. Il espérait lui faire plaisir en lui offrant des plats raffinés et voilà qu'elle réclame de la nourriture de fast food. Il aurait pu y penser. Lui, il détestait les fast foods et il pensait que pour cette rencontre, il valait mieux l'ambiance paisible de l'Exelsior plutôt que le fond bruyant d'un restaurant de jeunes. D'ailleurs, il n'en connaissait pas. Ils avaient à parler de choses sérieuses, cet endroit était parfait.

Tandis que Grégoire passe la commande, Samantha reste muette. Elle se tortille sur sa chaise, elle est visiblement très mal à l'aise. Grégoire essaie de trouver un moyen pour la dérider, mais il n'est pas très bien lui aussi. Il mesure la distance qui les sépare et pas seulement du fait de l'âge. « Qu'est-ce que je fous là », pense-t-il. Elle doit se dire la même chose, mais c'est elle qui était demandeuse. Bon, il faut bien se jeter à l'eau. On ne va pas passer l'après-midi là. S'il doit connaître cette preuve qu'elle prétend posséder, autant la voir le plus tôt possible. Si c'est du bidon, il trouvera un prétexte pour s'esquiver dès le dessert avalé. Sinon…sinon, quoi ? Il n'en a pas la moindre idée.

- Tu prétends donc que tu es ma fille ?

- C'est vrai que maintenant que je vous vois, on ne se ressemble guère. Je ne ressemble pas non plus à ma mère. Il paraît que je ressemble à ma grand-mère, du côté de ma mère bien sûr puisqu'on n'a jamais rien su de vos parents. Vous pouvez donc douter de ce que je vous dis, mais bientôt vous n'en douterez plus.

Elle était catégorique, Grégoire n'osait pas lui demander pourquoi. Il s'était préparé à l'idée d'être père, mais le doute subsistait. Le doute, mais aussi le refus. Qu'elle soit ou non sa fille, il ne voulait pas d'elle dans sa vie. Il n'y avait pas de place pour elle. Elle devait le sentir, car elle restait sur la défensive.

- Tu comprends bien que pour moi ce n'est pas facile. Si tu dis vrai, se découvrir une fille de seize ans, c'est un choc. Et pour être tout à fait franc avec toi, je ne sais pas quoi faire de ça. Je n'ai pas d'enfants, je n'en ai jamais voulu, ma vie est organisée comme ça. C'est un coup de tonnerre. Il devait poser les choses dès le départ, ce serait plus facile. Avant qu'elle n'aille s'imaginer qu'il pourrait être un papa poule. Rien qu'à cette idée, il en était tout retourné. Jouer cartes sur table. C'était dit, il ne voulait pas de cette paternité surprise.
- Ma mère avait bien compris que vous ne vouliez pas d'enfant, elle a fait en sorte que vous ignoriez

ma naissance. Mais moi, personne ne m'a demandé mon avis. Vous m'avez déposée dans le ventre de ma mère sans le savoir, je le sais et elle m'a élevée toute seule, mais jamais personne ne s'est soucié de savoir si je voulais un père ou non.

- Tu as raison, je le reconnais. Tu es en droit de revendiquer tes origines.
- Ce n'est pas une manière de dire. Je veux simplement connaître mon père que ça vous plaise ou non. C'est à mon tour de ne pas vous demander votre avis.

Elle a du toupet cette fille, il se surprend à aimer ça. Il n'aurait pas aimé une fille lisse, édulcorée, une qui se répandrait en lamentation sur son état d'enfant sans père, ou pire d'une révoltée qui l'aurait insulté en lui reprochant tout et rien. Elle avait du caractère, savait ce qu'elle disait, mais elle restait très correcte. Elle ne demandait pas son avis, elle voulait simplement mettre les choses au point.

- Qu'en pense ta mère ?
- Je ne lui ai pas demandé.
- Tu avoueras quand même que je n'avais aucune idée de ton existence.
- Facile à dire. Quand un homme couche avec une femme sans s'assurer qu'elle emploie une contraception, quand il n'en emploie pas une non

101

plus, il devait se demander les conséquences que ça pourrait avoir. Mais vous étiez trop sûr de vous ou trop insouciant pour vous poser des questions, c'est ça ?

- Je ne peux le nier.

Cette petite avait tôt fait de le renvoyer dans ses filets. Elle était plutôt intelligente, elle commençait à lui plaire. Mais ça n'empêchait toujours pas qu'il ne la voyait pas venir envahir sa vie. Rien qu'à l'idée qu'elle puisse l'appeler papa, lui faisait froid dans le dos.

- Mais tu lui as quand même dit à ta mère que tu voulais faire ma connaissance.
- Je peux vous dire que ça ne lui a pas fait plaisir. Je pense qu'en premier elle a eu peur pour moi, peur de votre réaction. Elle a pu aussi avoir peur que, toute à mon bonheur de vous avoir retrouvé, je la délaisse à votre profit, que j'aie envie d'aller vivre avec vous.

Elle n'a pas besoin d'avoir peur, songe Grégoire, ça ne risque pas d'arriver. Même si elle espérait le faire un jour, je saurais bien l'en dissuader.

Le serveur apportait les entrées, ils se turent pour attaquer le repas. Grégoire sentait le regard de Samantha posé sur lui, elle essayait de deviner ses pensées. Il faisait tout son possible pour les lui cacher. Samantha, elle, se demandait si oui ou non ce père lui plaisait. Elle ne s'était pas encore forgé d'opinion. Physiquement, rien à dire. Si ses calculs étaient justes, il devait avoir aux alentours de quarante-cinq ans. Pour elle, c'était vieux, mais elle le trouvait encore beau. Il parlait bien et sapé comme il l'était, du faux négligé de marque, il devait avoir du fric. Le fric, elle s'en foutait, sa mère gagnait bien sa vie et son beau-père avait de quoi, elle n'avait jamais manqué de rien. Elle avait fait des recherches sur le Net, il était un journaliste photographe reconnu, elle avait vu ses photos. Oui, ce père lui plaisait, mais elle avait compris qu'il n'était pas très heureux d'être père, c'est le moins qu'on puisse dire. Il ne lui avait guère laissé d'espoir. Elle ne s'attendait pas à ce qu'il lui ouvre les bras, mais elle avait senti une flèche lui pénétrer le cœur. En termes polis et courtois, il l'avait purement et simplement rejetée.

À sa décharge, c'était trop nouveau pour lui. Elle pouvait imaginer sa surprise quand elle avait fait irruption, comme ça, dans sa vie ; elle, elle avait eu tout le temps de se faire à l'idée tandis qu'elle faisait ses recherches. Il avait reçu le paquet en pleine face. C'était normal qu'il ait cette réaction de panique et de rejet.

 Elle allait devoir lui laisser le temps de digérer la pilule. À elle de trouver une porte d'entrée dans sa vie. Elle savait que ce serait une tâche ardue. Aurait-elle le courage et la force morale d'arriver à ses fins ?

Toute à ses réflexions, elle grattait la nappe avec sa fourchette. Il trouvait ça énervant, mais n'osait pas lui en faire la remarque. Il sourit intérieurement. Il n'osait pas lui faire une simple remarque alors qu'il venait de lui dire qu'il ne voulait pas d'elle. Il n'était pas très fier de ça, mais il ne pouvait pas faire autrement.

- Arrête de gratter la nappe, tu vas y faire des trous !

Elle ne lui répondit pas, mais comme pour le défier, elle s'était remise à gratter plus fort.

Il n'insista pas. Il était complètement dépassé. Lui qui avait traversé des zones de guerre, qui avait senti à plusieurs reprises les balles siffler à ses oreilles, était complètement déboussolé devant une fille de seize ans qui se disait la sienne. Qui plus est, il en avait peur. Peur de tout ce qu'elle pouvait bouleverser dans sa vie future. Il ne se sentait plus dans son monde, elle avait tout changé et il n'aimait pas ça du tout.

Patrice et Emma.

- Enfin, te voilà, tu sais que je dois reprendre le boulot à quatorze heures.
- Je suis content de te voir, Emma, tu m'as beaucoup manqué ce matin, déjeunons ensemble, c'est un plaisir !
- Ne sois pas ironique, s'il te plaît. Tu sais que je ne goûte guère ton humour.
- Ça ne va pas être drôle alors !
- Avec ton retard, je n'ai guère l'humeur à la rigolade.
- Merci ! Mais que me vaut l'honneur de ce déjeuner ?
- Euh, pourquoi pas ?
- Je te connais, tu as quelque chose derrière la tête et ce quelque chose ne doit pas être très agréable pour moi. Alors tu t'es dit que dans ce restaurant, je ne serais pas capable de te faire une scène.
- Qu'est-ce que tu vas chercher là ?

Il s'aperçoit que devant elle ce n'est pas si facile. Tout ce qu'il avait préparé, ses beaux mots, se dégonfle comme un soufflé trop cuit ou plutôt c'est lui qui se dégonfle lamentablement. Il n'est pourtant pas pris de court, mais là, il panique. Il ne s'imaginait pas que ce serait si difficile. Il avait confiance dans ses capacités à gérer les situations.

105

Il en avait connu de pires dans sa profession, mais cette fois, il avait l'impression d'être vidé. Il en bégaierait presque.

Allez, patrice, reprends-toi, ce n'est qu'Emma, ta femme. Elle ne va pas te bouffer. Elle est chiante, mais pas si terrible. Relève-toi, tu es un homme que diable ! Oui, un homme qui joue son avenir. Ce n'est pas rien.

- Ça fait combien d'années que nous sommes mariés ? Je te connais par cœur.

Elle attaque déjà, ça promet !

Le serveur s'avance timidement pour leur apporter le menu, il sent qu'il n'est pas le bienvenu. Emma interrompt sa tirade. Il propose un apéritif à Emma qui décline l'offre et regarde d'un air suspect le verre vide de Patrice.

- C'est le combien ?
- Le premier.
- Tu me prends pour une andouille. À quoi sont dus tes yeux si brillants ? Ne me dis pas que tu as pleuré parce que je n'arrivais pas.

La conversation prend un tour qu'il n'avait pas anticipé. C'est bien d'elle : des reproches, toujours des reproches. Il peut à peine en placer une. Ce n'est pas comme ça qu'il parviendra à son but. Elle ne lui simplifie pas la tâche. Il

106

essaie, tant bien que mal de se raccrocher à quelque chose, il pense à la complimenter sur sa tenue, mais ce n'est pas le moment.

- Calme-toi et déjeunons tranquillement. Tu as vu le menu est bien alléchant.

C'est vrai qu'il donne l'eau à la bouche ce menu. Il sait qu'Emma s'en moque, elle n'est pas gastronome et fait attention à sa ligne. Ce n'est pas comme ça qu'il va réussir à l'endormir. Il doit trouver les mots pour la calmer avant d'aborder les choses qui fâchent.

Mais elle ne se laissait pas détourner aussi facilement de son idée. Quelque chose lui trotte dans la tête depuis un moment en voyant l'attitude de Patrice. Elle a compris qu'il allait lui annoncer quelque chose de très désagréable pour elle. Sans savoir quoi, elle craint le pire.

- Je ne sais toujours pas ce que nous faisons là.
- Nous déjeunons, que veux-tu que nous fassions d'autre. Tu as choisi ?
- Pas avant que tu craches le morceau. Tu vas finir par me couper l'appétit à te moquer de moi.
- Je prendrais bien le tartare de Charolais.

Il ne sait plus quoi dire ni quoi faire. Il a l'impression de se noyer. Il se dit qu'il devrait tout déballer, très vite et qu'on n'en parle plus, mais il est comme paralysé et ce n'est pas le regard d'Emma qui va l'encourager et encore moins l'aider. S'il continue à la regarder ; il va se sentir régresser. Il a déjà perdu au moins vingt ans d'âge.

- Tu sais que la viande crue me dégoûte.
- Ce n'est pas toi qui vas la manger. Prends le saumon, c'est léger.
- C'est ça, dis que je suis trop grosse. Quelle délicatesse ! Monsieur se soucie de ma ligne !
- Je n'ai pas voulu dire ça.
- Mais tu le pensais, c'est pareil.

Elle a le chic pour lui prêter des intentions et à chaque fois elle le soupçonne des pires pensées. Elle le cherche. Patrice s'embourbe de plus en plus.

- Je t'en prie, ne me cherche pas querelle.
- C'est toi qui me cherches en ne voulant pas répondre à ma question.

Dans l'état où elle est, Patrice n'est plus très sûr de vouloir mettre son plan à exécution. Il va peut-être attendre encore un peu. Pourtant, il s'était juré que ce serait pour aujourd'hui. Seulement, il n'avait pas prévu l'humeur d'Emma et sa suspicion. Il s'en voulait. Il la connaissait pourtant. C'est ce fichu retard qui avait tout fichu par terre. Elle l'avait fait exprès. Patrice n'est pas comme d'habitude. La plupart du temps quand elle l'asticote, il la laisse dire, il se réfugie dans l'indifférence, dans le silence. À présent, il essaie de la calmer. Elle sent que son homme a quelque chose derrière la tête, il ne l'a pas invitée comme ça, rien que pour déjeuner avec elle. Elle a hâte de savoir ce que c'est. Et cet idiot qui louvoie. Elle se dit qu'elle devrait peut-être changer de tactique. Elle va le prendre par surprise, savonner la pente et il glissera sans même s'en rendre compte. Il ne se méfiera de rien et il sortira le fin mot de tout ça. Emma sait qu'elle est plus intelligente et plus fine que lui. Pour l'instant, il patauge lamentablement. Mais elle va l'avoir. Juste un peu de patience et au moment où il s'y attend le moins, elle reviendra à la charge. Il se sentira acculé et sans qu'il s'en rende compte, il aura tout déballé. Elle se doute un peu de ce qu'il va lui dire. Elle ne lui fera pas de cadeau.

- Bon, déjeunons, tu as raison. Je vais prendre le saumon après la salade de tomates. Ça ira très bien, on verra après pour le dessert.

Elle a bien failli lui dire qu'elle ne prendrait pas de dessert puisqu'elle était trop grosse, mais elle s'est retenue. Elle devait le mettre en confiance plutôt que le provoquer. Patrice se détend un peu. Il va laisser passer le repas, ce sera encore un moment de paix. Il aura le temps de reprendre son souffle.

- C'est très bien ici, je passe souvent devant et j'ai eu envie d'essayer.

109

- Oui, on s'y sent bien, tu as eu raison.

L'orage est un peu retombé, mais Emma n'en a pas encore fini. Elle est bien décidée à ne lui faire grâce de rien.

- On devrait y venir plus souvent. Je ne sais pas si c'est l'effet de cet établissement, mais je te sens plus présent. Depuis que nous sommes là, tu n'as pas encore eu un moment d'absence.
- Qu'est-ce que tu veux dire ?

Il recommence à s'affoler, là voilà qui repart.

- Depuis que je suis arrivée, tu as répondu à mes questions, complètement à côté, mais tu y as répondu. Tu n'as pas quitté le fil de la conversation, c'est extraordinaire. C'est pour ça que je sais qu'il se passe quelque chose. N'ai-je pas raison ?
- Bien sûr que non !
- Tu vois, à la maison, tu serais resté muet, ton regard se serait perdu au loin, comme si tu n'avais pas été là.

Elle l'a piégé, mais il essaie encore de s'en sortir.

- Tu te fais des idées, tu ne comprends pas que je puisse être préoccupé par mon travail. Je peux avoir des problèmes comme tout le monde.

110

Il sent qu'il s'enfonce. Il commence à comprendre le manège de sa femme, mais il ne sait pas comment réagir. Il avait envisagé bien des scénarii, mais pas celui-là. Comme quoi, on ne va jamais au fond des choses. Il rame, il rame et il voit la petite flamme ironique dans les yeux d'Emma qui lui coupe encore ses moyens. Il la connaît, cette flamme, elle le met dans un tel état de fureur qu'il a du mal à se contenir. Il doit pourtant rester maître de la situation.

- Et là, maintenant, tu n'en as plus. Tu es tout à moi, j'en suis flattée.

Il s'enfonce de plus en plus. Il n'est pas fait pour ces choses-là. Il ne parviendra jamais à s'en sortir, à lui dire. Il n'est qu'un couard, elle le sait et elle en profite. Il pense même qu'elle a tout deviné et qu'elle le laisse patauger. Elle se joue de lui et de ses nerfs. Elle, elle sent qu'il lui échappe, elle y a encore été trop fort, mais elle n'a pas pu s'en empêcher. Elle est au bord de l'implosion. « Calme-toi Emma, laisse-le se reprendre sinon on sera encore là demain. Patience, il va craquer. »

- Il est délicieux ce saumon, cuit à point… C'est vraiment un très bon restaurant. Tu as vu ces deux petits vieux là-bas ; je suis sûre qu'ils fêtent leur anniversaire de mariage. Comment serons-nous à leur âge ? J'espère rester aussi bien qu'elle.

111

Quel âge peuvent-ils avoir ? Et ces deux homos, j'espère qu'il est majeur le gamin. Quel couple !

C'est le moment, Patrice, lance-toi ! Tu n'auras pas de meilleure occasion. Allez, vas-y ! Non pas encore ! Tu attends quoi ? Tu n'as plus le choix. Allez ! Non, si, non, allez !

- Justement, en parlant de couple…
- Oui, qu'est-ce que tu veux dire ?

Qu'est-ce qu'il veut dire ? Elle a encore réussi à le déstabiliser. Il cherche ses mots. Il ne les trouve pas. Il a froid, il a chaud, il ne sait même plus ce qu'il mange. Il voudrait être ailleurs, bien loin de ce restaurant et surtout d'Emma. Il est resté la bouche ouverte sans savoir s'il doit y enfourner une bouchée de viande ou se mettre à parler.

- …

Jacques et Virginie.

- Eh bien mon garçon, je suis ravie. Ce restaurant est magnifique.

Il n'allait pas pouvoir tenir très longtemps. Elle avait un flair infaillible pour sentir quand il lui cachait quelque chose. Elle était loin de se douter de ce qui l'attendait, mais elle était sur ses gardes. Il le sait. Il a la gorge serrée, les mains moites. Il joue gros.

- Je suis content que ça te plaise. Je voulais faire un extra et je sais que tu aimes les bons restaurants.
- C'est vrai, j'ai toujours adoré ce genre d'endroits. Je dois être un peu snob.
- Tu crois ?
- Ne te moque pas de moi, s'il te plaît. Tu dois le respect à ta vieille mère.
- Mais je te respecte en tant que vieille mère.

Elle rit, elle adore qu'il la taquine. Il le sait et il veut la mettre totalement à son aise. Il la veut entièrement décontractée pour aborder le sujet qui va fâcher. Elle prend le menu que lui tend le serveur comme si c'était un cadeau. Elle sort ses lunettes de son sac. Elle ne les porte pas en permanence, car elle est toujours coquette et se lance dans la lecture. Il reprend son souffle. Il ne va pas l'ennuyer tant qu'elle se livre à son activité favorite quand elle va au restaurant. Elle prétend qu'elle a autant de plaisir à lire le menu, à s'imaginer les plats qu'à les manger. C'est une épicurienne qui ne se prive jamais du plus petit plaisir.

- Mon Dieu ! Toutes ces bonnes choses. On ne sait pas quoi choisir.
- Prends vraiment ce qui te fait plaisir.
- J'y compte bien !
- Elle prend tout son temps et ce benêt de serveur qui reste planté là. Il lui fait signe qu'ils ne sont pas encore fixés dans leurs choix. Il s'éloigne, mais il les garde à l'œil. Elle l'énerve à pinailler comme ça. Ils n'offrent pas tant de plats. Il la bouscule. Il a beau se raisonner, il ne peut maîtriser son impatience.

Le serveur revient, ils passent la commande. Il se fait conseiller pour le vin. Elle aime bien boire un verre de vin en mangeant sans jamais en abuser. C'est son péché mignon, comme elle dit. Elle regarde autour d'elle, enchantée. S'il n'avait pas tout ce qu'il a sur le cœur, ce qu'il a à lui dire, ce serait un moment magique. Pour l'instant ce n'est que pour elle que l'instant est magique.

- Regarde ces boiseries, comme c'est chaud. Et ces grandes glaces on se croirait dans un autre temps.

- En parlant d'un autre temps, tu ne m'as jamais raconté comment c'était quand tu étais jeune.

Il ne pouvait plus reculer. Il comptait y aller en douceur. Ce serait long, il la connaissait. Il avait plus à gagner en noyant le poisson qu'en attaquant de front.

- Je t'ai raconté cent fois mon enfance, tes grands-parents, la maison de vacances en Bretagne.
- Oui, ça, je m'en souviens, mais plus tard, quand tu étais une jeune femme et que tu as connu mon père.
- Il n'y a pas grand-chose à en dire.

Elle s'était refermée comme une cellule de prisonnier. Il n'aimait pas quand elle faisait ça et il abandonnait à chaque fois l'espoir de connaître ce pan de sa vie. Mais aujourd'hui, il ne le ferait pas. Il la forcerait dans ses retranchements et elle n'oserait pas se mettre à pleurer dans cet endroit. Ce qu'elle faisait quand il insistait. Il n'avait jamais su si c'était si douloureux ou si elle lui jouait la comédie. Il avait toujours soupçonné qu'elle lui cachait des choses. Il serait peut-être temps qu'elle avoue. Il n'était plus un gamin et c'était son histoire à lui aussi. Si quelque chose n'était pas net, il avait le droit de le savoir.

- Oui, mais j'aimerais bien savoir. Tu ne me caches pas de lourds secrets, quand même !

115

- Bien sûr que non, quels secrets pourrais-je bien te cacher ?
- Des tas d'amants, que mon père ne soit pas mon père, qu'il ait été trafiquant de drogue, que tu l'as tué, je ne sais pas, moi.
- Arrête de dire des bêtises !
- Bon, je ne crois pas un mot de tout ça, alors pourquoi tu ne veux pas en parler ?
- Parce que ce n'est pas intéressant ! Regarde plutôt cette magnifique assiette. Nous n'allons pas gâcher cet instant en parlant de choses désagréables.

Des assiettes ! Il s'en foutait des assiettes, il voulait parler sérieusement et elle lui vantait les assiettes comme si elle devait lui vendre. Et s'il avait envie, lui, de parler de ces choses inintéressantes, voire désagréables ! C'était sa vie, son monde et il voulait savoir. Elle esquivait comme toujours. C'était pitoyable de la voir se raccrocher aux assiettes, pitoyable et aussi désespérant. Comment faisait-elle toujours pour le faire plier, pour s'entourer d'un mur impénétrable ?

Elle fait mine de se concentrer sur sa si belle assiette et de ne plus l'entendre. Elle est nerveuse. Il le sent à sa façon de respirer comme si elle était en apnée. Mais il n'allait pas se laisser faire comme ça. Il est bien décidé à ne pas se laisser avoir comme d'habitude. Arrive ce qui voudra, il ira jusqu'au bout. Il a déjà trop attendu.

- Raconte-moi ta rencontre avec mon père, votre mariage, comment il était. Je m'en souviens à peine.

Elle ne lui répond pas, lui faisant signe qu'elle a la bouche pleine. Il attend, il a tout son temps. Il ne la lâchera pas. Elle se dépêche de se remplir la bouche pour avoir une excuse. Elle qui lui serine depuis toujours qu'il est important de manger lentement pour bien digérer. Il a envie de lui en faire la remarque, mais ça lui donnerait l'occasion de dévier du sujet et de se défiler. Elle finira bien par la vider son assiette. Alors, elle n'aura plus de prétexte pour se taire.

- Prends ton temps, finis ton assiette et raconte.

Entre deux bouchées, elle lui répond.

- Je ne veux plus en parler, pour moi, il est mort.
- Oui, mais c'est mon père et j'ai bien le droit de savoir. Je ne suis plus un enfant et je peux comprendre bien des choses. Fais un effort pour moi.
- Il n'y a rien à comprendre, il est parti, c'est tout !

Fin de non-recevoir. Elle ne fera pas l'effort. Même pour lui.

- Bien sûr que non, ce n'est pas tout. Est-ce que tu l'as aimé par exemple ? On ne part pas comme ça en abandonnant sa femme et son fils sans raison.
- Je ne m'en souviens même plus. Et puis, qu'est-ce que tu as à me torturer ainsi ?
- Je ne te torture pas, je voudrais seulement connaître cette partie de mon histoire, car c'est bien mon histoire, il me semble. C'est assez ancien pour que ça ne réveille pas ta douleur, si douleur il y a.
- Qu'est-ce que tu as aujourd'hui, nous sommes dans un bel endroit tous les deux et tu me parles de vieilles histoires que j'ai tout fait pour oublier.
- Tu n'as certainement pas oublié, car si c'était le cas, tu en parlerais. Tu n'es pas amnésique, je pense. Tu as peut-être oublié les sentiments que tu avais pour lui, mais tu peux au moins me parler des faits.

Il enrage de plus en plus. Elle a terminé son entrée, elle ne peut plus prétendre être dans l'impossibilité de dire un mot. C'est de l'entêtement pur et simple. Il se retient pour ne pas hausser le ton et devenir grossier.

Encore une fois, il comprend qu'il n'en tirera rien. Il se désespère. Alors, il cherche un autre angle d'attaque.

- Bon, pour aujourd'hui, je te fais grâce, mais tu pourrais aussi me dire pourquoi tu n'as jamais refait ta vie.
- Qu'est-ce que tu veux dire ?
- Refaire ta vie, tu étais jeune quand mon père est parti, retrouver un homme, être une femme, quoi !
- Parce que, selon toi, je ne suis pas une femme si je n'ai pas un homme à la maison ?
- Tu as très bien compris ce que je voulais dire.

Elle allait encore longtemps esquiver toutes ses questions. ? Il ne s'en sortirait jamais si elle continuait comme ça.

- Alors ?
- Chat échaudé craint l'eau froide, formule idiote, mais qui dit bien ce qu'elle veut dire.
- Toutes ces années, seule !
- Je n'étais pas seule, tu étais là.

Elle botte encore en touche, mais il ne la laissera pas s'en tirer comme ça, il se le promet.

- Un enfant n'est pas un élément d'un couple, il n'en est que le résultat. Tu aurais pu au moins avoir un amant.
- Un amant, tu plaisantes !
- Pas du tout !

119

- Qu'aurais-je fait d'un amant ?
- Ce qu'en font toutes les femmes. Que tu ne veuilles pas me donner de détails, je le conçois, mais, à mon âge, je peux très bien admettre que ma mère qui est libre ait un amant.
- Là, tu dépasses les bornes !

Elle a pris son air de femme outrée par des propos grossiers. Ça aurait pu le faire rire s'il n'avait commencé à s'énerver. Elle était insupportable. Puisqu'elle le prenait comme ça, il allait ne lui faire grâce de rien.

- Peut-être que tu aimais les femmes. Mon père s'en est aperçu, c'est pour ça qu'il est parti. Et toi, coincée comme tu es, tu n'as jamais voulu l'avouer. Ce que tu as dû être frustrée !
- Là, tu ne dépasses plus les bornes, tu es abject !

Elle est rouge comme la tenture derrière elle. Si elle avait continué à manger, elle se serait étranglée. Il n'avait jamais imaginé qu'elle puisse être lesbienne, il voulait seulement la pousser à bout.

- Je ne pense pas dépasser les bornes en demandant à ma mère pourquoi elle est restée seule pendant toutes ces années. C'est toi qui me pousses à te trouver les excuses les plus extravagantes.

Elle faisait des efforts surhumains pour garder bonne figure, mais en elle tout était prêt à exploser. C'est entre ses dents qu'elle lui répliqua.

- Ça ne te regarde pas. C'est ma vie privée et si je ne veux pas en parler, tu dois respecter ma volonté. Est-ce que je me mêle de ta vie privée, moi ?
- Justement, c'est là où je voulais en venir. C'est parce que tu n'as personne d'autre dans ta vie que tu es si présente dans la mienne. Tu ne te mêles pas de ma vie, tu l'as envahie. Tu ne t'es jamais demandé pourquoi, à 39 ans, je ne suis pas marié, je n'ai pas d'enfants et je vis encore avec toi ? Tu as fait de ma vie privée un désert. Que tu aies fait cela avec la tienne, c'est ton problème, mais tu ne t'en es pas contentée, tu t'es attaquée à la mienne. Tu t'es toujours immiscée dans la plus petite de mes décisions, alors pour les grandes…

Elle étouffait, elle était passée du rouge au blanc de craie et cherchait l'air, mais il n'avait pas arrêté sa tirade.

Simon et Alice.

- Mon Dieu, Simon, je ne sais pas quoi prendre. Tout paraît si lourd !
- Quoi ? Chaque mets ne fait jamais que mille grammes au kilo.
- Toi et ton humour !
- C'est la fête, prends ce qui te plaît et oublie d'être raisonnable. On a tout le temps de l'être.
- Je ne vois pas le mal à être raisonnable.
- Pour toi, peut-être, mais je n'en ai aucune envie. Que nous reste-t-il comme années à vivre ? J'ai envie qu'elles soient les meilleures.
- C'est bien ce que je dis, pour qu'elles le soient, on doit rester dans les meilleures conditions possibles et pour cela, être raisonnables.
- J'en ai marre de tous ces raisonnements, un jour comme aujourd'hui, j'ai envie d'être fou, de repousser les limites, de profiter, quoi !

Si elle continuait, il n'avait aucun espoir d'être fou, de repousser les limites.

- Tu pourrais le regretter.
- Mieux vaut les remords que les regrets. Je ne sais pas qui a dit ça, mais je pense qu'il avait raison. Moi, je veux bien les remords s'ils m'apportent du

plaisir. Tiens, comme un beau morceau de foie gras, gelée au vin de Toul. Ça vaut le coup de risquer tous les remords.

- Tu n'y penses pas !
- Non seulement j'y pense, mais je vais aussi le commander et avec ça, le cœur de rumsteck sauce au poivre et flan de bintje au Comté.
- Des pommes de terre, du fromage, quels poisons ! Jamais de la vie ! C'est le cholestérol assuré.
- M'en fous, il peut aller se faire voir le cholestérol et je finirai par l'entremets au chocolat avec la crème anglaise.
- Je te l'interdis !
- Essaie pour voir ! Garçon, nous sommes prêts pour la commande.

Il se régale à l'avance, de toutes ces bonnes choses, mais aussi de la tête que va faire Alice.

Elle voit s'approcher le serveur qui lui apparaît comme l'ange de la mort. Simon est tout sourire, le garçon servile. Pour ajouter encore à son plaisir et à son désespoir à elle, il demande des précisions sur les plats, les accompagnements, la cuisson. C'est une manière à lui d'anticiper ce qu'il va découvrir, de prévenir ses papilles pour qu'elles en profitent encore plus. Alice a entendu tout ça et ça lui donne la nausée. Elle voudrait être sourde. Le serveur en rajoute, noie Simon dans les détails. Il n'a aucune idée du malaise d'Alice. Il se tourne vers elle, elle va devoir se lancer. Elle a déjà des crampes d'estomac. Qu'est-ce que ce sera quand elle aura mangé !

Elle ne sait plus quoi faire, si elle osait, elle se lèverait sur le champ et partirait en le laissant s'empiffrer jusqu'à en mourir. Oui, mais voilà, elle n'ose pas. Elle sent déjà tous les regards braqués sur elle. Le garçon est là qui attend qu'elle annonce son choix. D'une voix étranglée, elle commande la salade de tomates, elle laissera les copeaux de Parmesan, le dos de saumon et un sorbet. Pour elle, c'est déjà trop. Elle ne se laisse pas tenter par la crème et le gras. On dirait qu'elle est au supplice Simon énonce son choix, la lumière dans les yeux. Elle préfère ne pas le regarder. Elle est sur le point de se sentir mal. Le garçon parti, elle revient à la charge. Il est un peu tard, mais c'est plus fort qu'elle.

- Je ne comprends pas ce que tu cherches.
- À me faire plaisir tout simplement.
- De toute façon, tu n'en fais toujours qu'à ta tête.
- Toujours, ça m'étonnerait. Chaque jour que tu me fais, manger des courgettes bouillies, de la viande insipide, ça me coupe l'appétit et tu dis que je n'en fais qu'à ma tête ! Je ne compte plus les années depuis la dernière fois où j'ai mangé un gâteau au chocolat, un plat en sauce, des frites.

124

Tiens, je rêve de frites presque toutes les nuits. Avec toi, je n'ai plus aucune envie de me mettre à table.

- Mais c'est pour ton bien. Regarde comment tu es : pas un gramme de trop et des analyses impeccables. Tu es parti pour vivre cent ans.

- En crevant de faim en permanence et en redoutant les repas, je vais trouver le temps bien long jusqu'à cent ans. C'est même une punition pour moi.

- Tu ne crois pas que tu exagères. Je fais ce que je peux pour cuisiner sain, je ne lésine pas sur les épices pour donner du goût.

- Ça n'empêche que tout ce que j'avale ne me tient pas au ventre et que c'est triste à pleurer. Aucune herbe, aucune poudre de perlimpinpin ne vaut de la bonne crème fraîche, du beurre de ferme et du sucre, bon Dieu, du sucre !

- Ne compte pas que je me mette à la cuisine au beurre et à la crème.

- Je finirai donc ma vie en regardant tristement mon assiette. Bien mauvaise perspective qui me fait me demander si je veux vivre longtemps.

- Tu te vois traînant un gros ventre, toujours essoufflé et ingurgitant un tas de pilules ?

- Oui, mais passant de si bons moments à table et repu, allant faire une petite sieste en attendant le goûter, un rêve.

125

- Tu dis ça pour me fâcher.

Comme si le fait de rêver à de la bonne nourriture avait à faire avec elle. Elle ramenait tout à elle. Et si elle l'affamait ainsi, il soupçonnait que ce n'était pas pour son bien à lui, mais pour sa fierté, à elle, d'avoir un mari svelte et paraissant dix ans de moins. Elle était obnubilée par son apparence et cette obsession s'étendait à lui. C'est tout juste si elle ne l'obligeait pas à se peser chaque jour et à mesurer son tour de taille. Depuis quelque temps, il s'enfermait dans la salle de bains. Elle avait pris l'habitude de venir surveiller l'évolution de son corps. Si encore elle était venue admirer son homme, l'œil plein de désir, mais non, son regard n'était que suspicion. Avait-il pris un gramme, sa taille ne s'épaississait-elle pas ? Il avait fini par se sentir éternellement coupable de vieillir. Et voyait-elle le plus petit changement dans ses mensurations, elle réduisait encore les portions. Il refusait de se peser et se mesurait encore moins. Même le médecin ne parvenait pas à le convaincre de le faire. Il n'avait que faire de sa silhouette, il avait passé l'âge de jouer les coqs dans le poulailler et ça ne l'aurait pas dérangé d'avoir une petite bedaine comme tous les grands-pères de son entourage. Jouer les jeunes premiers éternellement au régime ne l'intéressait pas. Il ne lui dirait pas ça. Il n'avait pas envie d'une discussion stérile juste aujourd'hui. C'est sûr, elle allait gâcher son repas.

Le foie gras arrivait, ils n'avaient pas lésiné, le morceau était important.

- Quel beau morceau, si tu veux, on partage !

Il vit flamber un éclair de colère dans ses yeux. Elle se contenait de plus en plus difficilement. Il se demandait comme elle faisait pour se contraindre ainsi, pour ne pas se donner la moindre autorisation d'enfreindre ses lois. Un seul repas, ça ne pourrait pas la tuer. Mais elle était là stoïque avec un air de martyre qu'ion mène aux arènes.

- Plutôt mourir que d'avaler ça.
- Tant mieux, je te le proposais juste par politesse. Je mangerai bien tout, tout seul.
- Alors, tue-toi !
- Mourir, un tel foie gras dans la bouche, je ne pourrais rêver plus belle mort !
- Tu pourrais passer d'abord par la maladie, l'ablation de ton foie ou d'autres maux tout aussi terribles. Tu sais qu'on ampute les orteils aux grands diabétiques ?
- Bon anniversaire, ma chérie. Tu sais toujours comment mettre l'ambiance.

Elle grattait furieusement les morceaux de tomates pour enlever l'huile et les copeaux de parmesan. Il en avait honte pour elle qui mettait la tomate dans sa bouche avec comme de la répulsion. Le foie gras fondait dans sa bouche, il ne la voyait plus. Il avait l'impression d'être en état de grâce, et tout ça en péchant par gourmandise. Il savait aussi qu'il ne goûterait plus de sitôt un tel délice. Elle chipotait boudeuse. C'était bien à son tour de chipoter. Avec le foie gras, il se délectait aussi de sa vengeance.

- C'est bien la peine que je t'emmène dans un restaurant chic pour que tu me fasses la tête.
- C'était une idée à toi et tu connais très bien ma position en ce qui concerne de telles orgies.
- Tu n'as pas le droit de traiter de tels mets délicats d'orgie.
- Je considère ce que je veux.
- Je vais te dire moi ce que je considère, c'est toi comme un rabat-joie.
- Si tu préfères, je peux te laisser bâfrer à ta guise, mais ne viens pas me chercher si tu es malade.
- Une rabat-joie et une pisse-vinaigre qui ne sait pas profiter de l'existence et, qui plus est, empêche les autres d'en profiter. Là, tu es en train de me gâcher ce que j'attendais de cette fête. Mais ce n'est pas tout ce que tu me gâches.

Ses yeux sont de plus en plus noirs, il feint l'indifférence et retourne à son foie gras. Non, il ne se laisserait pas avoir par ses airs de vierge torturée. Il n'a qu'à faire comme si elle n'était pas là, regarder ailleurs, quelque chose d'agréable. Comme la petite dame d'à côté, par exemple. Elle est jolie, plus jeune que son compagnon qui la dévore des yeux. Il a raison, elle le mérite. Simon n'a aucune idée concupiscente, il ne veut que fuir la vision de sa femme. Il se demande si elle cuisine bien. Oui, jolie comme elle est, avec juste les rondeurs qu'il faut aux bons endroits, elle doit aimer la vie et surtout manger. Il se met à rêver. Non pas de la mettre dans son lit, mais de la mettre aux fourneaux. Il la voit lui apporter de bons petits plats avec le plus joli des sourires. Il en a oublié Alice, il veut être heureux, ne serait-ce qu'un instant avec la vision de sa voisine en cuisinière. Mais c'est trop demander. Elle le rappelle à l'ordre.

-   C'est ton deuxième verre !
-   Et alors ! J'entends bien finir la bouteille. Tu peux m'aider si tu veux.
-   Jamais !
-   Alors je me dévoue. C'est un velours ce vin.

Et il retourne à a contemplation de l'image de la jolie cuisinière qu'il s'est forgée.

Paul et Kévin.

- Bonjour, Kévin ; je suis heureux que tu aies accepté mon invitation. Je t'en remercie.

Il sent que Kévin est très mal à l'aise, il doit essayer de le rassurer, le faire se détendre. Il opte pour l'humour.

- Je sais que tu ne te sens pas bien, mais je te rassure je n'ai jamais mangé de jeunes hommes. Ici le menu est suffisamment alléchant pour moi.

Kévin sourit, mais Paul sait que ce n'est pas gagné. Il y a du travail. Il va devoir ramer. Il se doutait bien que le jeune homme n'allait pas lui tomber dans les bras comme ça. Il avait senti ce qui le tourmentait. Il avait connu ça aussi dans sa prime jeunesse, un temps où l'homosexualité était vue comme un vice. Il avait eu seulement la chance de vivre dans un milieu où c'était mieux accepté.

- C'est moi qui vous remercie. Professeur, je n'ai jamais compris pourquoi vous m'aviez invité.
- Tout simplement pour le plaisir de ta compagnie.
- Je ne suis pas le plus brillant de vos étudiants.

Il se sent idiot. Il a perdu tous ses moyens, mais il n'est pas si naïf. Certes, il n'est pas le plus brillant de ses

130

étudiants, mais ils ne sont pas si nombreux à être homosexuels, et c'est bien pour ça qu'il est là. Il va passer pour un demeuré auprès de cet homme si brillant. À moins qu'il ne le prenne pour le paysan ignare, qu'il est. Son estomac remonte jusqu'au bord de ses lèvres, il ne va pas pouvoir manger. Ce qui veut dire qu'il va être encore plus mal. Il a un trou béant dans le ventre, il se sent si nul.

Et modeste, avec ça ! Ce garçon me plaît vraiment. Paul est très satisfait de son idée. Il sent qu'il va passer un bon moment et on verra bien après. Il ne veut surtout pas brusquer les choses. Il doit d'abord tâter le terrain. Que ce gamin soit homosexuel ne fait aucun doute. Qu'il accepte de coucher avec lui n'est absolument pas certain. Il le soupçonne même de refuser la réalité, il a tout de l'homo refoulé, mais le chasseur Paul en est tout émoustillé. Les victoires trop faciles l'ennuient. Il se demande si Kévin a compris ce qu'il faisait là, il n'avait pas envie de s'être trompé. Ça lui était arrivé une fois. Un petit malin qui se voulait original en jouant aux folles, il l'avait dragué, l'autre l'avait ridiculisé. Mais Kévin n'était pas homme à jouer la comédie, il faisait trop d'efforts pour se cacher. Il serait sans doute très difficile à ferrer, mais il n'échapperait pas à Paul.

Kévin se trouve idiot d'avoir posé cette question, le professeur va le prendre pour un hypocrite. Ils savent très bien l'un et l'autre l'enjeu de ce repas, mais Kévin est encore trop jeune et inexpérimenté pour se rendre compte que c'est lui qui mène le jeu. C'est lui qui décidera en fin de compte. Il a senti que Paul ne le forcerait pas. Il a confiance. Il est intimidé par les lieux et paralysé par sa crainte de ne pas savoir comment se tenir dans un tel établissement. Et puis il doit affronter le regard des autres clients. Ça doit être difficile de croire qu'ils sont père et fils, ça crève les yeux qu'ils ne sont pas du même monde. Ils les jugent, c'est sûr.

- Détends-toi et profite de l'instant. Nous allons déguster de bonnes choses, ne pense pas plus loin.

Facile à dire, pense Kévin, lui ne vient pas d'un village perdu dans la campagne, il connaît les règles. Et puis ce n'est pas Paul qui doit prendre la décision finale. Le serveur lui tend la carte, il n'ose pas la regarder. Il imagine le jugement de ce garçon qui a son âge et il préfère ne pas y penser. Il doit se moquer de lui intérieurement. Il garde les yeux baissés. S'il l'avait fait, s'il l'avait regardé au lieu de lui prêter des intentions qu'il n'a pas, il aurait vu que le garçon avait plutôt l'air de le regarder avec concupiscence, il était l'un des leurs. Il attend leur décision avec une neutralité toute professionnelle. Kévin se demande ce que peut bien être la sélection de l'écailler. Il n'a jamais non plus mangé de foie gras. Dans le doute, il se rabat sur la tomate, c'est plus sûr. Paul comprend ses hésitations et vient à son secours.

- Je te conseille le cœur de rumsteck, ici c'est un délice.

Il sait que les jeunes ont toujours faim et il craint que les tomates ne le nourrissent guère. Si la journée se déroule comme il l'a prévu, Kevin va avoir besoin de forces. Le jeune homme acquiesce. Paul commande du champagne en apéritif et du vin rouge pour la suite. L'alcool aide à lever les inhibitions, mais il veillera à ce qu'il n'abuse pas. Kévin n'a certainement pas l'habitude de l'alcool. Il ne voudrait pas profiter de son ivresse pour obtenir les faveurs du garçon. Il veut qu'il vienne à lui de son plein gré, éclairé. Kévin avale sa coupe de champagne d'un trait. Il se sent un peu mieux. Son regard s'allume, il est moins droit sur sa chaise. Paul lui refuse une deuxième coupe.

- Ça va mieux ?
- Oui, c'est la première fois que je mange dans un tel restaurant.

Paul a envie de lui dire qu'il ne tiendra qu'à lui d'y revenir, mais ils n'en sont pas encore là.

- Tu n'es pas bavard !

133

- C'est ce qu'on me dit toujours, j'ai l'impression de ne jamais avoir de choses intelligentes à dire.
- Pourtant, tu es un garçon intelligent, tu manques seulement de confiance en toi.

Si pendant le repas, on n'échange que ce genre de banalités, Paul aura perdu son temps. Il a du mal à se montrer patient. Kévin est là si près de lui et Paul est déjà dans un état d'excitation intense. Il peine à garder son sang-froid ce qui n'est pas très habituel chez lui.

- Je trouve que c'est très difficile de s'intégrer. Les études me passionnent, mais c'est l'ambiance qui me gêne. Je viens d'un milieu très modeste et je ne connais pas les usages.
- J'ai l'impression que tu t'isoles. Ce n'est pas comme ça que tu trouveras ta place.
- Ce n'est peut-être pas ma place.
- Pourquoi dis-tu ça ? Tu as de très bonnes notes et tu es travailleur.
- Oui, mais je ne suis pas comme les autres.
- Tu veux dire que tu es homosexuel.

Paul en a marre de tourner autour du pot. Ils ont déjà terminé les entrées et ils ne sont pas encore dans le vif du sujet. Kévin ne répond pas. Ce n'est pas la réaction à laquelle Paul s'est attendu. Il pensait qu'il aurait pu protester, nier, prétendre qu'il aimait les filles, qu'il n'en avait pas encore rencontré une digne d'être aimée par lui, mais que ça ne saurait tarder. Tous ces prétextes que trouvent ceux qui ne veulent pas assumer leur sexualité. Mais Kévin continuait à se taire laissant Paul tout imaginer. Et il imagine tout sauf qu'il ne sait pas ce que c'est que d'être homosexuel au plus profond d'une campagne avec des parents qui le traiteraient de monstre s'ils savaient. Il n'imagine pas non plus toutes les souffrances qu'a endurées Kévin pour le leur cacher. Non, il ne peut pas comprendre, lui qui porte son homosexualité sans honte et qui ne doit rien à personne. Il est libre, il est âgé, il est très instruit, le monde est à lui. Kévin n'a rien que ses parents et seulement l'espoir de parvenir un jour à avoir une situation correcte à force de travail.

- Ce n'est ni un reproche ni un compliment, c'est une simple constatation. Tu n'es pas sans savoir que je le suis aussi. Tu as dû certainement entendu parler de mes liaisons. De quoi as-tu peur ?
- Je n'ai pas peur, je n'ai pas envie d'en parler, c'est tout.

Et pan, premier blocage, il ne reste plus à Paul qu'à faire marche arrière. C'est plus compliqué qu'il ne le pensait. Jusqu'alors ça avait toujours été facile, il proposait et c'était oui ou non. Si c'était oui, tout allait bien, si c'était non, il n'insistait pas et passait au suivant. Pourquoi prenait-il autant de peine pour Kévin ? C'était différent des autres fois. Il n'avait jamais invité un de ses étudiants dans ce restaurant. Il les traitait toujours bien, mais seulement après que la liaison soit effective. Il commençait à se demander si cette histoire n'était pas plus importante pour lui qu'il ne l'avait pensé. Il ne voulait pas en parler. Comment allaient-ils faire alors ?

- Bon, puisque tu ne veux pas en parler, n'en parlons plus. Mais c'est bien toi qui as dit que tu n'étais pas comme les autres. Je pensais avoir compris ça, mais si je me suis trompé, excuse-moi. Je ne voulais pas te froisser.
- Je ne suis pas froissé et vous aviez très bien compris, ce n'est pas ça.
- C'est quoi alors ?
- Je ne sais pas, je ne veux pas en parler, c'est tout.

Paul commence à en avoir assez. Kévin a pris un air buté. Il n'avait pourtant pas été désagréable. Il ne voudrait pas que ça tourne court. Il n'a plus l'âge ni encore moins l'envie de tergiverser pendant des heures. Qu'est-ce qui l'attirait autant chez Kévin ? Qu'est-ce qui l'avait poussé à sortir de sa zone de confort habituelle pour prendre autant de risques ?

- Écoute, Kévin, ne tournons plus autour du pot. Tu m'as demandé tout à l'heure pourquoi je t'avais invité, tu le savais très bien. Je t'ai répondu que c'était pour passer un bon moment avec toi, je pense que tu avais compris que le bon moment n'était pas seulement ce repas. Alors, dis-moi que tu ne veux pas aller plus loin avec moi, mais ne me prends pas pour un imbécile en jouant les vierges effarouchées. Je ne te forcerai pas. Si tu refuses, pas de problème, surtout pas de sanction. Je ne t'en voudrai pas et tes études n'auront pas à en souffrir. Je paierai la note du restaurant, tu pourras finir ton déjeuner. Mais ne joue pas à ce petit jeu. Je n'ai plus l'âge de mendier les faveurs d'un homme, je ne l'ai jamais fait d'ailleurs. Je veux bien admettre que ça peut être très nouveau pour toi, mais ce n'est pas une raison pour me souffler le chaud et le froid. Tu es en âge de prendre des décisions. Tu ne risques pas ta vie avec moi. Tu risques juste de passer du bon temps en acceptant tes désirs profonds. Je ne suis pas non plus un pervers et je ne t'obligerai jamais à rien qui ne te convienne pas. C'est le moment de faire preuve de courage et de décider. Ou tu me fais un grand sourire, signe de ton acceptation, soit après le dessert, tu t'en vas et on en restera là.

Kévin sent l'agacement de Paul et il se sent coupable de ne pas être assez reconnaissant envers lui pour l'avoir amené dans ce si bel endroit même s'il est gêné d'y être. Il ne sait pas quoi dire. Il aurait voulu que ça se passe sans mots. Mettre la situation en mots le terrifie. C'est rendre cette situation dérangeante pour lui réelle et inévitable quant à son issue. Il sent à nouveau les crampes serrer son estomac, il ne peut plus avaler une bouchée. La tête penchée sur son assiette, il chipote, il n'ose même plus bouger. S'il l'osait, il se sauverait. Ce qui le retient, c'est ce désir de connaître enfin tout ce qui peut se passer entre deux hommes qui s'aiment, il en a autant envie qu'il le craint. Et ce sera sans doute la seule occasion qui se présentera à lui. Avec l'impression d'un grand saut dans le vide, il laisse parler ses sens.

Le sourire est timide, mais il enchanta le cœur de Paul.

Cette fois, Kévin ne pouvait plus reculer. Il en était à la fois effrayé et soulagé. Il n'avait plus aucune possibilité de s'échapper. Ça n'était plus à Paul qu'il avait donné une réponse, mais à lui-même. En en prenant conscience, il était parvenu à suivre la décision que lui dictaient ses désirs plus que de sa raison. Il s'était dit oui, oui à ses envies qui le taraudaient, oui à lui-même à l'homme qu'il était, à l'homosexuel qu'il était vraiment, il s'était réalisé. Il avait pressenti que Paul était là pour ça. Il s'était interdit de revenir en arrière.

Richard et Annabelle.

Il la vit arriver et soudain, il se sentit tout ému. Et s'il allait se mettre à bafouiller, s'il ne savait pas quoi dire ! Il n'a rien préparé, car il sait que dans ces cas-là, on a tout oublié de ce que l'on voulait dire. Elle est encore mieux que sur ses photos sans doute parce qu'elle est en mouvement, mais aussi parce que quand elle l'a aperçu, elle s'est mise à sourire. Il se demande si elle a la même agréable surprise que lui. Il ne se sent pas à son avantage. Il doute de lui. Est-il bien habillé, s'est-il rasé d'assez près, il n'aurait pas dû mettre de cravate, ou plutôt si, il n'a pas trop mis de parfum ? Tout tourne dans sa tête à une vitesse affolante. Il se sent comme le jour où il a passé l'oral du Bac. Il ne savait plus rien, il ne voyait plus rien. Sauf que là, il ne voit plus qu'elle et elle le paralyse autant que les examinateurs de l'époque. Il ne peut plus bouger. Il va devoir se lever pour l'accueillir. Il espère que ses jambes ne se déroberont pas sous lui.

Elle se dirige vers sa table d'un pas décidé. C'est bon signe. Si elle avait eu un instant d'hésitation, c'est ce qu'il craignait par-dessus tout, il aurait perdu ses moyens. Il fait un effort surhumain et se lève pour l'accueillir tout en se demandant si ça ne fait pas un peu pompeux, un peu vieux jeu. Il ne parvient pas à s'enlever de la tête qu'elle est plus jeune que lui. Elle s'assied, il s'assied, une certaine gêne entre eux est perceptible. C'est à lui de briser le silence. C'était si facile de taper sur un clavier, il ne cherchait pas ses mots, il se savait à l'abri et il avait toujours la possibilité de se relire et de se corriger. Là, il sautait sans filet. Allait-il débiter des banalités au kilomètre ? Il avait l'impression d'avoir perdu tout son vocabulaire.

- Bonjour, Annabelle, je suis très heureux de vous voir, j'ose espérer qu'il en est de même pour vous.

Ça y est, il redevient pompeux, il voudrait trouver quelque chose de plus original, mais son cerveau a du mal à fonctionner trop pris par l'émotion. Comment réagissent les plus jeunes ? Il ne sait pas, il n'en fréquente guère à part ses enfants. Avec eux, il n'a pas besoin de se préoccuper de l'image qu'il leur donne ;

- Vous pouvez en être sûr.

Elle n'a pas hésité, mais sa réponse est bien brève. Il met ça sur le compte de l'émotion, car elle doit bien être émue, elle aussi.

Elle est certainement sincère, mais il ne peut s'empêcher de douter un peu. Ce n'est peut-être qu'une simple formule de politesse. Elle ne peut pas lui dire, comme ça de but en blanc qu'elle est déçue, qu'elle le trouve vieux et son sourire n'est qu'un lot de consolation. Il ne sait plus où il en est ni ce qu'il pourrait répondre pour débloquer la situation.

- J'en suis ravi.
- Pour ne rien vous cacher, je redoutais quand même un peu cette rencontre.
- Vous aviez peur d'être déçue ?
- Plutôt peur de vous décevoir.
- Alors, soyez pleinement rassurée. Vous prendrez un apéritif ?

C'est vrai qu'elle lui plaisait beaucoup et il souhaitait de tout cœur que la réciproque soit vraie.

- Je veux bien, je suppose qu'un peu d'alcool me détendra, mais pas quelque chose de très fort. Une Suze ce serait bien.

Elle n'était pas abstinente, un bon point pour elle. Il n'aurait pas aimé une femme trop sérieuse, voire pincée. Il appréciait qu'elle puisse se laisser un peu aller aux plaisirs simples comme un apéritif.

Il fait signe au serveur et commande une Suze et un Pastis. Il pense que c'est à lui de lancer la conversation. Pas facile. Qu'est-ce qui lui ôte ainsi tous ses moyens ? À son âge, il ne devrait plus être aussi émotif. Annabelle lui plaît, c'est certain, mais il a perdu depuis très longtemps les codes de la séduction. Il pourrait verser facilement dans le ridicule. C'est ce qui lui fait le plus peur, jouer au vieux beau en face d'une jeunesse et qu'elle se moque de lui.

Elle attend tout autant visitée par mille idées qui lui passent par la tête. Est-ce qu'elle a vraiment envie d'un homme dans sa vie ? De cet homme-là ? C'était facile quand il était loin, elle n'avait aucun effort à fournir, elle écrivait, c'était tout. Mais allait-elle aimer cet homme de chair et d'os, celui qui était en face d'elle ? Elle avait aimé le lire, lui répondre, elle avait aimé celui qui écrivait, mais ce n'était qu'un homme de papier. Était-ce bien le même que celui qu'elle avait devant elle ? Et si elle découvrait qu'elle s'était fait des illusions ? S'il l'avait trompée par ses belles phrases, que ferait-elle ? Elle ne saurait pas lui faire comprendre qu'il avait espéré en vain. Elle ne voudrait pour rien au monde le blesser ou lui faire de la peine. Elle ne voudrait pas non plus devoir se dire qu'elle s'était trompée. Elle avait placé ses espoirs en lui et pensait le connaître, se tromper reviendrait à retrouver sa solitude et la rendrait encore plus méfiante, ruinant ainsi tous ses rêves d'une vie à deux retrouvée. Non, elle ne devait pas se laisser envahir par les pensées négatives. Elle n'avait qu'à se laisser aller, rester naturelle et voir venir les choses. Il serait temps après de prendre une décision. Il n'allait pas la forcer à la fin de ce repas à s'engager à passer sa vie avec lui.

- En tout cas, vous avez bien choisi, cet endroit est magnifique pour une première rencontre.
- J'aime beaucoup ce restaurant, on y venait avec ma femme.

Quel imbécile, ce n'est pas le moment de lui parler de sa femme ! Je me suis assez épanché sur le sujet. Et puis elle va peut-être être fâchée que je n'aie pas choisi un endroit nouveau pour le rencontrer. Mon vieux Richard, tu n'en rates pas une !

- Elle avait bien de la chance, votre femme !
- Oui, enfin, je ne sais pas. Je ne voudrais pas être désagréable en vous parlant encore d'elle.
- Pourquoi ? Elle a fait partie de votre vie et, d'une certaine façon, elle en fait encore partie. Tout comme mon mari fait encore partie de la mienne. C'est pour nous, une seconde vie que nous nous apprêtons à commencer, mais la première n'est pas à effacer.

Elle est vraiment exceptionnelle, cette femme, pense Richard. Elle a une telle faculté de compréhension. Au début de notre relation, même si elle n'était qu'épistolaire, j'avais l'impression de tromper ma femme et je craignais que cet état d'esprit ne m'empêche d'aller plus loin. Comment entamer une relation en laissant le fantôme de la précédente prendre le pas sur la nouvelle ? Comment faire semblant d'avoir tout oublié de la précédente pour

143

ne pas importuner la présente ? Elle me mettait tout de suite à l'aise, si je m'attardais encore à parler de ma femme, elle ne s'en offusquerait pas et ne m'en voudrait pas. C'était une chance.

Annabelle ne voit aucune objection à ce qu'il lui parle de sa femme, ça prouve qu'il lui était très attaché et qu'il était capable d'aimer vraiment. Si d'aventure, ils devaient vivre ensemble, elle devrait faire avec ce fantôme. Elle avait le sien, ils étaient à égalité. Il ne l'aimerait peut-être jamais autant qu'il l'avait aimée, elle et elle ne l'aimerait peut-être jamais autant que son mari, mais cela avait-il de l'importance ? Ça ne les empêcherait pas de s'aimer d'une autre manière. L'amour quel qu'il soit, c'est toujours de l'amour et bon à prendre.

- Voilà le serveur, je vous laisse choisir.

Tandis qu'elle étudiait le menu attentivement, il la regardait. Trop bien pour moi, pensait-il. Qu'est-ce qu'elle pourrait bien me trouver ? Il se sentait si peu sûr de lui qu'il en avait l'appétit coupé. Oui, cette femme lui plaisait beaucoup. Il avait subitement envie de lui prendre la main. Elle l'attirait comme un aimant, cette main fine aux ongles peints dans un rose discret. Elle n'avait pas enlevé son alliance et portait une autre bague ornée d'une améthyste. Elle l'hypnotisait cette main qu'il imaginait ferme et chaude. Il en oubliait le lieu et le temps. J'oserai, se disait-il, après les entrées, je me donne encore un peu de temps pour me décider, mais j'oserai et on verra bien. Mais ne serait-ce pas trop cavalier ? Ils étaient dans un endroit public, elle pourrait le prendre mal. Il en avait pourtant tellement envie !

Elle passa sa commande d'une voix assurée. Il aimait aussi le son de sa voix. Une voix nette, claire, une voix faite pour n'émettre que la vérité, il en était certain. Ils ne s'étaient encore pas dit grand-chose, ils n'étaient restés qu'en surface, mais il sentait une certaine chaleur passer entre eux. Il se demandait seulement si c'était réciproque. Il aurait tant voulu que ce le soit.

Elle se sentait bien, elle décida de se laisser aller et de ne plus penser à ce qui pourrait se passer après. Elle n'avait pas goûté depuis longtemps à la présence d'un homme si proche d'elle. Cette sensation nouvelle lui procurait du bien-être. Lorsqu'il lui prit la main, elle le laissa faire. Il avait la main chaude et sèche, une grande main qui enveloppait entièrement sa petite main. Elle le regardait en souriant.

Il n'avait pas attendu. Elle ne l'avait pas repoussé, elle avait continué à sourire. C'était bien, il ne regrettait pas son geste. Il n'était pas si empoté qu'il ne le pensait.

Elle se disait qu'il avait eu raison de prendre l'initiative, elle n'aurait jamais osé le faire. Elle espérait qu'il continuerait.

André.

Manger dans un restaurant, seul, c'est regarder ceux qui vous entourent. Mon métier d'écrivain n'y est pas pour rien. Ce n'est pas parce que je ne fréquente guère mes semblables que je ne m'intéresse pas à eux. J'ai besoin de matière pour travailler. Quand, ils parlent, la plupart des gens mentent, mais mon regard les force à la vérité. Pas besoin de mots pour pénétrer une âme humaine et je me fais fort d'y parvenir par mon attention. De loin les défauts de même que les qualités sont plus visibles. C'est dans les endroits publics que je trouve les meilleurs spécimens à observer. Je suis là, seul à ma table, mais je ne perds rien de ce qui m'entoure.

Ça y est, la femme attendue est arrivée. En valait-elle la peine ? Elle n'est pas mal, plus de première jeunesse, mais elle a encore des atouts. Pas d'hésitation, c'est son épouse, il tire une tête de mari contrarié. Elle est étonnée et ne fait pas mine de s'excuser, je prévois une discorde latente. Elle n'est pas heureuse d'être là, à peine a-t-elle jeté un coup d'oeil sur la salle. C'est visible rien qu'à sa manière de s'asseoir comme si la chaise était particulièrement inconfortable. Il ne la regarde pas comme si elle lui était chère, il a l'air gêné. Je suis trop loin pour profiter de leurs griefs, je me moque de ce qu'ils se disent. Je l'imagine. Ah, les couples ! C'est du pain béni pour moi, même de loin on les devine. Ces deux-là sont parfaitement archétypaux. Quoi que je puisse inventer sur eux, j'aurais toujours raison. La crise est là, comme un noyau dur entre eux. C'est jouissif.

Et les deux seniors, ils n'ont pas l'air heureux non plus, ils ne sont pas d'accord sur le menu, elle s'anime, il se renfrogne. Le repas ne va pas être calme non plus pour eux. C'est un vieux couple à n'en pas douter, ils sentent les habitudes anciennes, les rancœurs tues, la lassitude visible. Que viennent-ils faire là ? Ils fuient certainement un tête-à-tête dans leur salle à manger. Elle est habillée comme pour aller à l'opéra, on voit qu'ils n'ont pas coutume de fréquenter un endroit tel que celui-là. Ils doivent fêter quelque chose d'exceptionnel. Lui a l'air tout à coup plus heureux, il regarde autour de lui admiratif. Elle garde les yeux fixés sur son menu comme s'il allait lui exploser entre les mains. Dans les vieux couples, toutes les rancœurs si longtemps réchauffées apparaissent sur leurs visages. Si peu respirent la sérénité, le plaisir d'être encore en vie à deux. La plupart du temps, ils ont réussi à vieillir ensemble, mais à quel prix ? Ils ne font plus qu'un et quand ils détestent l'autre, ils se détestent eux-mêmes.

Et les deux homos. Le jeune dépare dans le paysage, un sweat, des baskets usés jusqu'à la corde. Le vieux pérore et le gamin boit ses paroles, mais ses mains sous la table disent son mal-être. Va-t-il passer à la casserole ? Si le vieux l'a amené ici ce n'est pas simplement pour lui payer à manger. Si j'en juge par l'attitude du jeune, ils ne sont pas encore passés à l'acte. J'aimerais bien savoir comment ça finira. Se fera-t-il larguer ou gagnera-t-il son trophée ? Il est encore pas mal le prétendant, un peu chochotte, mais pas trop et on devine l'érudit. Il en impose à son cadet. Ce dernier n'affiche aucun des codes homos. Mais on ne peut jurer de rien. Je ne la sens pas cette histoire et pas seulement en voyant la panique du jouvenceau. Il essaie en vain de prendre l'air…l'air de quoi ? On ne sait pas trop. Il n'a pas l'habitude de se chercher un air à adopter. C'est un garçon entier qui n'a jamais composé. Le vieux n'est pas dupe, mais il y tient à son aventure. Il se met en quatre pour rassurer le gamin. Visiblement, il n'y parvient pas, mais il s'acharne et la colère n'est pas loin.

Et la minette, le front buté, l'air de vouloir défier toute la terre, mal fagotée. Elle aussi, qu'est-ce qu'ils ont tous ces jeunes à se cacher derrière des fringues infâmes ? Elle ne semble pas être une oie blanche piégée par un prédateur. Pas une once de sexualité entre eux. Je pencherais plutôt pour une fille qui veut faire chier son père. Elle a des griefs contre lui. Tous les ados en veulent à leurs parents, mais celle-là a amassé une bonne dose de rancoeur. Il n'a pas fini de goûter aux affres de la paternité. Elle ne s'est pas assise, mais écroulée sur son siège, elle se tient mal, se tortille comme si la chaise la brûlait. Lui a l'air navré de sa tenue, mais ne dit rien. C'est elle qui parle. Il écoute surpris, du moins on le devine. Je suis étonné, moi aussi par son attitude. Il n'essaie pas de la reprendre. Il subit comme s'il ne savait pas ou ne pouvait pas la réprimander. Ou alors, il attend quelque chose qui ne vient pas. J'ai du mal à les cerner.

Et les tourtereaux, un peu rassis. Premier rendez-vous après contact sur les réseaux sociaux. Un site pour le deuxième âge. Ils n'ont pas encore couché ensemble. Le feront-ils d'ailleurs ? Pas sûr. On est regardant à cet âge-là. Aussi mal à l'aise l'un que l'autre ? C'est marrant on dirait deux collégiens en pleine roue amoureuse. Elle fait semblant de s'intéresser autour d'elle pour éviter son regard, mais lui la mange des yeux. Déjà conquis, mais elle demande à voir. C'est fou comme un homme en présence d'une jolie femme perd toute prudence. Elles sont plus pragmatiques. Lui, il la voit dans son lit, elle n'est pas encore entrée dans la chambre. Elle évalue les chances qu'elle a d'en ressortir satisfaite. Il est plus âgé qu'elle, c'est évident. C'est peut-être pour cela qu'elle reste sur ses gardes. Je suppose qu'il va arriver à ses fins sinon elle ne se trémousserait pas comme ça. Elle hésite encore, mais elle est déjà ferrée.

Et aussi le chouchou à sa maman. Elle, impératrice règne, lui essaie de se tirer, mais la chaîne est épaisse. Je les connais, ces mères-là, pires que des sangsues. Il est sur des charbons ardents, je vois ses pieds qui battent la mesure. Elle pérore, pérore ne lui laissant pas placer un mot. Elle ne se doute de rien, il est à bout de patience. Je m'interroge, qu'est ce qui le tracasse ainsi ? Qu'elle se méfie, la vieille, à trop tirer sur la laisse c'est prendre le risque qu'elle se casse et le toutou ne demandera pas son reste pour la planter là. À le voir autant tourmenté, il a déjà usé la presque totalité de ses chaînes, il entrevoit la sortie. Mais comme les prisonniers enfermés depuis longtemps, il meurt de peur de s'attaquer à son syndrome de Stockholm.

Je pressens que je ne vais pas m'ennuyer durant ce repas et que j'aurai du grain à moudre en rentrant à la maison. Comment voulez-vous que je me sente seul quand j'ai tous ces personnages qui habitent mes pensées ? Quand je les vois comme ça autour de moi, je ne leur trouve aucune consistance. Ils sont là, empêtrés dans leur présent, mais il suffit que je prenne la plume et ils deviennent les héros dont les aventures vont faire pleurer ou rire dans les chaumières. Je me sens littéralement Dieu, je les manipule à ma manière et alors, ils sont transfigurés. Dans tous mes livres, si vous avez l'esprit un peu futé vous pouvez reconnaître la femme que vous avez croisée dans le bus, le gamin qui jouait au foot dans le terrain vague en face de chez vous, l'homme qui vous a vendu des légumes sur le marché. Mais ils ne sont plus rien de tout cela, car ils sont passés par mon cerveau et mes mots.

151

C'est ça un écrivain, un vrai, il prend la matière dans le réel qui l'entoure et la modèle pour en faire une œuvre d'art. Vous comprenez maintenant pourquoi je ne peux avoir une vie normale, banale. J'ai des milliers de vies exceptionnelles à créer et je m'y consacre.

Tiens, le fils et sa mère ont entamé une conversation. Il est de plus en plus énervé et la vieille n'y comprend rien. Elle est venue là pour faire un bon repas et voilà qu'il lui parle de choses désagréables. Elle est stupéfaite, elle ne sait plus quoi dire, elle a les lèvres pincées et des éclairs dans les yeux. Déstabilisée et on voit qu'elle n'en a pas l'habitude. Les autres commencent aussi à s'agiter. Intéressant. Mais d'abord, je vais me pencher sur ces huîtres merveilleuses qui viennent d'atterrir devant moi. Foin de mes personnages, qu'ils restent à leur place le temps de ma dégustation. Ils ne s'envoleront pas tant qu'ils n'auront pas fini de manger. La fine odeur d'iode a tout anéanti autour de moi. Je presse délicatement le citron. Plus que moi au monde. Moi et mon palais.

Mon Dieu, que c'est bon !

Samantha et Grégoire.

-   De quoi vous avez peur ?

Il ne relève pas la faute de français. Elle le prenait au dépourvu. Il ne s'attendait pas à une telle question. Il devait reconnaître qu'elle avait tapé dans le mille. Elle était perspicace. Il avait peur, mais il se serait plutôt fait arracher un bras que de l'avouer. Elle ne semblait pas effrayée ou alors elle le cachait bien. Et, après tout, il avait plus à perdre qu'elle. Pour l'instant il se demandait seulement comment se comporter. Comment parler à une gamine de seize ans ? Lui qui avait rencontré des chefs d'État, des stars de cinéma mondialement connues, des rebelles, des révolutionnaires, des djihadistes ne savait pas comment aborder cette gamine. Il se sentait gauche, dépourvu de mots. Des mots qui étaient pourtant son outil de travail et qu'il croyait maîtriser. Même l'image ne fonctionnait pas. Il avait beau l'observer, son œil de photographe ne parvenait pas à lui donner une consistance. Elle lui était toujours aussi irréelle. C'était une adolescente parmi des centaines d'autres et qui n'avait rien à voir avec lui. Pourtant, elle disait le contraire. Est-ce que la fibre paternelle existe vraiment ou n'est-ce qu'un mythe qu'on a imaginé pour que les hommes s'occupent de leur progéniture ? Rien en lui qui puisse avoir un quelconque rapport avec cette foutue fibre. Pas le moindre élan, pas la moindre envie de la prendre dans se bras. Même une certaine répulsion à cette idée, comme s'il se sentait pédophile.

- Je n'ai pas peur !
- Alors pourquoi vous faites cette tête ? On croirait que vous savez que j'ai une bombe cachée dans ma poche. Vous n'êtes pas en reportage.
- Je te l'ai dit, je ne suis pas à l'aise avec l'idée d'être père.
- Vous y croyez alors ?
- Tu m'as dit que tu avais une preuve. Je ne l'ai pas encore vue. Je suppose que tu ne serais pas venue me chercher si tu ne l'avais pas.
- Chaque chose en son temps.

Drôle de formule pour une gamine de cet âge ! Elle essayait de gagner du temps pour comprendre comment elle allait devoir s'y prendre pour continuer. Elle commençait, elle aussi, à douter de maîtriser la situation. La bombe, elle l'avait pour de bon. Elle allait faire voler en éclat leurs existences passées et elle ne voyait pas comment pourrait être la nouvelle.

- Si ça peut vous rassurer, je n'en veux pas à votre argent. Ma mère gagne très bien sa vie, elle s'est mariée il n'y a pas très longtemps avec son boss, il est blindé. Je suis fille unique et lui n'a pas d'enfants. Je suis donc loin d'être fauchée. Si vous ne voulez pas de moi, je ferai avec, mais au moins je vous aurai vu, j'aurai mangé avec vous, même si ce n'est pas le repas rêvé.

- Tu exagères, c'est l'un des meilleurs restaurants de la ville.

À quoi bon s'indigner pour ses paroles sinon pour se donner une contenance à l'approche de la vérité qu'il ne pourra pas refuser ?

- Je sais, n'empêche que j'aurais préféré quelque chose de plus cool. Mais bon, si vous êtes habitué à ce genre de cantine, je veux bien vous faire plaisir. Pour une première, je ne voudrais pas vous gâcher la fête. Un repas pour vous connaître ce serait un peu juste même si je suppose que dans un endroit pareil, il va s'éterniser. Ce sera à vous de décider.

Non, décidément, il ne comprend pas ces jeunes. Traiter l'Excelsior de cantine ! Et puis ce ton ironique, presque condescendant. Il ne fréquentait guère de jeunes et ne savait pas à quoi s'attendre, entendre Samantha parler ainsi le surprenait. Il allait devoir se mettre à sa portée et ça ne lui plaisait pas tellement. Il était tout de même disposé à faire des efforts, il verrait par la suite ce que ça donnerait. C'était le prix à payer pour en savoir plus et, pour l'instant, c'était tout ce qu'il désirait : en savoir plus. Même s'il n'en était pas si sûr.

155

- Dites-moi, jeune fille, quels sont vos goûts ? Qu'est-ce que vous aimez faire ?
- Je ne vous parlerai pas de mes goûts musicaux, vu votre tenue vestimentaire et les endroits que vous fréquentez, je ne suis pas sûre que vous connaissiez les gens que j'écoute.
- Tu as raison, je ne suis guère au fait des nouveautés. Je n'irai pas jusqu'à dire que je voudrais que tu me les fasses découvrir, je ne pense pas que j'apprécierais.
- Ça, c'est sûr. J'aime beaucoup lire.

À les voir dans la rue, dans les transports en commun rivés à leurs Smartphones, il avait peine à croire qu'ils puissent lire, les jeunes d'aujourd'hui. À part les intellos, mais elle n'en avait pas l'air. Ni lunettes ni acné. Stop aux clichés se morigéna-t-il tout bas.

- Tiens, tiens, je croyais que les jeunes ne lisaient plus ou alors que des bandes dessinées.
- J'en lis aussi, mais pas que.
- Et qui aimes-tu ?
- Elle lui cita quelques auteurs contemporains à sa grande surprise pas des moindres.
- Tu lis ça, toi ?
- Eh oui, je ne suis pas idiote et j'ai un prof de français génial qui nous fait aimer la bonne littérature. J'ai lu aussi beaucoup de classiques.

156

Quand j'étais petite, ma mère travaillait beaucoup, je me gardais toute seule, alors je lisais et maman avait beaucoup de livres. Ça m'a beaucoup servi pendant mes études, je suis toujours première dans les matières littéraires. Pas terrible dans les matières scientifiques, mais pas nulle non plus. Vous n'auriez pas à rougir de moi. Un journaliste, ça sait écrire, moi aussi.

- Je suis journaliste, mais surtout photographe. Et dans les matières artistiques ?

- Je vous vois venir. Vous voudriez savoir si j'ai hérité de vos gènes d'artiste. Navrée, je ne crois pas, je dessine très mal et je ne prends des photos que de mes copains et avec mon Smartphone. Par contre je chante pas mal.

Elle commençait à lui plaire cette petite, elle n'était pas bête, mais il ne voyait pas comment elle pourrait se situer dans son environnement. Elle bousculait beaucoup de choses en lui. Elle venait de le faire revenir sur toutes les idées préconçues qu'il avait sur la jeunesse actuelle. N'allait-elle pas le faire revenir aussi sur le sens qu'il avait de sa vie ? Ce serait un comble !

- Parle-moi de ta mère. Si tu le sais, dis-moi où je l'ai rencontrée que j'essaie de me souvenir. Son nom ne m'évoque rien.

- Vous avez connu tant de femmes que ça ?

157

- Et plus encore, sans me vanter.
- C'est vrai que vous êtes bel homme et que vous avez du fric.

Elle était directe. Il ne put s'empêcher de sourire.

- Merci, mais j'espère ne pas être réduit à ça. D'ailleurs, si je suis aisé, je n'ai pas tant de fric, comme tu dis, que ça, du moins pas assez pour attirer les profiteuses. J'ai des qualités quoi que tu puisses en penser.
- Je ne sais pas, je demande à découvrir, enfin, je veux dire ce qui m'intéresse en tant que fille. Pas ce qui appâte toutes les femmes que vous avez connues et qui peuplent encore votre vie.

Et de l'humour avec ça ! Il en était presque sous le charme. Si elle n'avait pas prétendu être sa fille, si elle n'allait pas lui exiger de lui qu'il soit un père, il trouverait un certain plaisir en sa compagnie.

- J'ai dû ramer pour que ma mère me raconte ce qui avait à voir avec vous. Elle disait que vous ne valiez pas la peine que je m'intéresse à vous. C'est ce qui me faisait toujours insister. Je trouvais ça louche et puis ça me grattait de savoir qui était mon père. J'en connais qui s'en foutent, mon copain Kilian, son père s'est tiré quand il avait cinq ans, il est revenu l'année dernière pour renouer le contact, comme il disait. Il n'a pas voulu le rencontrer. Il prétendait toujours que son père était en prison, mais je ne l'ai jamais cru. Il disait ça pour se convaincre que c'était un salaud. Mais revenons à ma mère, voilà ce qu'elle a fini par m'avouer : c'était un été à Sanary, elle était en vacances avec des copines, vous les avez abordées sur la plage pour leur proposer de faire des photos. Elles étaient jeunes et très flattées. Vous avez fait les photos et vous avez gardé ma mère, c'était la plus jolie. Vous avez encore fait des photos d'elle, vous l'avez emmenée au restaurant puis dans votre lit. Elle était subjuguée et vous étiez si beau, c'est ce qu'elle m'a dit, elle n'a pas pu résister. Deux jours après vous aviez disparu. Elle vous avait donné son adresse, son numéro de téléphone. Quelque temps plus tard, elle a reçu un paquet, c'était les photos avec un petit mot. Vous la remerciez pour ces bons moments, mais vous expliquiez que votre vie était trop compliquée pour une relation suivie. C'est ce mot et les photos datées qui prouvent que vous êtes bien mon père. J'ajoute que je suis d'accord pour un test ADN, mais je crois ma mère quand elle m'a dit qu'elle vous pleurait trop pour avoir un autre homme dans sa vie juste après votre rencontre.

159

Il était abasourdi. Il essayait vainement de se souvenir de ça. Un épisode de sa vie qui avait eu de telles conséquences et qui ne lui avait laissé absolument aucune trace. Il allait, dès qu'il rentrerait chez lui fouiller dans les cartons, chercher de vieilles photos qu'il n'avait plus jamais regardées pour voir s'il retrouverait des doubles de celles qu'il avait envoyées à la mère de Samantha. Quand il visualiserait son visage, il aurait peut-être un flash. Il était bien allé à Sanary en vacances, mais il y avait passé plusieurs étés et il avait certainement eu des aventures fugaces, dont il n'avait pas plus de souvenirs.

Le serveur vint interrompre la conversation. Ils avaient terminé les entrées depuis un bon moment.

Patrice et Emma.

Il a finalement sauté sur l'occasion.

- Oui, à propos de couple, qu'est-ce que tu penses du nôtre ?
- Bon, ce n'était peut-être pas la meilleure manière d'aborder ce qu'il avait à lui dire, il était à court d'idées. Ça pourrait peut-être faire l'affaire.

Emma est prise au dépourvu. Si elle avait eu du temps pour préparer sa réponse, elle aurait eu beaucoup de choses à dire, mais , à brûle-pourpoint, elle cherche tout en chipotant dans son assiette pour se donner un délai de réflexion. Leur couple, elle avait oublié qu'ils formaient un couple. Ils étaient deux, mais elle voyait la différence entre Patrice et elle. Trop importante pour faire couple.

- Ce que j'en pense ?
- Oui, là tout de suite sans réfléchir.
- Pas facile !
- Pourtant tu as toujours réponse à tout.

Emma souffle, ses nerfs se tendent. Elle a toujours eu un don pour sentir le vent mauvais. Et pour elle, à ce moment-là, il est mauvais. Où voulait-il en venir, ça puait le règlement de compte ou même pire ?

- Ce que tu peux être désagréable ! Si tu continues comme ça, je ne donne pas cher de notre couple.

Elle n'aurait pas dû dire ça, mais il est trop tard.

- Pour une fois que c'est moi qui t'incite à t'exprimer. Parle-moi de notre couple tel que tu le vois maintenant. Tu sais très bien exposer tes opinions quand tu veux les faire partager et même les faire adopter.
- Parce que je cause à tort et à travers !

Elle se sentait complètement déboussolée et entraînée dans une direction qu'elle ne voyait pas favorable.

- Encore une fois, tu n'entends que ce que tu veux entendre. Ce n'est pas ce que j'ai voulu dire. Essaie de répondre à ma question.

Il ne lui a pas laissé le temps de réfléchir. Elle n'aime pas ça du tout. Patrice a repris la main, c'est lui qui mène la danse à présent. Il tente le tout pour le tout en s'efforçant de la mettre dans son tort. C'est mesquin, mais c'est tout ce qu'il a trouvé.

- Notre couple est un couple comme des autres au bout de vingt ans de mariage. Ni mieux ni pire.
- Mais plus encore.

Elle est complètement perdue, elle ne voit pas ce qu'il cherche, mais elle sent qu'il est sur le point de lui dire quelque chose. Ses craintes se confirment. La petite idée qui germait dans sa tête commence à sortir de terre. Cependant, elle ne lui fera pas de cadeau, elle ne s'avancera pas sur le chemin qu'il lui indique.

- Où veux-tu en venir ?
- C'est simple, je te demande ce que tu penses de notre couple.
- Je n'en pense rien, là !
- Ce n'est pas une réponse.
- Tu m'embêtes, laisse-moi manger en paix. Ce n'est ni le lieu ni le moment pour ce genre de conversation.

Il se dit qu'il a raté son coup. Il aurait voulu l'entendre lui faire des reproches, lui dire que leur couple n'en était plus un, qu'ils ne s'aimaient plus, qu'ils ne faisaient que garder la façade, enfin des choses comme ça. Alors ça aurait été facile de lui annoncer qu'il n'allait plus faire partie de ce couple. Qu'il s'en allait en former un autre.

Elle détestait le tour qu'avait pris leur conversation. Elle ne le reconnaissait plus. Lui qui était depuis toujours passif, voire veule, se découvrait tout à coup agressif et exigeant.

- C'est pour me demander ça que tu m'as fait venir ici.

Le ton était péremptoire à la limite de l'aigreur. Il reperdait pied.

- C'était pour alimenter la conversation. C'est toi qui as parlé du couple de petits vieux attendrissants et des homos à différence d'âge importante.
- Quel rapport avec nous ?
- Je ne sais pas. C'est ce qui m'est passé par la tête. Ces couples étaient atypiques, je pensais à la vision qu'avaient les autres du nôtre. Et je voulais connaître ton opinion sur le nôtre de couple.

Il tente de trouver un angle d'attaque différent. C'est alors qu'à sa grande surprise, Emma tombe dans le piège qu'il lui avait tendu.

- Eh bien, je vais te répondre. Par moments, j'ai l'impression d'être seule et non pas la femme d'un couple.
- Pourtant je suis toujours là. C'est toi qui ne fais pas attention à moi.
- Je n'ai pas besoin de faire attention à toi, tu te manifestes bien assez.
- Tu recommences à être désagréable. Il faudrait savoir si je suis absent ou si je me manifeste trop.

164

- C'est moi qui suis désagréable ?

Il ne connaît que trop bien ces revirements, cette mauvaise foi. Ils retombent dans leurs travers et cette fois, il ne peut pas esquiver. S'il se tait, elle continuera et il ne peut pas partir sans avoir atteint son but. Il est coincé. Il ne lui reste plus qu'à parer les coups. S'ils en sont arrivés là, c'est lui qui l'a voulu et au lieu d'en profiter comme il l'avait planifié, il panique encore une fois.

- Ne nous disputons pas. Ce serait dommage de gâcher ce bon repas.

Si c'est comme ça, il n'y arrivera jamais. Ils se remettent à manger en silence, mais ce silence est criant. Il crie tout ce qui mijote dans leurs têtes et qui n'est pas de la meilleure cuisine. La mauvaise humeur d'Emma, le désarroi de Patrice.

Il ne peut pas en rester là, ce serait trop bête. Il avait mis tous ces espoirs dans ce déjeuner. Il se sait lâche, au moins timoré, mais il pense à Lola qui attend et elle n'attendra pas bien longtemps. Il ne veut pas la perdre. Dans sa tête, il a déjà quitté Emma. Oui, mais voilà, elle l'ignore encore et il est tétanisé à l'idée de lui annoncer qu'il la quitte. Il se doute que la réaction sera violente. C'est bien pour ça qu'ils sont là. Dans ce restaurant, elle n'osera pas se donner en spectacle au milieu des clients. Il la regarde manger son saumon. Elle ne sait pas ce qui l'attend. Elle est sûre d'elle. Elle a toujours été sûre d'elle, trop sûre. Il n'en peut plus. Il l'a aimée. Il croit se souvenir qu'il l'a aimée, mais c'est loin, elle l'a usé. Il se souvient plutôt de l'indifférence qui s'est installée progressivement, sournoisement. Il a sa part de responsabilité. Ils n'ont lutté ni l'un ni l'autre. Il ne lui en veut pas. Il ne la hait pas non plus. C'est pour ça que c'est si difficile. Elle l'énerve, elle l'horripile, mais il ne lui souhaite aucun mal.

Emma voit que Patrice est de plus en plus nerveux, il s'acharne sur sa viande qui a pourtant l'air bien tendre. Ça y est, elle sait, elle a compris. Elle qui ne craint pas de provoquer Patrice, se sent tout à coup reculer. Elle qui parle sans arrêt est comme paralysée. Elle n'ose même plus regarder Patrice et se concentre sur son assiette. Son saumon n'a soudain plus de goût ou alors elle a perdu le sens du goût. Elle mâchonne sa bouchée sans se résoudre à l'avaler. Le silence entre eux s'épaissit de plus en plus. Elle voudrait le rompre ce silence, mais la peur l'en empêche. Patrice engloutit sa nourriture comme s'il n'avait pas mangé depuis des semaines. Il a posé ses couverts, il ne sait plus quoi faire de ses mains. Il boit une gorgée de vin pour se donner contenance. Il est bon, ce vin. Un peu cher, mais il n'a pas hésité espérant que l'alcool lui procurerait de l'assurance. Emma n'a pas touché à son verre. Il a été surpris quand elle a laissé le

166

garçon lui verser un fond. Elle ne boit jamais d'alcool. Il tapote le coin de la table, surprend le regard d'Emma et s'arrête aussitôt. Elle n'en finit pas d'écraser son poisson et semble peiner à le manger. Il jette un coup d'œil à sa montre. Le temps passe et il ne s'est toujours pas lancé. Il ne peut pas laisser filer le repas et repartir comme il est venu. Il rassemble tout son courage et il n'en a guère, il s'en rend vite compte.

-   Tu n'as pas l'air d'aimer ce plat.
-   Si, mais je n'ai guère faim.
-   Pourtant d'habitude tu as bon appétit.
-   C'est ça, je mange trop, je suis trop grosse.

Il lui semble qu'elle a déjà dit ça, elle s'était offusquée d'un mot de Patrice. Cette fois, elle s'en moque, c'est juste pour dire quelque chose qu'elle aurait dit si tout était comme avant. Mais avant quoi ?

-   Je n'ai jamais dit ça !

Il a encore laissé passer le coche. C'était le moment d'en profiter : oui, tu manges trop, tu es grosse. Mais ce n'est pas vrai et il n'a pas envie de s'abaisser à ce genre de propos.

-   Oui, mais tu le penses et tu n'as même pas le courage d'être honnête.

Elle recommence. Elle ne se rend pas compte que dans l'état où est Patrice, elle vient d'activer le levier qui le libère. Ou elle s'en rend compte, mais elle n'en pouvait plus de cette comédie. Elle avait appuyé sur le bouton et elle attendait le choc de l'explosion.

- Ça suffit ! Voilà, je t'ai fait venir ici aujourd'hui parce que j'ai quelque chose d'extrêmement important à te dire. Jusque-là, je n'en trouvais pas la force, mais tu as l'art de me mettre hors de moi que je viens à l'instant de trouver cette force.

Et avant qu'elle ait eu le temps de lui rétorquer le moindre mot, il crache :

- Je te quitte, j'ai rencontré une autre femme…

Jacques et Virginie.

- Tu es si mal que ça avec moi ? Je ne pensais pas que tu pouvais souffrir autant d'avoir ta mère à ton entière disposition. Je ne pouvais pas imaginer que tu étais si malheureux alors que tu étais comme un coq en pâte avec celle qui te voue un tel amour que personne ne pourrait t'en témoigner un tel.

Elle a pris un ton pincé, celui qu'elle avait quand un de ses élèves la décevait. Il avait eu rarement droit à ce ton et à chaque fois il en était resté si malheureux qu'il avait cru en mourir. Mais il n'était plus un gamin et il n'avait plus peur de la mort. Il s'était attendu à cette réaction de sa part. Malgré tout, il en est ébranlé. Il ne devait seulement rien laisser paraître. Elle comprendrait alors qu'il était fragile sur ses bases et en profiterait pour le déstabiliser encore plus. Il devait jouer serré et, surtout, garder son sang-froid. Chercher un moyen pour qu'elle ne puisse lire en lui comme elle le faisait habituellement. Il n'avait jamais su lui mentir. À moins que ce ne soit lui qui soit envahi par une sorte de culpabilité innée. Il devait pouvoir se soustraire aux pouvoirs divinatoires de sa mère ;

- Je n'ai pas dit que j'étais si malheureux avec toi, mais avoue que ce n'est pas une vie normale pour un homme de mon âge.

- Pas une vie normale ! Tant d'hommes mariés te l'envieraient cette vie. Tant d'hommes trompés par leurs épouses, victimes de leur jalousie, contraints de trimer et de se priver de tout pour élever les flopées d'enfants qu'elles leur font, obligés d'éponger leurs dettes et qui subissent leurs récriminations à longueur de journée. C'est ça que tu considères comme une vie normale. La tienne est une paix perpétuelle, je veille sur toi et sur le moindre de tes désirs sans jamais rien reprocher. Tu n'as aucun souci à te faire sinon pour ta propre personne. Aucune femme ne sera jamais aussi attentionnée qu'une mère.

- C'est peut-être vrai tout ce que tu me dis, mais j'aurais aimé m'en rendre compte tout seul. Et je connais des couples très heureux.

- En apparence, mon fils, ils ne veulent pas admettre qu'ils se sont trompés alors ils font comme s'ils nageaient en plein bonheur et le plus souvent ce n'est que de la comédie.

- Et qu'est-ce qui te dit que je n'aurais pas été contente d'avoir des enfants ?

- Toi ? Je te connais, tu ne l'aurais pas supporté.

Il avait horreur de cette assurance qu'elle professait quant à ce qu'il pensait. Il ne savait pas ce que c'était et pour cause, mais il pressentait qu'il aimerait avoir des enfants. En général, il aimait les enfants des autres et ce seraient les siens. Elle ne pouvait pas lui dire qu'il ne les aimerait pas. Elle n'en savait rien. Lui savait.

- Mais je te supporte bien, toi.
- Je suis ta mère, ce n'est pas pareil. Tu vois bien, ton père ne t'a pas supporté.

Quel argument ! Ce n'était pas écrit dans les augures qu'il ressemblerait à son père. De plus, c'est ce qu'elle prétendait elle et il avait beau l'aimer et la respecter, il doutait qu'elle dise toujours la vérité.

Elle avait frappé là où ça faisait mal. Là où ses interrogations étaient les plus vives : le départ de son père, son abandon total. Il avait grandi sans lui et avait dû se contenter de sa mère pour toute famille. Plus jeune, il faisait avec, il pensait qu'il avait tout le temps, mais les années passaient et il supportait de moins en moins toute cette obscurité sur la défaillance du père. Il se faisait de plus en plus d'idées, les unes plus contradictoires que les autres. Elles n'étaient que suppositions ce qui le laissait dans un état de doute sur son père et sur lui. Doute qui le faisait de plus en plus souffrir. Lui ressemblait-il, comment savoir exactement ce que l'on est quand on ne sait pas de qui on vient. Pourrait-il être comme le disait sa mère le même salaud ou alors, avait-il été victime de sa femme ? Il voulait plus que tout connaître la vérité.

- Justement, à ce sujet. Je suis en droit de me demander si c'est bien vraiment à cause de moi qu'il est parti. Si j'ai été à l'origine de la ruine de votre couple, j'aimerais bien le savoir.
- Ton père ne nous méritait pas, c'est tout !
- Tu ne t'en tireras pas aussi facilement. Tu dis que tu ne penses qu'à mon bien et tu acceptes de me laisser porter le poids de la culpabilité qui me ronge depuis des années.

Il tenait son ouverture. Il n'avait encore jamais envisagé ça, mais s'il parvenait à lui jouer la comédie de l'homme traumatisé, il réussirait à percer sa cuirasse. Il n'était même pas sûr que ce soit de la comédie. Ce qu'il ressentait depuis peu n'était peut-être pas de la culpabilité, mais ça induisait chez lui un sentiment qui lui ressemblait bien. Il s'en rendait compte tout à coup, s'il avait sorti cette phrase, elle venait bien de quelque part. Il n'avait pas fait que l'imaginer. On ne le sait pas, mais souvent les mots qui arrivent comme ça d'on ne sait où ne sont pas anodins.

Virginie était réellement déstabilisée. Elle avait compris que ses paroles avaient provoqué une douleur chez son fils chéri. Elle n'avait pas voulu ça.

Elle avait simplement été surprise et la colère, mauvaise conseillère, lui avait dicté ces paroles. Lorsque Jacques avait parlé d'avoir une progéniture, elle avait été terrifiée. Des êtres qui lui voleraient l'amour de son enfant, des êtres qui exigeraient qu'il leur consacre tout son temps. Elle en avait frémi d'horreur et elle ne savait plus ce qu'elle disait.

En tout cas, il analyserait ça plus tard, pour l'instant, c'était seulement un argument à avancer dans son projet de faire plier sa mère. Lorsqu'il l'aurait bien ramollie, il ne lui resterait plus qu'à porter l'estocade. Il aimait sa mère, il aurait voulu s'y prendre en douceur, la ménager, mais il savait qu'avec elle, c'était impossible. Quand elle refusait d'admettre quelque chose, il était inutile d'essayer de la convaincre qu'elle avait tort. La sûreté d'elle lui faisait comme une cuirasse.

- Cette culpabilité qui te ronge ? Je ne comprends pas. Le seul coupable dans l'affaire, c'est ton père. Oublie-le une bonne fois pour toutes et vois comme on est heureux tous les deux.
- Mais, maman, je ne suis pas heureux.
- Comment, tu n'es pas heureux ? Qu'est-ce qu'il te faut de plus ? Dis-le, tu l'auras tout de suite, je te le promets.

173

Ce qui pourrait le rendre heureux, elle ne consentirait jamais à lui donner. Il le savait très bien et c'est pourquoi, tout ça devait changer. Quel qu'en soit le prix à payer.

- Je te prends au mot, tu as promis !
- Tout ce que tu veux, mon fils. Je me saignerais aux quatre veines pour toi, tu le sais ?
- Ce que je veux, c'est ma liberté.
- Ta liberté !

Elle était restée bouche bée, mais il savait qu'il ne perdait rien pour attendre. Le combat serait rude.

- Ta liberté, mais tu l'as ta liberté ! Ce n'est pas moi qui t'empêche de faire ce que tu veux.
- Ah non !
- Que veux-tu dire ?
- Tu m'étouffes, maman, tu m'étouffes. J'ai toujours l'impression d'avoir dix ans.
- Ne dis pas de bêtises, ce n'est pas parce que je t'aime que je t'étouffe. Je fais tout ce que je peux pour te rendre la vie agréable et c'est tout ce que tu trouves à me dire pour me remercier. Je ne te ferai pas l'injure de te faire le compte de tous les sacrifices que j'ai faits pour toi.

Il a envie de lui dire qu'elle n'a jamais rien fait pour lui que le nourrir, l'habiller et l'aimer, ce que toute mère digne de ce nom doit à ses enfants. Elle ne s'était jamais préoccupée de ses désirs profonds lui faisait croire que ses désirs à elle étaient les siens. Il a envie de lui dire qu'il ne lui a jamais demandé de sacrifier quoi que ce soit pour lui, que c'était toujours sa volonté à elle et seulement cette volonté qui prévalait. Il avait envie de lui dire qu'il n'en avait rien à faire de ses sacrifices, si sacrifices il y avait eu. Il avait envie de lui dire que ses sacrifices étaient vains puisqu'ils ne l'avaient jamais rendu heureux. Ils avaient au contraire eu le plus mauvais effet sur lui, le rendant asservi à elle.

- Et que tu me fais payer cher aujourd'hui. Je ne sais pas comment te dire ça, mais je trouve que le prix est exorbitant.

Il croit voir les larmes monter dans les yeux de sa mère. Il ignore si ce sont des larmes de chagrin ou de rage. Il ne veut pas le savoir. Tenir le coup, coûte que coûte ! Il détourne la tête pour ne pas perdre le peu de courage qu'il lui reste. Il se sent sur le point de craquer, mais il repense à sa vie avec elle et il repart à l'attaque. Il n'en peut plus de cette vie en vase clos. Il veut s'affranchir de cet esclavage. Il veut partir loin d'elle. Il ne veut plus être l'homme de ce couple qui n'en est pas un. Il n'est pas encore trop tard pour qu'il puisse fonder une famille. Il aurait aimé le faire en sa présence, qu'elle participe, c'est impossible. Il ne se voit pas lui présenter une future belle-fille potentielle. Il imagine le spectacle, le regard tellement inquisiteur de Virginie sur elle qu'il en deviendrait blessant, l'interrogatoire qui en ferait fuir plus d'une. Et, s'il en découvrait une assez coriace pour résister à tout, Virginie trouverait bien un moyen pour s'en débarrasser. Pas question de connaître ça ! Il va donc devoir trancher. C'est douloureux pour lui, il l'aime tant sa mère, mais il l'a assez aimé, il doit apprendre à s'aimer lui-même et il ne le pourra que s'il s'éloigne d'elle.

Elle sent tout à coup qu'elle le perd. Elle ne comprend pas encore que tout ce qu'elle pourra dire ou faire ne fera qu'aggraver les choses. Un froid mortel l'envahit. Elle ne se croit pas fautive, elle est trop égoïste pour ça. Non c'est sa faute à lui, son ingratitude à lui. Elle n'est que la victime dans cette affaire.

- Comme tu me parles, tu me déçois ! Toi qui ne l'avais jamais fait, qui avais été toute ma fierté ! Me rendre compte, à mon âge, que tu n'es qu'un ingrat, que tu ne m'as jamais aimée. C'est un poignard dans le cœur que tu m'enfonces.

Et allez, la grande scène du II, il avait prévu bien des choses, mais, là, elle le sidérait. Il aurait presque envie de rire. Il imagine sa mère dans une tunique grecque en train de réciter une tragédie. Si ce n'était pas aussi grave, si sa vie n'était pas en jeu, il la pousserait pour voir jusqu'où elle peut donner dans le spectacle.

- Maman, je t'aime, je t'ai toujours aimée et c'est justement pour continuer à t'aimer que je suis obligé de te quitter, de partir pour aller fonder une famille.
- Tu es comme ton père, je vais donc devoir te rayer de ma vie. Je ne m'en remettrai pas.

Il la voit, toujours en tragédienne, s'effondrer sur la scène d'un théâtre. Ouvrira-t-elle les yeux dès que le rideau tombera ? Pour l'instant, elle serait plutôt un roc pas près de s'effondrer. Elle est de plus en plus dure, il ne la reconnaît plus. Ce n'est plus sa mère, c'est une reine de comédie qui défend ses privilèges.

- C'est bien ce que je pensais, il n'est pas parti de son plein gré, tu ne supportais pas qu'il soit entre toi et moi. Ou alors, il étouffait lui aussi avec toi. Tu n'es pas obligée de me rayer de ta vie comme tu l'as fait pour lui, nous pouvons très bien rester comme mère et fils, mais de loin et accepter qu'une femme et des enfants se mettent entre toi et moi.
- Jamais, tu restes avec moi ou tu te trouves une épouse et tu renonces à moi.
- C'est toi qui me forces à faire ce choix. Et je vais aussi te dire que je vais essayer de retrouver mon père. J'ai besoin de lui. Je veux savoir tout ce que tu as toujours refusé de me dire. Je veux

connaître un autre point de vue et enfin avoir une idée du rôle que j'ai pu jouer dans l'éclatement de la famille. Je dois en avoir le cœur net avant de fonder ma propre famille et être un père à mon tour.

Il n'y a plus de larmes dans les yeux de sa mère, mais une colère qui flamboie. Elle est dressée sur son siège comme la statue du commandeur. Elle brandit son couteau comme si c'était une arme et qu'elle s'apprête à se jeter sur lui. Heureusement, c'est un magnifique couteau en argent et à bout rond. Elle est méconnaissable, plus une once de sollicitude envers lui, plus une once d'affection. Elle lui a retiré tout d'un seul coup. Elle n'est plus sa mère, seulement une femme outragée. Il en a le cœur brisé.

- Maman…
- Tais-toi, je mange !

Simon et Alice.

Il ne dit plus rien de peur qu'elle reparte dans ses délires diététiques. Elle a ignoré la moitié des tomates, elle n'a pas touché à la corbeille de pain, elle n'a même pas bu une goutte d'eau. Il pense qu'il aurait dû la laisser organiser sa fête, attendre qu'elle soit passée et se payer un bon repas, tout seul. Il a économisé assez d'argent. Car, ce qu'elle ne sait pas, c'est qu'il a sa cagnotte et quand il parvient à s'échapper, il va se procurer une petite douceur dans une pâtisserie ou un salon de thé. Il se sent coupable, mais il aime ça. Il se demande même si les gâteaux ne sont pas meilleurs quand il les mange en cachette. Ils ont un goût inimitable de transgression. Il lui avouera peut-être un jour rien que pour voir sa tête.

Elle attend, raide sur sa chaise la venue de la suite. Elle se demande comment faire pour ne pas paraître déplacée tout en mangeant le minimum. Elle a vu la tête du serveur quand il est venu récupérer les assiettes d'entrées. Elle y avait à peine touché. Il ne lui a pas demandé si ça allait comme elle l'avait craint, mais elle devinait ses pensées. Elle ne savait plus où se mettre. Il devait la soupçonner de Dieu sait quoi, qu'elle ne savait pas ce qu'elle voulait et n'avait pas choisi le bon plat, qu'elle était incapable d' apprécier les bonnes choses, qu'elle était une paysanne tout juste sortie de son trou et qui n'osait pas

179

manger parce que c'était trop raffiné pour elle. Elle a horreur de ça, être l'objet de l'attention d'un étranger et qui plus est d'un serveur de restaurant. Non pas qu'elle méprise les serveurs de restaurant, Alice ne méprise personne. Qu'elle ait affaire à un prolétaire ou à un nanti, elle ne se permettait jamais de faire la différence. Alice est une bonne personne, mais, à cet instant, elle rêverait seulement d'être ailleurs.

- Quand on pense que des gens meurent de faim et que tu dédaignes ces mets de choix !
- Je ne comprendrai jamais comment on peut ingurgiter ça et ce n'est pas parce que je mangerai ça que les gens mourront moins de faim.
- Ça, comme tu dis, c'est excellent. Ma pauvre Alice, je commence à croire que tu n'aimes pas la vie.
- J'aime la vie, justement, et je veux vivre en bonne santé.
- Tu es aigrie, tu passes tout ton temps dans la peur. Je me souviens d'une époque où tu aimais vraiment la vie, tu adorais t'amuser, tu appréciais de manger. Qu'est-ce qui s'est passé pour que tu deviennes cette femme bourrée d'obsessions ? Je crois que j'ai perdu ma femme en route. Je ne vis plus qu'avec l'ombre d'elle rivée à son tableau des calories, préoccupée en permanence par son poids, son apparence. Tu es triste, à force de te

priver, tu es devenue ennuyeuse. Je ne sais pas si j'ai envie de passer mes dernières années dans cette prison que tu appelles la vie saine. Tu comprends, j'ai besoin de rire et pour ça, j'ai besoin d'un peu d'alcool, j'ai envie de manger quelque chose qui me plaise, d'oublier ma santé, ma silhouette et tout le reste. J'ai envie de me lever le matin en me disant que ce sera une belle journée qui commencera par un solide petit-déjeuner, que je ferai des activités qui me procureront du plaisir et non pas des kilomètres de marche à pied ce que j'ai toujours détesté, que je serai un homme heureux en pantoufles et en jogging.

Il sait que ce n'est pas le moment de régler ses griefs, c'est l'attitude d'Alice qui l'a fait sortir de ses gonds. Et puis ce n'est pas la première fois qu'il lui fait ces reproches. En vain d'ailleurs. Il avait espéré qu'elle ferait au moins un effort pour fêter leur anniversaire, il était forcé de constater que c'était tellement devenu une seconde nature pour elle, qu'elle ne s'en rendait même plus compte. Plus rien à faire et il en était navré.

- Tu ne sais pas ce que tu dis !
- J'ai envie d'avoir un gros ventre, d'aller jouer à la pétanque, de boire un ou deux apéritifs avec les copains, me faire un bon restaurant de temps en temps.

181

- Et si moi je n'ai pas envie d'avoir ce mari-là ?

- Tu peux toujours en changer. Il ne doit pas manquer d'athlètes ascétiques, éternellement au régime.

- Tu te rends compte de ce que tu me dis, le jour de notre anniversaire de mariage !

- C'est vrai, j'aurais dû te le dire bien plus tôt. J'ai été trop patient.

- Ne me dis pas que tu as été si malheureux depuis cinquante ans !

- Non, je ne me souviens plus quand tu as commencé à me traquer, m'obliger à marcher encore et encore et supprimer tout ce que j'aimais manger. Il me semble quand même que ça fait longtemps, bien trop longtemps.

- C'était pour ton bien !

- Qu'en sais-tu de mon bien ?

- C'est ta santé !

- Arrête, tu n'as que ce mot à la bouche ! Et le plaisir ? Tu n'en parles jamais. Tiens on pourrait aussi aborder un autre chapitre relatif au plaisir, mais ce n'est ni le lieu ni le moment.

- Pourquoi deviens-tu méchant ?

- C'est toi qui provoques en moi ces accès de colère quand je te vois avec cet air de martyr parce que je t'emmène dans l'un des meilleurs restaurants de la ville.

- Tu exagères toujours !
- Je ne sais pas lequel de nous deux exagère. Ce n'est quand même pas trop demander que de me régaler le jour de cet anniversaire ;
- On ne peut pas discuter avec toi !
- As-tu déjà essayé de discuter avec moi. Je n'en ai aucun souvenir. Tu m'as toujours imposé tes volontés. Comme je suis un pacifique, j'ai toujours préféré me taire, mais trop, c'est trop !

Alice ne répond plus, elle est de plus en plus renfrognée. Elle a fini par repousser son assiette encore à moitié pleine. Simon a du mal à terminer la sienne, l'agacement lui coupe l'appétit. S'il l'osait, il se lèverait et la planterait là pour aller déjeuner dans un autre restaurant. Il est en colère et il a honte. Le garçon va venir et en voyant l'assiette d'Alice, il va demander si ça ne va pas. Dieu sait ce qu'elle allait lui répondre ! Elle avait réussi à gâcher la fête. Il se pose la question; est-ce qu'il pourrait se souvenir de tout ce qu'elle lui a gâché au cours de ces cinquante années ? Il a eu de la patience, il a caché tant de rancœurs que c'en était devenu une habitude. Il se rend compte aussi qu'à chaque fois, il s'y était attendu. Tout lui revient en mémoire comme une grande gifle. Il n'ose pas lever les yeux vers elle, il a peur de ce qu'il afficherait dans son regard. La colère dépassée, cela pourrait ressembler à de la haine. Il n'y a plus d'amour, c'est certain ; il aurait pu croire à un reste de tendresse, mais il n'en est plus sûr. Leur couple va t'il résister ? Il en doute. Ce repas en est le triste constat. Ils ne se comprennent plus et cette histoire de régime est la face visible de l'iceberg. La nourriture constitue la pierre angulaire sur laquelle reposent bien d'autres griefs, il ne se rappelle même plus lesquels. Elle ne lui pardonnera jamais ce qu'il vient de lui dire et il ne pourra plus jamais se plier à ses exigences en matière de mode de vie.

Le garçon approche, saisit l'assiette d'Alice, mais ne fait pas de commentaire. Simon pense qu'il a dû sentir autour d'eux, cette atmosphère si tendue qu'elle peut craquer à tout moment. Il est soulagé. Alice est recroquevillée sur sa chaise, elle est muette, mais elle aussi dégage des relents d'aigreur. Il n'a pas besoin d'une grande imagination pour savoir ce qu'elle a dans la tête.

-   Ne veux-tu pas vraiment faire un effort ?
-   Un effort, je ne fais que ça depuis que j'ai lu le menu !
-   Non, décidément, tu ne céderas pas un pouce de terrain. Alors je vais te dire ce que j'aurais dû te dire depuis longtemps. Dorénavant, tu mangeras seule tes légumes bouillis, j'irai déjeuner dehors tous les jours.
-   Si tu fais ça, tu ne rentreras pas.
-   Eh bien, je ne rentrerai pas, mais note bien que c'est toi qui me mets dehors.

- Tu l'as bien cherché, les choses sont dites.
- Je veux vivre que tu sois contente ou pas. Je veux vivre, mets-toi bien ça dans le crâne.

Elle ne lui répond pas, que dirait-elle qu'elle ne lui a pas déjà dit. Elle va laisser passer l'orage. C'est le vin, il en est à son troisième verre qui lui fait perdre la tête, il ne pense pas ce qu'il dit. Elle doit tenir, pour elle, mais aussi pour lui. Elle ferme les yeux et essaie de s'extraire de cette salle bruyante qui lui pèse de plus en plus. Qu'est-ce qu'elle fait là, à le regarder fouler aux pieds tout ce à quoi elle croit et qu'elle espérait être parvenue à lui inculquer ? Ce n'était pas son mari ce goinfre, cet alcoolisé, elle ne le reconnaissait plus. Arriver à cet âge pour se rendre compte qu'on vit avec un étranger, un viveur, un hédoniste, un inconscient ! Elle ne voulait pas de ça chez elle. Elle en venait même à se demander s'il n'avait pas une maîtresse cachée avec qui il allait batifoler en mangeant des pâtisseries qu'elle lui confectionnait, un comble !

Cet anniversaire sonnait le glas de leurs cinquante ans de mariage. Elle ne voyait plus aucun avenir commun. Elle ne voyait pas d'avenir du tout. Elle n'avait aucune idée de ce que pourrait être la vie sans Simon. Trop tard se disait-elle. Ils ne pourraient plus revenir en arrière.

185

Paul et Kévin.

- Je suis très heureux que tu acceptes de faire un bout de chemin avec moi. Je dis un bout de chemin, car je n'ai aucune illusion, tu es jeune et beau, je suis vieux, mais le peu que tu pourras me donner sera pour moi un réel cadeau. Je ne te demande pas de m'aimer, mais de me respecter et d'être honnête avec moi. Dès que tu en auras assez de notre relation, je veux que tu me le dises, je ne te retiendrai pas. Est-ce bien clair pour toi ? Nous pouvons passer du bon temps tous les deux, je te l'assure. As-tu déjà été amoureux ?
- Non, jamais !

Il avait jeté ses mots comme un cri, comme quelque chose qui venait du fin fond de lui. Paul ne savait comment l'interpréter. Était-ce une dernière protestation, un sursaut de révolte contre l'acceptation qu'il avait consenti ? Surtout ne jamais mélanger le sexe et les sentiments. Le sexe était impersonnel, les sentiments trop humains. Était-ce un cri de désespoir à l'idée de ne jamais pouvoir l'être ? Encore beaucoup d'ambiguïté stagnait dans l'esprit de Kévin. Et Paul n'était pas certain de tout comprendre. Il avait le cerveau trop troublé par son désir pour être clairvoyant. Le corps parlait trop fort. Il n'entendait plus la raison.

-   As-tu déjà au moins eu une aventure ?

Il ne répondait pas, il avait honte d'avouer que dans le milieu d'où il venait, ce n'était pas envisageable. Honte d'avouer qu'il n'avait jamais eu de relations sexuelles. Honte d'avoir toujours eu honte de ses penchants. Paul ne pouvait pas comprendre. Devant cet homme si instruit, si libre, si sûr de lui, qui ne craignait nullement de s'afficher, il se sentait désemparé, moins que rien, trop loin de lui, minable, timoré. Il aurait voulu s'enfuir, se terrer, ne plus jamais le voir. Pourtant, il l'attirait tellement. Et puis, il avait peur. Comment allait-il réagir quand il devrait passer à l'acte ? Il avait envie de se laisser aller avec Paul, c'était indubitable, mais qui était-il à côté de cet homme ? Il allait très certainement le décevoir et il ne s'en remettrait pas. Il avait quand même sa fierté, la fierté des humbles. Il n'aurait jamais dû accepter. Tout se brouillait dans sa tête.

-   Je vois, pour toi, c'est une première. Je n'avais pas
    prévu ça. Ne t'inquiète pas, j'ai assez d'expérience
    et je ferai en sorte de ne pas te choquer. En,
    attendant, mange !

Paul ne sait pas pourquoi, mais Kévin l'émeut. Il n'a encore jamais eu à faire avec ce genre de garçons. Tous ceux qu'il avait vu passer dans son lit n'en étaient pas à leur premier coup même si pour certains ce n'était pas une habitude. Il regardait Kévin qui coupait sa viande, il n'avait pas appris à manger en coupant au fur et à mesure chaque bouchée. Paul aurait beaucoup à faire pour lui procurer toutes les connaissances qui lui manquaient. En serait-il capable et surtout aurait-il la patience nécessaire ? Mais il se disait que Kévin en valait la peine. Du moins, une petite voix l'en persuadait. Et puis, le plaisir de lui enseigner les choses du sexe couvrirait certainement l'ennui de lui inculquer les codes en matière de bienséance. Mais le voulait-il ? Probablement. Si Kévin sortait d'un milieu très humble, ses études allaient l'amener à fréquenter une autre couche de la société. C'était un garçon brillant qui réussirait sans aucun doute. Paul serait heureux de lui donner les possibilités de s'élever. Encore fallait-il qu'il parvienne à le faire sans froisser Kévin qui lui faisait l'effet d'un écorché vif. Enfin, c'était une histoire qui pouvait attendre. Il ne lui fait aucune remarque sur sa façon de tenir ses couverts.

Kévin était soulagé d'avoir avoué son innocence. Maintenant Paul avait les cartes en main. Malgré la supériorité de l'homme sur lui qui le faisait se sentir si mal, il avait envie de lui faire confiance.

- As-tu confiance en moi ?
- Oui, Professeur.
- Je pense que tu peux m'appeler Paul. Je voudrais que tu te détendes, que tu apprécies ce repas. Pour le reste on a tout le temps d'y revenir. Et si

188

ce n'est pas aujourd'hui que l'on concrétise notre relation, je saurai attendre que tu sois vraiment prêt à me dire clairement ce que tu désires.

- Je suis prêt, mais j'ai peur.
- Je comprends et je suis heureux que tu me l'avoues. Ça prouve que tu me fais confiance. Tu ne risques pas ta vie, ce n'est que du sexe !

Paul regrette immédiatement cette dernière phrase. Il craignait que pour Kévin, ce ne soit un peu plus que ça et qu'en minimisant l'affaire, il lui donne l'impression qu'il ne le considère que comme un objet sexuel. Ce qui pourrait de le faire fuir. Il s'empressa d'ajouter.

- Ce n'est que du sexe, mais ça n'empêche pas d'y mettre des sentiments.

En entendant le mot de sentiment, Paul voit Kévin tressaillir. Qu'avait-il donc avec les sentiments ? Pensait-il que Paul espérait qu'il puisse tomber amoureux de lui ? Voyait-il ça comme quelque chose d'inenvisageable ? Il avait pourtant été clair : il n'exigeait rien de lui. S'il pouvait seulement lui parler à cœur ouvert, il était prêt à tout entendre. Même s'il redoutait ce qu'il pourrait lui dire, il ferait l'effort de comprendre Kévin.

Qu'est-ce qu'il pourrait bien dire ou faire afin que Kévin perde cet air de mouton qu'on mène à l'abattoir ? Ce garçon lui plaît de plus en plus, mais il voudrait le rendre heureux et non pas l'effrayer. Qu'a donc ce gamin pour que je prenne autant de précautions avec lui ? Se répétait Paul. Il n'avait jamais été si prudent, respectueux, oui, mais sans jamais avoir autant d'attentions. Il se sentait sur la mauvaise pente. Je vieillis, s'affolait Paul devant Kévin toujours aussi fermé.

- Dis-moi, Kévin, qu'est ce qui pourrait te rassurer ?
- Je ne sais pas. Tout ça, c'est trop nouveau pour moi. Vous avez compris que pour moi c'est la première fois et en plus, c'est avec vous, ce n'est pas avec un camarade.
- Tu aurais préféré que ce soit avec un garçon de ton âge, quelqu'un que tu aimerais et non avec un vieux professeur comme moi ?
- Ce n'est pas ça !
- C'est parce que tu imagines que tu n'es pas aussi bien que moi, que je n'appartiens pas à ton monde, que tu penses que je te regarde comme un pauvre garçon à qui je fais l'aumône de mon attention. C'est ce qui te rend si malheureux ?
- Oui.
- Mais tu es quand même partant ?
- Oui.
- Je veux dire, avec moi.

190

- Oui, c'est ça qui me fait peur, vous êtes trop… je suis trop… je ne voudrais pas vous paraître trop…
- Oublie que je suis ton professeur, oublie que je ne suis pas du même milieu que toi, oublie que je suis un peu plus instruit. Vois seulement un homme à qui tu plais et fais fi de tout le reste, ce ne sont que des conventions sociales. Tu es un garçon très intelligent, tu as de grandes qualités, c'est moi qui devrais être le plus gêné. J'ai pas mal d'années de plus que toi et même jeune, j'étais loin d'être aussi beau que toi.
- Oui, mais vous avez tout cette culture, cette érudition et l'art de les faire passer. On ne peut que vous admirer. Je sais que vous êtes admiré par tous. Vous ne pouvez que m'intimider.

Il en revenait toujours là, le savoir, la culture, la sagesse, mais pas un mot sur ce que lui inspirait l'homme tout court, ça en devenait presque douloureux pour Paul. Il ne voyait en lui que l'intellectuel. Paul aurait voulu qu'il voie en lui, un partenaire désiré. Il en arrivait à imaginer que Kévin n'acceptait de coucher avec lui que dans l'espoir qu'il lui inoculerait son savoir par le sexe.

- Ça, c'est dans l'amphi, à la ville ce n'est pas toujours le cas. Je passe pour un vieux beau intellectuel et homosexuel.

- Ce n'est pas vrai !
- Mais si, c'est vrai.
- Moi, je ne le pense pas.
- Merci, tu es très gentil.

Enfin, Kévin était sorti de sa réserve et avait manifesté un peu de sentiments moins révérencieux. Paul avait apprécié cette protestation vive pour lui prouver qu'il ne méritait pas ces adjectifs.

Kévin semble un peu rassuré ; il dévore sa viande avec appétit. Paul le regarde, attendri. Il sent que quelque chose est en train de bouger en lui. Une partie de son cœur qu'il avait barricadé à la suite d'aventures malheureuses vient de se libérer. C'est lui maintenant qui commence à avoir peur. Il voudrait rester maître du jeu, mais il n'est plus sûr d'y parvenir. Kévin a ouvert une brèche dans la cuirasse. Il sait que le risque est grand de voir Kévin s'enfuir après une première expérience. Il sait aussi que cette histoire n'a que très peu de chances de durer. Kévin est là pour trois ans et lorsqu'il aura obtenu son diplôme, il partira. Et lui aura trois ans de plus et, à son âge, trois ans, ça compte. Il sent l'angoisse monter au fur et à mesure que Kévin se décontracte, mais il ne renoncerait pour rien au monde.

Richard et Annabelle.

- J'espère que vous ne me trouvez pas trop entreprenant. Je n'avais pas prémédité ce geste, c'était juste une impulsion.
- Je n'y vois aucun inconvénient. Votre geste ne m'a pas surprise.
- Je dois vous paraître gauche et mal à l'aise, mais c'est parce que je suis ému. Je ne m'étais pas senti aussi bien depuis longtemps.
- Je suis bien moi aussi. J'ai oublié toutes mes craintes. Vous avez réussi ce tour de force. Je suis bourrée de doutes en permanence. Quoi que je fasse, j'ai peur de mal faire. J'ai toujours été comme ça et j'en ai honte.
- Je n'aurais pas aimé me trouver en face d'une femme trop sûre d'elle, car je ne suis pas non plus très à l'aise.
- Nous étions faits pour nous rencontrer. Si on considère que selon les lois mathématiques, deux moins donnent un plus, nous pourrions former un couple très sûr de lui.

Et en plus, elle avait de l'humour ! Il n'en avait pas demandé autant. Ils riaient quand le serveur est venu prendre la commande. Elle hésitait.

- Toujours la peur de mal choisir ? Commandez tout si vous hésitez.
- Tout à l'air si bon et je ne mange pas comme ça tous les jours. Mais tout serait quand même un peu trop. Et puis, c'est un si bel endroit. Je n'en reviens toujours pas.

Ses yeux brillaient, elle aimait manger, il trouvait ça charmant. Elle aimait manger, elle appréciait les petits plaisirs, elle était compréhensive, il était certain, à présent, qu'il avait fait le bon choix. Il reprenait confiance.

- Il fallait célébrer cette rencontre.

Ses joues avaient rougi, effet de l'alcool ou de l'excitation ? Après une très longue période de réflexion, elle s'en excusa auprès du serveur, elle fit son choix. Il la sentait comme une gamine dans un magasin de jouets. Elle lui avait raconté qu'elle avait tiré le diable par la queue pour payer les études de ses enfants. Personne pour lui venir en aide et elle était trop fière pour demander. Il lui était même arrivé de manger des pâtes plusieurs jours de suite. Elle ne se plaignait pas, elle avait réussi à s'en sortir. Ils avaient tous une situation et depuis qu'ils avaient quitté la maison, elle était plus à l'aise.

Il était heureux de lui offrir ce plaisir.

- Vous devez vous dire que je ne sais pas ce que je veux. Si j'ai tellement hésité, c'est parce que j'aurais aimé tout prendre.
- Vous auriez pu.
- J'aurais eu les yeux plus grands que le ventre, d'habitude je fais attention. Je n'ai pas envie de grossir.
- Vous êtes très bien, j'espère que vous n'êtes pas une adepte des régimes récurrents.
- Non, je fais juste attention, mais je suis gourmande et je m'autorise des excès de temps en temps.

Ouf, il a eu peur ! Il n'aurait pas apprécié une femme qui passerait sa vie à se priver. Il prenait plaisir à manger sans abuser, mais en goûtant les bonnes choses et il entendait que sa femme l'accompagne. Il lui ferait faire des écarts plus souvent. De plus, il aimait les femmes pulpeuses et jusque-là, c'était le seul petit défaut qu'il lui trouvait, elle était un peu trop mince. Il ne voulait pas d'un top model, mais une vraie femme avec des formes.

- C'est drôle, j'ai la sensation d'avoir toujours été là, en face de vous à attendre des plats raffinés. Comment faites-vous pour me donner cette impression de familiarité ?
- Je ne sais pas, mais je l'éprouve aussi.

Il n'avait pas lâché sa main, même pendant qu'ils passaient la commande. C'était comme si un fluide circulait de l'un à l'autre leur procurant sérénité et confiance. Ce qu'ils avaient recherché sans en être conscients. Ils se taisaient à présent pour mieux ressentir l'autre. Richard avait presque envie de fermer les yeux pour n'être plus que cette chaleur qu'il percevait dans sa paume. C'était comme un doux rêve qu'on n'a pas envie de quitter. Un lit douillet, un fauteuil profond devant un feu de cheminée. Le bruit des assiettes qui arrivaient le fit revenir à la réalité.

- J'ai encore du mal à réaliser ce qui nous arrive. J'étais pourtant certain que plus jamais je ne ressentirais cette impression d'intimité avec quelqu'un. Je me voyais passer seul le reste de ma vie. Je ne veux pas dire que vous êtes obligée de passer le reste de ma vie avec moi. C'est un rêve que je forme, mais comme tous les rêves, il peut très bien ne pas se réaliser.

- Pour être tout à fait franche, je ne peux pas vous promettre de réaliser votre rêve, mais je ne serais pas contre le fait d'essayer. Il est un peu tôt pour les promesses à long terme, mais il ne faudrait surtout pas fermer la porte.

- C'est exactement comme ça que je le voyais. Vous savez exprimer mes pensées mieux que je ne le ferais moi-même. Donc, si vous êtes

196

partante, on peut essayer. Nous n'avons plus toute une vie devant nous, surtout moi, mais nous avons encore le temps de prendre le temps. Je ne voudrais en aucun cas vous brusquer. Laissons venir en nous les envies sans les provoquer. Pour l'instant, j'ai votre main dans la mienne, vous me l'avez laissée et ça suffit à mon bonheur. Le reste viendra en son temps. Et si je vous lâche la main, c'est seulement parce que j'ai besoin de la mienne pour manger.

Elle est heureuse de voir qu'il a compris ses hésitations. Elle n'en a aucune quant à son attirance pour lui, il lui plaît de plus en plus et le fait de sentir sa main dans la sienne a fait resurgir de vieux souvenirs d'excitation oubliés. Elle retrouve en elle, la femme sexuée qu'elle avait laissée de côté et qu'elle pensait ne plus jamais être à nouveau. Elle avait vécu depuis son veuvage comme une femme sans âge, plus vraiment une femme, seulement une mère qui tentait de procurer à ses enfants ce qui manquait depuis que le père n'était plus là. Elle avait fini par s'oublier totalement. Il lui avait dit qu'il n'était pas pressé. Elle n'avait pas envie de hâter les choses, mais elle n'envisageait pas non plus de les laisser traîner. Elle voyait venir sereinement la suite logique de leur relation. Elle avait surtout besoin de tendresse, de la chaleur d'un corps. Elle aimerait se blottir contre lui, s'endormir rassurée et pour le reste c'était moins important. Elle en

197

avait été privée et elle se rendait compte à présent que ça lui avait terriblement manqué, mais elle pouvait encore attendre si elle en avait la perspective.

- Oui, prenons le temps, mais s'il advient que nous ayons la soif de le précipiter un peu, c'est que nous en aurons décidé ainsi. Je pense que nous avons déjà assez vécu pour savoir ce qui est bon pour nous. Je vous fais confiance, car je sens que je le peux. J'ai tendance à marcher à l'instinct et, jusqu'à présent, ça m'a toujours réussi. Essayons simplement de ne pas nous demander mutuellement ce que nous ne pourrions pas nous donner. Respectons-nous et le destin fera le reste. Une vie nouvelle nous attend, tentons de ne pas la gâcher. Nous avons fait le chemin l'un vers l'autre, maintenant faisons le chemin ensemble.

Elle est extraordinaire, s'enthousiasme Richard.

Je sens que je pourrais être heureuse avec lui, pense Annabelle en attaquant son foie gras. Je n'ai plus l'âge de l'amour fou, je ne cherche plus la passion. Je n'ai pas envie de souffrir, je n'aurais plus la force de vivre un tourbillon qui apporterait aussi bien son lot d'excitation que son lot de douleurs. Je ne veux pas l'extase puis les affres de la séparation, je désire simplement profiter encore de la vie dans les bras d'un homme et Richard a tout pour être cet homme-là.

André.

Je n'osais espérer meilleur entourage. J'ai vraiment de quoi me distraire.

C'est toujours comme ça au début du repas, tout va bien, on s'installe, on échange des banalités sur l'endroit, sur le but de la rencontre, puis très vite on passe à des choses plus sérieuses, un climat d'animosité se dessine, les mots deviennent plus durs, plus aigres. On fait encore bonne figure, mais les coins de la bouche qui souriaient s'affaissent, les regards fuient, parfois le silence s'incruste, le lieu n'est pas propice aux violences verbales. La tension monte de plus en plus, la colère rentrée bout sourdement. J'adore ce dernier stade.

Pour l'instant, j'ai de beaux spécimens en face de moi, les vieux, la mère et le fils et les plus jeunes. Pour les plus jeunes, c'est évident : après pas mal de tergiversations, le couard vient d'annoncer à sa femme qu'il la quitte. Il a pris son temps, le temps d'atermoyer, mais quand elle l'a poussé à bout, il a fini par lâcher le morceau. Elle ne s'y attendait vraiment pas. Elle doit être de ces épouses tellement sûres d'elle qu'elle n'aurait jamais pu imaginer être trompée. Elle en a le souffle coupé. Va-t-elle se mettre à pleurer ou va-t-elle lui envoyer le contenu de son assiette à la figure ? Je ne le quitte pas des yeux de peur de rater la scène finale. Depuis le temps que je fréquente cet établissement, j'ai toujours rêvé de voir quelqu'un balancer quelque chose à la tête de son vis-à-vis. J'ai toujours rêvé de voir cette magnifique vaisselle cassée, voir la tête navrée des serveurs qui n'osent rien dire, celle plus sévère du chef de rang qui est responsable du stock. J'ai toujours rêvé de voir deux femmes se crêper le chignon dans l'allée sous le regard réprobateur des bons bourgeois, de voir un homme gifler une femme ou le contraire, ne soyons pas misogyne. Que ça bouge quoi! Mais je dois me contenter de voir les sentiments s'inscrire sur les faces, les poings se serrer comme les lèvres, tout ça dans la plus parfaite maîtrise.

Pour ce qui est de la scène familiale, c'est tout aussi intéressant. Après avoir fait semblant de dorloter sa mère chérie, la révolte souterraine anime ce grand benêt victime d'une génitrice abusive. Elle s'est bien rengorgée. Ils parlent, ils parlent, il prend parfois un air suppliant, visiblement, elle campe sur ses positions, il insiste, elle se tend, se braque, il commence à assener les coups, elle se cuirasse, elle n'est plus que raideur. Il est partagé entre l'envie de pleurer comme le petit garçon qu'il est en face d'elle et le besoin de liberté qui devient de plus en plus prégnant. Sa main droite est crispée sur son couteau. Il ne le sait pas, mais moi je sais qu'il a envie de la tuer. Elle ne le sait pas non plus, mais elle est toujours persuadée qu'elle est la maîtresse du jeu. Puis sa pression sur le couteau se ramollit, il est soulagé, il vient à défaut d'avoir trucidé sa mère, de couper le cordon.

Pour les vieux, c'est plus subtil, ça sent le renfermé, les griefs fossilisés, les cœurs cousus, les barrières infranchissables. Tout est dit du bout des lèvres, tout est dit sur le ton péremptoire, sans appel, sans solution. Ils finiront leurs jours ensemble, confits dans leur haine, mais s'ils se séparaient, ils seraient vides et inutiles. L'enfer pour eux est préférable au néant. Ils ont tracé la route vers l'indifférence et s'ils ont encore des scènes, c'est pour ne pas se sentir finis. La route n'est plus très longue, mais elle ne changera pas.

Il y a aussi les couples heureux ou du moins qui croient l'être et qui le sont peut-être pour l'instant et le resteront un peu. Les deux homos, le jeune est harponné, mais je ne sens pas le vieux très satisfait et le jeune a l'air dans un essaim de guêpes ; il voudrait être loin, pourtant le regard qu'il fixe sur le plus âgé dit tout ce qu'il ressent pour lui : une admiration sans bornes. Cela suffira-t-il pour qu'il aille jusqu'où voudrait l'emmener l'autre ? Le jeu l'effraie. Le vieux lui parle, sans doute essaie-t-il de le rassurer de le mettre en confiance. Il a tout à gagner, peut-être trop. Ça ne doit pas être évident de désirer un gamin dans son lit quand on est un vieux beau. Il n'est pas très sûr, lui non plus. Je n'ai aucune idée de ce qui pourrait advenir d'eux. Il y a trop d'enjeux dans ce jeu de rôles. Je présume que, quoi qu'il arrive, ils ne sont pas au bout de leur peine. Il aura tenté un bon restaurant pour séduire le jeune homme, mais que faudra-t-il pour le garder ?

Pour les deux tourtereaux sur le retour, tout va bien. C'est un nouveau couple qui se forme de toute évidence, ils en sont encore aux roucoulades. Vu leur âge, ils ont toutes leurs chances. Arrivés là, ils sont moins exigeants et savent faire les concessions nécessaires à la bonne santé du ménage. Ils ne sont pas très excitants. J'ai arrêté de m'intéresser à eux quand il lui a pris la main, c'était trop convenu, ça roulait trop bien, surtout qu'elle ne l'a pas rejeté.

Reste le père et sa fille. Je n'imagine pas très bien ce qu'ils font là. Ils ne se disputent pas, ils parlent très calmement. La gamine a un air un peu renfrogné, mais elle ne fait pas la gueule à son s'il est bien son père. Elle mange de bon appétit. Lui ne semble ni en colère, ni angoissé. De quoi à creuser. Je ne vois pas, en effet, une relation normale entre un père et sa fille adolescente. Ni montre d'affection ni preuve de conflit. À moins que ce ne soit pas sa fille. Mais je ne constate pas non plus de traces de séduction entre ces deux-là comme j'avais pu en être certain entre les deux homos. Il ne la regarde pas comme une proie possible et elle n'a ni peur ni attirance.

Mais, j'en oublie mon repas. C'est toujours comme ça quand je suis excité par ce que je vois. Aujourd'hui, j'ai un beau panel, de quoi bâtir pas mal de scénarii. La dernière fois que je suis venu ici, je n'avais en face de moi que des familles ou des couples qui n'échangeaient pas quatre mots tout au long du repas. J'ai pu apprécier les mets, mais je me suis profondément ennuyé. Là, j'ai hâte de rentrer chez moi et de prendre la plume pour mettre un peu de peps dans ces vies-là. Je me sens bouillonnant d'idées. Je vais pouvoir en tirer un bon livre. J'étais à court d'inspiration, ces temps-ci, tout ce petit monde va me permettre de remonter en selle.

Bénis soient-ils !

Personne ne l'a vu entrer. La porte à tambour parfaitement huilée n'a pas fait de bruit. À peine un léger courant d'air que personne n'a senti. Le service touchait presque à sa fin, aucun serveur ne s'est avancé vers lui pour l'accueillir. Ils ne l'avaient pas remarqué. Il est resté debout, au début de l'allée centrale sans bouger. Personne ne s'est étonné de son long manteau, étrange en cette saison. Il faisait tache dans le paysage, mais personne n'en avait cure. Ils étaient trop préoccupés par leurs drames personnels. Les esprits s'étaient échauffés, ils étaient tous centrés sur leurs couples.

Lentement, il a jeté un coup d'œil circulaire sur la salle comme s'il cherchait quelqu'un. Il balayait les tables qui bordaient l'allée puis les compartiments. Nul convive, nul personnel ne s'intéressait à lui. Il ne faisait pas mine de vouloir héler un employé du restaurant. Il n'attendait rien visiblement. Il était là, simplement. C'était d'autant plus étrange qu'il se dégageait de lui une odeur indéfinissable de cuir, de tabac, d'alcool. Une odeur virile et âpre. Les personnes qui étaient le plus proches ne sentaient rien ou étaient trop absorbées pour le saisir.

Personne ne le vit non plus ouvrir son manteau et en sortir une arme. Un fusil. Il avait fait ça avec le plus grand naturel, sans hâte, comme il aurait enlevé un chapeau. Il a levé l'arme en position, toujours délicatement sans crainte qu'on le voit faire.

Le premier tir les a tous pris au dépourvu. Ceux qui étaient au fond de la salle crurent même au débouchage d'une bouteille de champagne et continuèrent leur conversation jusqu'à ce qu'un long cri leur parvienne. Tous se regardèrent. Certains fâchés qu'on trouble la quiétude de cet endroit, d'autres, intrigués, mais indifférents à la cause de ce cri. D'autres encore, ceux qui avaient enfin remarqué l'homme, un peu effrayés, mais restant calmes.

Puis ils entendirent le deuxième coup. Du verre se brisa dans un tintement cristallin et insolite. Il s'était passé plusieurs secondes entre les deux. Ce n'est qu'à ce moment que la réalité avait pris son sens, mais toujours pas de mouvements. C'est la stupéfaction qui régnait. Il était impensable que quelque chose de grave se passe ici, dans ce décor feutré et accueillant. L'homme n'avait pas de matérialité.

Ceux qui étaient le plus proches de lui réagirent les premiers. L'homme prenait tout son temps. Jusque-là, il avait tiré en l'air, puis dans les vitraux, personne n'était blessé. C'est une des serveuses qui avait crié, car elle avait senti un éclat de verre sur son bras. Le chef de rang se dirigea vers l'intrus sans doute dans l'espoir de lui parler. L'homme ne lui laissa que le temps de faire trois pas avant de lui envoyer une balle dans la poitrine. Le chef de rang s'effondra sur les mosaïques du col, ce qui donna le signal de la panique dans les premières tables.

Tous se levèrent et se précipitèrent vers la sortie, mais le tueur bloquait tout espoir d'atteindre la porte à tambour. Il y eut alors une seconde ruée vers l'issue de secours au fond de la salle. Jusqu'à ce qu'on se rende compte qu'elle avait été condamnée par une voiture garée sur le trottoir juste devant.

Ce fut alors, une mêlée générale. L'homme, le regard vide, l'arme toujours braquée sur les tables se mit à tirer dans le tas. Lentement, laissant un moment entre chaque coup de feu. Il les dirigeait au hasard, par-ci par-là, comme pour bien faire comprendre qu'il était le maître du jeu et qu'il déciderait qui allait vivre ou qui allait mourir. Il ne tirait pas en rafales. Il était calme et déterminé, il ne semblait pas avoir de dessein précis. Il ne revendiquait rien, il n'avait pas dit un mot. Il avait quelque chose de la statue du commandeur. Pour qui n'aurait pas eu peur de le regarder, il aurait paru très beau. D'une beauté froide, mais sans apparence de cruauté. Un ange exterminateur envoyé pour châtier les méchants.

Mais saurait-il les reconnaître ?

- Maman, maman ! Qu'est-ce que tu as ?

Virginie est affalée sur la table, elle ne bouge plus.

- Maman, maman, réponds-moi ! Tu es touchée ? Il s'est couché lui aussi sur la table pour éviter les tirs. Il tend la main pour l'atteindre. Trois personnes affolées bousculent la table et se pressent contre les autres qui veulent fuir et qui les en empêchent. Il étire désespérément le bras. Virginie ne répond pas, ne bouge pas. Il voit du sang sous elle. Il est tétanisé. Il ne peut pas croire qu'elle soit morte, pas sa mère, ce roc. Non, elle va se redresser, reprendre son air sévère, lui demander ce qui se passe, lui dire que le sang ce n'est rien qu'une éraflure. Elle va le rassurer comme elle a toujours su le faire quand il était petit garçon.

- Kévin, où es-tu ?
- Je suis là.

La voix lui parvient de loin au milieu du brouhaha ambiant.

- Où ?
- Sous la table.

207

- Tu n'as rien ?
- Non.
- Dieu soit loué.

- Alice ? Alice ?

Simon essaie de l'apercevoir dans la foule qui se presse vers la sortie de secours.

- Alice ?

Mais Alice ne répond pas. Elle ne l'entend pas. Il ne la voit pas. Il a peur, il l'imagine gisant par terre et piétinée par tous ces gens.

- Alice ?

Simon continue à crier, mais personne n'y prête attention. Son cœur s'arrête, puis repart. Il se sent mal, il perd la notion du temps et du lieu. Des affolés partout autour de lui se pressent comme des essaims de mouches folles, mais pas d'Alice.

Professeur, venez me rejoindre ! Ici on est à l'abri. Paul tente de se dégager d'un gros homme qui le colle contre lui. Il est aplati contre la table. Il sent qu'on lui touche la jambe. C'est Kévin. Le gros homme atteint s'effondre dans l'allée. Paul en profite pour se glisser sous la table. Il a du mal, car très peu de place entre la chaise et la table. Et s'il est toujours mince, il n'a plus la souplesse d'autrefois. Il se laisse tomber, se râpe méchamment le dos qui le fait souffrir. Il se blottit contre Kévin et n'y pense plus. Ils ne voient plus que des jambes qui s'agitent.

Grégoire est touché à l'épaule, il saigne abondamment. Il s'était levé pour protéger Samantha. Elle aussi s'était levée, mais avait été entraînée par la foule. Il s'est rassis, les jambes coupées. Il ne distingue plus rien qu'un amas de corps, étendus sur le sol, sur les tables, debout dans l'allée et tous fous. Il cherche Samantha. Il ne la voit pas. Il s'affole. Il tient son bras qui le brûle. S'il était arrivé quelque chose à Samantha, il ne se le pardonnerait jamais. Pourquoi lui a-t-il donné rendez-vous ici ? Il aurait pourtant juré que c'était l'endroit le plus sûr.

Richard a entraîné Annabelle, il ne lui a pas lâché la main. Ils ont trouvé refuge derrière le comptoir. Assis par terre, ils sont atterrés. Ils ne peuvent pas se regarder. À côté d'eux, un barman appelle sa mère. Il est très jeune. Richard va essayer de le consoler. Il ne pense pas à lui, il n'a même pas peur. Il ne s'inquiète que pour Annabelle et ce pauvre petit qui a encore toute sa vie devant lui. Il voudrait les réconforter tous les deux, leur dire que tout irait bien, qu'ils sont à l'abri, que le tueur ne les voit pas, mais il était tellement peu sûr de lui qu'il préférait se taire. Il tapota l'épaule du jeune homme en lui souriant, c'est tout ce qu'il pouvait faire.

Maman, maman, continue à gémir Jacques. Une autre victime s'abat sur Virginie toujours inerte. Jacques ne sait plus quoi faire. Il ne peut pas bouger coincé par la foule qui piétine sans pouvoir avancer. Il ne se rend pas compte qu'il pleure. Si elle meurt, les derniers mots qu'il lui avait adressés, il ne s'en souvient même plus, mais il est persuadé que c'étaient des reproches. Il ne lui avait certainement pas dit qu'il l'aimait et ça le poursuivra toute sa vie. À moins qu'il n'y reste lui aussi.

Samantha est recroquevillée derrière un chariot de service. Elle essaie de se faire le plus petite possible. Pas facile avec ses longues jambes. Elle tremble comme une feuille. Elle voudrait savoir où est Grégoire, elle est terrorisée. Elle a besoin de lui, de son père. Mais il n'est pas là, il n'a jamais été là. Grégoire était-il un mirage ? Papa, sanglote-t-elle silencieusement.

Alice est tombée une des premières. Elle était la plus proche du tueur. Elle n'a rien vu venir, la balle l'a touchée à la tête. Sa mort a été instantanée. Elle gît maintenant entre sa chaise et la table, par terre. Ceux qui passent à côté d'elle ne la remarquent pas. Elle est si mince. Comme un signe du destin, elle n'a pas mangé son dessert.

Emma est coincée entre un grand costaud et une femme qui lui hurle dans les oreilles. Elle ne peut ni avancer ni reculer. À chaque bruit de tir, inconsciemment, elle se presse contre l'homme. Elle le sent sur toute la surface de son corps et sa chaleur lui fait du bien. Il la laisse faire. Elle se rend compte qu'il réagit à son contact, elle reconnaît son désir. Elle est morte de peur, mais la concupiscence de l'inconnu la gagne. Il la domine, pressés comme ils sont, elle ne voit pas ses traits. Qu'importe, c'est un homme. Elle peut toutefois imaginer qu'il est grand et musclé. Si elle n'était pas si terrorisée, elle en rirait. La vie qui se manifeste dans cet enfer, la pulsion de vie est là, dans ses reins. Elle se concentre sur ce qu'elle sent de ce désir incarné comme pour conjurer le mauvais sort. Le désir est en elle, elle est vivante. Jusque quand ? Elle réclame cet appel de la sensualité, tant que c'est possible. Elle se serre un peu plus contre l'homme qui ne recule pas. Elle ne sent plus les couches de tissus entre le sexe de l'homme et le bas de son dos. Chair contre chair, elle le voudrait. Cette chaleur qui monte le long de sa colonne vertébrale rencontre le froid de la peur qui en descend et le neutralise.

Patrice a repéré un endroit vide entre un banc et une table dans un compartiment, il s'est étendu par terre et tente de faire le mort. Comme le tireur fou n'a pas changé de place, il ne peut pas l'apercevoir. D'autres ont fait comme lui, mais ça n'a pas empêché l'homme de faire feu sur des gens à terre lorsqu'ils étaient visibles de lui. Faire le mort, c'est ça, la terreur s'est installée en lui. Emma a disparu, sa maîtresse est loin, il veut ignorer ceux qu'il a vu tomber. Il ne peut plus penser qu'à lui, à survivre.

À part le bruit des tirs à intervalles irréguliers, on n'entend plus rien. On ne parle pas de peur de se faire repérer. On chuchote, on murmure. Tous les recoins sont occupés. Il ne reste qu'un groupe qui se serre au fond de la salle, chacun cherchant à se protéger derrière les autres.

Jacques a réussi à se libérer et à se glisser près de sa mère. Il lui parle doucement tout en essayant de la dégager. Elle est toujours immobile. Il tente de repousser le cadavre qui gît sur elle. Par chance ; c'est un jeune serveur un peu fluet. Il prend le pouls de Virginie, elle est vivante. Elle saigne, la blessure se situe sur le devant de son corps. Il n'ose pas la retourner pour voir.

- Maman, tu m'entends ? Maman qu'est-ce que tu as ? Maman, ne meurs pas ! Je ferai tout ce que tu voudras, mais ne me laisse pas. Je t'aime, maman… Mais Virginie ne répond pas. Il continue sa litanie : ne me laisse pas… ne me quitte pas…

Paul a mal aux jambes, la position n'est plus de son âge. Il n'y a que très peu de place sous la table, mais il a la tête de Kévin sur les genoux. Il lui passe la main dans les cheveux. Kévin tremble de tous ses membres. Il essaie de le rassurer. Paul considère que s'il doit mourir, il n'aurait pas souhaité le faire ailleurs que là, avec Kévin dans ses bras. Il en a oublié son désir pour ne plus penser qu'à ce garçon. Il voudrait lui insuffler un peu d'espérance. Ils vont s'en sortir, ils ont encore de belles heures à passer. Tout va s'arranger, l'homme va repartir. Ils sont toujours vivants et il l'aime. Même si Kévin n'a que faire de cet amour, il va lui dire. Kévin doit savoir qu'il peut compter sur lui, qu'il ne le laissera jamais. Qu'il est plus précieux que sa vie même.

Simon n'a pas bougé quand la foule dans sa précipitation a entouré leur table. Il ne peut plus. Son souffle est pénible et une douleur lancinante lui irradie le bras. Il regarde autour de lui hébété. Il ne sait pas quoi faire. Son cœur est en train de lâcher. Il pense à tous les régimes d'Alice qui n'auront servi à rien. Il est ému en songeant qu'il n'a pas terminé son dessert. Où est Alice ? Il voudrait la revoir une dernière fois. Il n'ose pas l'appeler. Il n'a plus peur du tireur fou, il est atteint de toute façon. Alice ! Il a besoin d'elle. Il a toujours eu besoin d'elle. Alice, mon amour, oublions toutes nos querelles, viens me tenir la main tandis que je meurs. Il ne sait pas qu'elle est partie avant lui et qu'il va bientôt la rejoindre. Il pense à toutes ces années, cinquante, qu'ils ont passées ensemble. C'est un beau chiffre, ils ont réussi malgré tout. Il ne regrette rien. Il voudrait seulement lui dire adieu, l'embrasser une dernière fois en lui disant que tout ce qu'il lui avait reproché n'avait aucune importance, qu'il l'aimait et l'avait toujours aimée.

Patrice ne s'est même pas demandé où était Emma. Que lui importait Emma ! Dans sa tête, il y avait déjà longtemps qu'il ne se préoccupait plus d'elle. Il ne pensait qu'à sauver sa peau pour aller vivre cette nouvelle aventure qui l'attendait. Il avait bien mérité cette deuxième vie, cette chance tardive, cette femme fraîche, neuve avec laquelle il se sentait à nouveau jeune, prêt à tout. Au diable Emma ! Il devait avant tout, sortir indemne de là. Ce fou allait bien s'arrêter à un moment ou à un autre, il n'allait quand même pas tous les tuer. Et ce grand manteau ? S'il allait se faire sauter avec tout le restaurant ! Patrice ne le voyait pas de là où il était, il n'avait pu que l'apercevoir avant de plonger dans sa cachette. Il pouvait bien porter une ceinture d'explosifs. Non, ne pas penser à ça ! Penser à ses retrouvailles avec Lola, il allait lui faire l'amour encore et encore jusqu'à ce qu'il tombe d'épuisement. À chaque tir, il se répétait : je vais lui faire l'amour, je vais profiter de la vie, je suis trop jeune pour mourir. Je veux faire l'amour encore, encore, encore…

Samantha laisse aller ses larmes sans même s'essuyer les yeux, son nez coule. Elle voudrait être près de Grégoire, se blottir dans ses bras. Qu'il la rassure, qu'il lui dise que ce sera bientôt fini qu'il est là pour elle, qu'il l'aime et qu'ils vont passer beaucoup de temps ensemble. Elle a toujours souhaité avoir un père qui l'aime. Elle a longtemps cru qu'il l'avait rejetée et elle en a voulu à sa mère quand elle lui avoua qu'elle n'avait jamais parlé de sa naissance à son père. Quand elle a enfin eu le fin mot de l'histoire et qu'elle l'a recherché, elle désirait surtout savoir s'il allait l'accepter comme sa fille. Elle n'a pas manqué de protection, son beau-père a tout fait pour elle, mais il n'était pas son père. Elle pleure comme un tout petit enfant seul dans le noir. Elle pleure en silence, les bras resserrés contre son corps. Elle suce sa serviette de table qu'elle avait emportée dans sa précipitation, comme une sucette, comme un doudou. Elle a envie de crier : « Grégoire, papa ! » elle ne sait pas comment l'appeler.

- Grégoire, papa, viens me chercher, sauve-moi, je suis ta fille.

Elle n'a plus quinze ans, mais quatre ans quand elle rêvait encore que son père viendrait la chercher pour l'emmener dans un parc d'attractions. Qu'il la couvrirait de bonbons et de glaces. Quand elle y croyait encore.

Grégoire affolé tente de se dégager pour aller à la recherche de Samantha, il est prêt à prendre tous les risques pour la retrouver. Mais chaque coup qu'il reçoit dans l'épaule le fait crier de douleur. La salle est dans un état indescriptible. Ceux qui s'étaient couchés par terre, s'étaient vite relevés de peur d'être piétinés, les autres étaient morts ou gravement blessés par une balle ou par les coups de pied des fuyards. On en entendait gémir doucement. Les lourdes chaises étaient tombées, certains avaient été assommés. Grégoire n'appelle pas sa fille. Les tirs se sont espacés, mais continuent. Le temps n'existe plus, la scène avait pu durer quelques minutes ou des heures.

Emma est toujours collée à l'inconnu. Ils se sont abrités derrière une colonne. Elle s'était accroché à lui, il la retenait et en profitait pour la serrer un peu plus contre lui. Il avait placé ses mains sur ses seins qu'elle sentait dressés. Elle ne bougeait plus laissant se diffuser dans tout son corps la chaleur de ses paumes et l'envie de lui. Elle avait complètement oublié Patrice et sa révélation. Si elle désirait tant l'inconnu, ce n'était pas seulement pour exorciser la peur. Elle n'avait plus désiré un homme comme ça depuis longtemps. Elle retrouvait des élans de jeunesse. Elle rêvait au moment où tout ce chaos finirait et où il l'entraînerait dans un endroit tranquille pour satisfaire leur besoin réciproque. Il la sentait consentante.

Kévin avait toujours la joue sur les genoux de Paul et malgré les efforts du professeur ne parvenait pas à se calmer.

- Kévin, parle-moi, tout ça va bientôt prendre fin et nous serons en vie je te le promets.

Kévin ne pouvait articuler un mot. Le chaos régnait autant dans sa tête que dans la salle. Il était persuadé qu'il allait mourir, là, sous cette table, en compagnie de ce vieil homo. C'était un signe. Il avait osé penser à concrétiser ses penchants, il avait osé croire que ça pouvait être excusable, il s'était autorisé à transgresser les lois de la nature. Il avait écouté cet homme qui l'avait ensorcelé. Ce serait donc son châtiment. Il faisait le vœu que s'il s'en sortait, il ne se laisserait plus jamais aller à ses bas instincts. Il fuirait Paul et ses tentations. Il accepterait de rester seul jusqu'à la fin de ses jours. Il avait mérité ce châtiment, il le revendiquait même. Ce Paul était un envoyé de Satan. Comment avait-il pu dire oui à cette invitation et ce qu'elle sous-entendait ? Il essayait de s'éloigner de l'étreinte de Paul, mais, en même temps, il avait besoin de cette chaleur humaine pour exorciser cette peur qui fouaillait ses entrailles. Il se demandait même s'il n'allait pas se vider, là, sous cette table et cette idée augmentait encore son effroi.

Paul ignorait ce qui se passait dans la tête de Kévin. Il ne pensait qu'à son bonheur de sentir ce corps dans la force de l'âge contre le sien. Il se laissait aller à sa récente découverte des sentiments qu'il éprouvait pour le garçon. Il revivait dans l'amour qui se révélait à lui. Lui, le vieux professeur qui n'avait jamais recherché que le plaisir avec ses jeunes partenaires était enfin touché. Il s'était totalement abstrait de la situation. Il n'avait pas peur. Il pouvait tirer, l'autre, faire mouche, il lui enlèverait sa vie, mais pas son bonheur.

Virginie ne bouge toujours pas, Jacques a réussi à l'atteindre, elle est encore en vie, mais il ne peut voir la gravité de sa blessure. Et si elle allait rester handicapée, il devrait s'occuper d'elle jusqu'à la fin de ses jours. Il se remet à pleurer. Il ne peut envisager sa mort qui l'anéantirait, mais il ne peut pas non plus imaginer lui consacrer toute son existence. Il a, une seconde, l'idée de se dresser dans l'allée pour recevoir la prochaine balle. Il voit sa vie foutue. Rongé par la culpabilité de l'avoir amenée là pour lui dire qu'il en avait assez d'elle. Il tente désespérément de la faire revenir à elle. Virginie ne répond pas. Il en oublie les bruits de tirs. Tout à ses préoccupations, il ne les entend plus.

Simon n'est plus que souffrance. La douleur a envahi sa poitrine, il ne voit plus rien. Il a un voile devant les yeux. Il s'est affaissé sur sa chaise. Il voudrait se coucher quelque part, mais il ne peut pas atteindre une des banquettes dans un compartiment. Il ne peut plus faire le moindre mouvement. Il essaie de respirer le moins possible. Il ne cherche plus Alice. Il sait qu'il est trop tard. Il a encore en tête les derniers mots qu'ils se sont dits. Ils n'étaient pas très chaleureux. Il le regrette du fond du cœur. Il a toujours aimé Alice et à présent, il est sûr de l'aimer jusqu'au bout. C'était leur dernier repas, ils n'ont pas su en faire une fête. C'est un peu l'histoire de leur vie, ils n'ont pas su mesurer la chance qu'ils avaient de se trouver et de la passer ensemble. Malgré leurs différends, ils étaient heureux. Ses dernières pensées seront pour Alice qui, il l'espère lui survivra longtemps.

Le tueur fou s'en est retourné comme il était venu juste avant que les secours arrivent appelés par le cuisinier qui avait pu téléphoner. Il n'avait rien dit, il s'était fondu dans la foule amassée autour du restaurant, alertée par les détonations. La scène n'avait pas duré dix minutes. Il avait laissé son arme dans le porte-parapluies près de l'entrée. À tous elle avait paru des heures. Lorsque les policiers et les secours avaient pénétré dans la salle, personne n'avait encore osé bouger, même si le silence était revenu depuis un moment. C'est ce silence à peine trouble par des gémissements étouffés qui les avaient accueillis.

Simon venait de retrouver ses esprits dans l'ambulance où on lui annonçait la mort de sa femme.

- Vous avez de la chance, lui avait dit le médecin qui l'avait pris en charge, quelques minutes plus tard et vous n'étiez plus là, nous avons eu du mal à vous ranimer, mais ça va aller. On va vous remettre sur pied.

Quelle chance ? se dit Simon, sans Alice, plus rien n'a de sens, mais il ne veut pas paraître ingrat envers ceux qui lui ont sauvé la vie. Il remercie chaleureusement avant de sentir ses larmes couler. Ce ne sont pas des larmes de soulagement. Il va devoir prévenir son fils, mais il ne s'en sent pas la force. Il cherche qui pourrait le faire à sa place. Il ressentait un grand vide comme s'il n'était plus capable de penser de rien. Il avait perdu une partie de lui-même.

Les sauveteurs ont fait le tri : six morts et dix blessés. Ça aurait pu être pire dit un policier en voyant l'arme. S'il avait tiré en rafale, il n'y aurait guère eu de survivants. Que cherchait le tueur au juste ? On ne le saurait peut-être jamais. Il n'avait pas choisi ses victimes à l'avance. Il n'avait pas de projet précis ; il n'avait fait aucune revendication. Restait à apprendre si les victimes avaient un lien entre elles. Il ne semblait pas. Une vieille dame, un serveur, un homme seul et une jeune femme, deux autres clients, tous à des endroits différents. Les blessés l'ont été souvent par ricochet, les autres ne doivent d'être en vie, qu'à l'immobilité du tireur, il n'avait pas cherché à se déplacer dans le restaurant. Il était resté statique. Tout ça est incompréhensible.

Grégoire avait été dirigé avec les autres blessés dans la partie gauche de la salle qu'on avait fait évacuer. On l'avait assis sur une banquette, il perdait toujours du sang et se sentait très faible, mais il ne s'en souciait pas, il ne pensait qu'à Samantha. Il demandait aux secouristes s'ils avaient vu une jeune fille avec une robe rouge, mais ils avaient trop à faire à soigner les blessés pour lui répondre. Il suppliait, il voulait se lever pour partir à sa recherche, mais il était incapable de se mettre debout. Son angoisse croissait au fil des minutes quand soudain il entendit auprès de lui.

Elle n'avait pas attendu que l'ordre soit revenu, elle avait joué des coudes pour regagner la table où ils étaient, espérant que son père soit toujours là. Elle ne l'avait pas trouvé, elle était atterrée. Était-il mort ? À peine venait-elle de le retrouver ! Elle errait au milieu de ceux qui cherchaient aussi un des leurs. Elle l'aperçut en vain dans le secteur assigné aux blessés. Elle se jeta dans ses bras, ce qui le fit crier quand elle s'écrasa contre son épaule douloureuse.

- Papa, papa, tu es touché ?
- Ce n'est rien ma chérie.

Il l'avait appelée ma chérie, elle était en larmes. En la voyant pleurer, il se mit, lui aussi à pleurer, mais c'était de joie, de soulagement. Malgré la souffrance, il ne relâchait pas son étreinte.

- C'est grave ? Tu saignes !
- Je ne sens presque rien. Et toi, ma chérie, tu n'as rien ?
- Non, mais j'ai eu si peur !

223

- C'est fini !
- Et tu n'étais pas près de moi.
- Je sais, nous avons été séparés. Dès que j'ai pu j'ai essayé de partir à ta recherche, partout du monde affolé, je ne t'ai pas trouvée.
- Je m'étais cachée.
- Tu as bien fait.

Kévin et Paul étaient sortis de sous la table en même temps que les policiers étaient entrés. Aussitôt Kévin avait pris ses distances. Paul l'avait senti. Il mettait le recul que Kévin avait eu quand il avait voulu l'aider à s'extraire de leur cachette en lui tendant la main, sur le compte du contrecoup de la peur. Mais il voyait bien les yeux du jeune homme fixé sur ses pieds pour ne pas avoir à le regarder lui.

- C'est fini, Kévin.

Mais il ne lui répondait pas. Il n'était plus question d'admiration, de séduction, Kévin n'avait plus qu'une seule envie : quitter ce restaurant, rentrer chez lui et s'y barricader. Ne plus voir Paul, ne plus risquer de retomber dans ses filets. Il savait que s'il croisait son regard ; il n'aurait plus la force de résister. Pour lui, ce qui s'était passé était le juste châtiment qu'il avait encouru pour avoir osé penser à assouvir ses bas instincts. Instincts contre nature puisque punis, il venait de le comprendre. Il n'allait pas jusqu'à accuser Paul de l'avoir entraîné sur

224

la mauvaise pente. Il s'était laissé faire sans résister, avec envie, il avait cru que c'était possible, qu'il pourrait découvrir sa véritable nature, il était aussi coupable que lui. Quoi qu'il en soit, cette histoire n'aurait jamais de suite, il s'en faisait la promesse.

Emma ne parvenait pas à se décoller de l'inconnu qui avait fini par l'entourer de ses bras. Elle sentait son haleine dans son cou. Elle n'avait plus peur, elle était bien. Il ne se décidait pas à se séparer d'elle. Elle goûtait au calme retrouvé et à la chaleur de l'homme. Il lui murmura à l'oreille :

-   Ça va ?
-   Oui, merci.
-   Et si on allait dans un endroit plus tranquille ?

La voix était chaude et rauque, une belle voix mâle. Elle achevait de la faire fondre. Elle n'hésita pas.

-   Oui.

Elle n'osait pas se retourner pour savoir de quoi il avait l'air. Et puis, ça n'avait pas d'importance, il était impératif pour elle qu'elle le suive. La peur l'avait galvanisée, elle avait besoin de se sentir en vie, de le vérifier avec ses sens et l'homme lui en donnait la possibilité. Elle souriait enfin. Il passa devant elle, elle ne voyait que son dos puissant. Elle avait envie de lui plus que jamais. Il y avait si longtemps que son corps n'avait plus ressenti une telle demande. Elle n'avait plus aucune force pour penser. Elle ne faisait que suivre le plus bas de ses instincts, mais aussi le plus impérieux.

Virginie avait été examinée par un médecin, sa blessure était grave, elle avait perdu beaucoup de sang, mais elle respirait toujours. Elle serait emmenée d'urgence à l'hôpital le plus proche. Elle n'avait pas repris connaissance. Son pronostic vital était engagé.

- Elle semble encore solide, avait dit le médecin, elle a quand même beaucoup de chances de s'en sortir.

Jacques voulait y croire de toutes ses forces. La mort de sa mère était inenvisageable. Il avait voulu la quitter pour faire son chemin, mais en la laissant furieuse et en bonne santé. Si elle disparaissait, il ne se le pardonnerait jamais. Ce n'était pas sa faute sinon celle du fou au fusil, mais il se sentait coupable. Coupable de l'avoir amenée là, de lui avoir annoncé ses projets de fuite, c'était plus fort que lui. Il lui tenait toujours la main et ne cessait de répéter :

- Maman, je t'aime.

Le brancardier dut lui demander à plusieurs reprises de lâcher Virginie pour pouvoir l'emmener. Jacques s'écroula alors sur une chaise, complètement hébété ne sachant plus quoi faire. Une peur rétroactive l'envahit qui le fit trembler des pieds à la tête. Il sentait sa tête qui tournait. Une nausée puissante le submergea, il se mit à vomir. Il voulait se lever, aller chercher sa voiture pour suivre l'ambulance, mais il en était incapable. Sa mère se réveillerait seule à l'hôpital. Il se remit à vomir. Il vomissait la culpabilité qui l'emplissait, il vomissait cette faiblesse qui l'empêchait d'aller rejoindre sa mère, il vomissait ses envies de liberté qui avaient provoqué ce désastre, il se vomissait, lui et ses espoirs futiles.

Richard et Annabelle ne s'étaient pas quittés.

- C'est quand même extraordinaire ce qui vient de se passer.
- Pour une première rencontre, elle a été mouvementée ! On aurait pu penser que vous aviez prévu une mise en scène pour me faire peur et que je tombe dans vos bras.

Annabelle préférait tourner ça à l'humour. Elle n'était pas encore remise, mais elle essayait de le cacher pour ne pas donner d'elle l'image d'une peureuse. Elle voulait rester

227

digne. Richard devait certainement aimer les femmes fortes.

- C'est bête, je n'y avais pas pensé. Vous avez plus d'imagination que moi. Vous avez eu peur ?
- Certainement, mais sûrement moins que si j'avais été seule.
- Ça veut dire que ma présence vous a un peu rassurée. Je ne demande qu'à vous protéger.
- Oui, ça m'a même beaucoup rassurée.
- Et si je vous embrassais pour vous rassurer complètement ?
- Ce serait une bonne idée, il me reste un peu de peur.

Ils échangèrent alors leur premier baiser au milieu de la pagaille qui régnait encore. Ils ne la voyaient pas. Ils avaient perdu toutes inhibitions, ils avaient envie de vivre tout simplement.

Patrice a mis longtemps avant de se décider à sortir de sa planque. Il a du mal à imaginer que c'est fini. Il ressent toujours les effets de la peur, cette contraction du ventre, cette sueur froide. Il revient sur ce qui s'est passé, il ne comprend pas. Il n'a pensé qu'à lui, oubliant tous ceux qui l'entouraient. Une idée qu'il repousse de toutes ses forces s'impose pourtant à lui : il n'est qu'un lâche. Il revient aussi sur sa vie durant les derniers mois qui viennent de s'écouler. Il revoit tous ses mensonges, ses fausses allégations. Il repense à toutes les fois où il a reculé, où il a cherché des faux-fuyants pour ne pas avouer sa double vie à Emma et même à Lola. Il n'avait jamais eu le courage d'assumer. Il savait se trouver de bonnes excuses, endormir ces deux femmes. Il voulait à la fois ce sentiment de liberté, de jeunesse retrouvée avec Lola et l'existence tranquille assurée avec Emma. Il ne voulait renoncer à rien, alors il mentait, il louvoyait comme un connard qu'il était. Dans la tourmente réelle, il n'y en avait eu que pour sa petite personne sans se soucier de ce qui était advenu à Emma. Il n'oserait plus jamais la regarder en face. Il ne savait plus où il en était. D'ailleurs, où était-elle ? Il ne l'apercevait nulle part. Il se revoyait tapi dans son abri, ne pense qu'à une chose, faire l'amour. Comme si seul le sexe avait de l'importance à ce moment. Il était pitoyable avec ses misérables désirs, il était une caricature d'homme. Il n'aurait jamais cru tomber aussi bas. Serait-il encore capable de faire l'amour maintenant qu'il savait vraiment ce qu'il valait ? À chaque fois, il se reverrait terré comme un rat ignorant les morts, les blessés, ne pensant qu'à lui.

Quand il avait aperçu le regard de Kévin lorsqu'il avait voulu le toucher, Paul avait compris qu'il n'avait plus aucune chance. Il était impuissant à empêcher Kévin de s'éloigner de lui. Il ne pouvait pas savoir l'épouvante qui le hantait, mais il sentait qu'il l'avait perdu. Au lieu de les rapprocher, ce qui venait de se passer les avait séparés définitivement. Il se rendait compte, alors, de ce que représentait Kévin pour lui. Ce n'était plus comme avec ces garçons qui lui avaient procuré de bons moments, un petit tour et ils s'en étaient allés. Kévin, c'était tout autre chose. Il avait envie de lui, certes, mais le désir seul n'expliquait pas cette douleur qui l'étreignait en voyant les yeux fuyants du jeune homme. Pour la première fois de sa vie, Paul aimait. Il avait à la fois, l'idée de l'emmener dans son lit, mais aussi celle de le protéger, d'être à la fois amant et protecteur, il n'osait dire un père. Non, il n'avait jamais connu ce sentiment. Si Kévin le repoussait, il ne s'en remettrait jamais. Il ne pourrait plus jamais envisager une aventure avec un autre garçon, car avec Kévin, ce n'était pas une aventure. Paul avait soudain très peur, beaucoup plus que tout à l'heure du tueur incompréhensible, il avait peur de la vieillesse solitaire, du désert affectif qu'allait devenir sa vie.

-   Kévin, qu'est-ce que tu as ?

Il avait l'espoir fou que Kévin soit encore sous l'effet de la terreur, qu'il allait reprendre ses esprits et lui dire que tout allait bien, qu'il était seulement un peu secoué.

-   Kévin, parle-moi !

Mais Kévin ne pouvait pas lui dire ce qui se passait dans sa tête. Il avait honte, il voulait ménager Paul. Il ne savait tout simplement pas quoi dire. Paul n'était pas croyant, il ne comprendrait pas. Il chercherait à lui faire changer d'avis, il se moquerait de lui, de la promesse qu'il s'était faite, il lui montrerait ce qui l'attendait. Non, il ne pouvait pas s'expliquer devant son professeur. Il ne voulait pas non plus lui faire de la peine, il préférait donc rester muet.

Emma avait emboîté le pas l'homme qui l'avait entraînée au sous-sol, dans les toilettes. Elle l'aurait suivi au bout du monde. Lorsqu'il la plaqua contre le mur d'une des cabines, elle ne protesta pas. D'un geste brusque, il releva sa robe, baissa sa culotte, ouvrit son pantalon et la pénétra sauvagement. Il n'avait pas essayé de l'embrasser. Elle réprima un cri de surprise. Très vite un bien-être l'envahit, c'était comme la promesse que, cette fois, la vie avait gagné. Son sexe la ramenait au présent. Elle se laissait aller aux secousses qu'il imprimait à leurs corps en fusion. Elle ne s'était jamais sentie aussi vivante. Elle regrettait les manières trop directes de l'homme, mais elle avait besoin de ce rapport. Elle ne mit pas longtemps pour atteindre le plaisir, l'homme avait quand même eu la politesse d'attendre jusque-là. Elle s'est mise alors à pleurer, ses nerfs lâchaient. Il se rajusta, lui demanda si ça allait, elle lui répondit que oui, il la quitta sans un mot de plus. Elle n'avait même pas fait attention à quoi il ressemblait. Elle resta longtemps à pleurer. Elle ne savait pas pourquoi. Elle venait d'être larguée par Patrice, elle venait d'avoir un rapport sexuel avec un parfait inconnu, elle avait eu peur de mourir, tout cela faisait comme une sarabande dans sa tête ; elle ne comprenait plus rien. Tout était irréel. Non, elle ne savait pas pourquoi elle pleurait, mais ça lui faisait du bien. Les larmes aussi font partie de la vie.

Samantha était dans les bras de son père, c'était comme si elle y avait toujours été. Elle avait oublié toutes ces années sans lui. Elle avait atteint son but. Elle avait pris enfin conscience de qui elle était. Tout ce qui se passait autour d'eux ne la concernait plus. Lorsqu'un infirmier lui demanda de s'éloigner pour qu'il puisse soigner Grégoire, elle lui répondit :

- Je ne peux pas, c'est mon père.
- Oui, mais je dois le panser, on ne peut pas le laisser comme ça.

Quand elle se détacha de lui, il lui sembla qu'on lui arrachait quelque chose, mais elle vit dans les yeux de son père l'amour qu'elle avait tant désiré, elle était rassurée.

Grégoire commençait à souffrir de son épaule, mais il n'osait faire un mouvement pour se séparer de Samantha.

Il découvrait une foule de sentiments qui lui avaient été, jusque-là, totalement étrangers. Il en conclut que c'était de l'amour paternel. Il avait eu tellement peur pour cette gamine qu'il avait senti qu'elle ne lui était pas indifférente. Une telle vague de bonheur l'avait soulevé quand elle s'était jetée dans ses bras qu'il n'avait pas compris tout de suite. Il avait alors fait abstraction de sa souffrance de tout ce qui l'entourait, les morts, les blessés pour se laisser aller à cette douceur, à cet état de bien-être parfait. Il avait reconnu sa fille, il n'était nul besoin de preuves, son cœur avait parlé.

- Ce n'est pas très grave, avait conclu l'infirmier après l'avoir examiné, quelques points et tout rentrera dans l'ordre. Vous avez de la chance, la balle n'a fait que vous entailler l'épaule superficiellement.

Oui, j'ai eu de la chance, pensait Grégoire, j'ai trouvé ma raison de vivre.

Pour Samantha, toutes ces années où il lui avait tellement manqué venaient de s'effacer. Ils ont beaucoup à apprendre l'un de l'autre, mais elle a confiance en Grégoire. Elle est persuadée qu'il ne la laissera pas tomber.

L'infirmier termine le pansement de Grégoire et, se tournant vers Samantha :

- Elle est belle, votre fille !
- Bien sûr, elle me ressemble, répond Grégoire en faisant un clin d'œil à sa fille.

Annabelle et Richard sont toujours sur leur petit nuage. Annabelle pense que toute cette histoire aura eu au moins l'avantage de précipiter ce qui aurait pu prendre du temps à se mettre en place. Elle a fait lever les doutes qui subsistaient encore. Tout va être beaucoup plus facile dorénavant. Elle peut faire confiance à Richard et elle est rassurée quant à son attirance pour lui. Quand elle a cru qu'ils allaient mourir, en plus de la peur, elle a ressenti un immense regret. Le regret de ne pas savoir ce que pourrait être la vie avec Richard. Le regret de n'avoir pas connu cet homme intimement. Elle n'avait alors, plus qu'une seule envie : mourir dans ses bras. Elle avait senti une sensation similaire chez lui. Ils ne s'étaient rien dit, mais elle avait vu ça dans le regard qu'il posait sur elle tandis qu'ils entendaient les tirs. À chaque fois, il lui serrait un peu plus fort la main, comme pour lui dire : on est deux !

Jacques revoit sa mère allongée sur le brancard dans l'ambulance. Elle n'avait plus rien de la mère sûre d'elle et manipulatrice. Elle lui avait fait l'effet d'une vieille femme lasse. Il ne l'avait jamais vue comme ça. Toujours impeccablement mise, le port altier, une maîtresse femme qui n'admet la faiblesse ni chez elle ni chez les autres. Toujours droite face aux aléas de la vie. Enfant, il la voyait comme son pilier, son guide sur le chemin de la vie. Plus tard, s'il s'était insurgé contre elle, c'est qu'il savait que quoi qu'il fasse, il n'ébranlerait jamais le roc qu'elle était. Il l'avait crainte, il avait pesté contre sa tyrannie, mais il s'était toujours appuyé sur elle. Il voulait son indépendance, mais il voulait aussi savoir qu'en cas de malheur, elle serait toujours là. À l'instant, il n'avait vu qu'un corps inerte dans des vêtements froissés et salis par le sang, la tête qui se laissait aller dans les secousses du transport. Il se sentait comme orphelin. Elle ne lui avait jamais donné l'occasion de savoir ce qu'il pourrait faire tout seul, elle ne lui avait jamais appris à s'assumer avec ses propres ressources. Il lui en voulait pour ça, mais aussi, il l'aimait tellement. Et la voyant là, luttant désarmée contre la mort, il avait su qu'il l'aimait encore plus. Quand les portes de l'ambulance s'étaient refermées, il avait senti qu'on lui enlevait une part de lui-même. Il ne se posait plus aucune question quant à son avenir. Il n'avait plus de courage. Il ne retrouverait pas sa liberté, mais il y renonçait si ça pouvait lui ramener sa mère. Il ne voulait pas penser à sa vie future, il ne voulait que retrouver sa mère, sauvée.

Il ne restait plus grand monde dans la salle quand Emma remonta des toilettes. Les policiers avaient pris les noms et avaient renvoyé les gens chez eux. Elle tomba nez à nez avec Patrice. Elle ne le reconnut pas tout de suite. Il était devenu, pour elle, encore plus étranger que l'inconnu qui venait de lui faire l'amour. Il le regardait, elle ne voyait plus en lui l'homme avec qui elle avait partagé sa vie pendant vingt ans. Devant son air égaré, elle sentit cependant monter en elle de la pitié. C'est lui qui la quittait, mais c'est lui qui était le plus malheureux.

-   Je te demande pardon !

Il lui demandait pardon, elle ne voyait plus pourquoi. Il la quittait, et alors ? Elle s'était rendu compte que ça lui était parfaitement égal.

-   Tu me demandes pardon ?
-   Oui, je t'ai trompée pendant tout ce temps, c'était moche.
-   Moi aussi, je t'ai trompé.

Elle n'allait pas lui dire que c'était juste quelques minutes plus tôt dans les toilettes. Il ne lui demanda ni quand ni avec qui.

-   Je n'ai pas voulu ça ; ça m'est tombé dessus.
-   Ne te cherche pas d'excuses, ce n'est pas la peine.
-   Je n'en ai pas.

236

- Je m'en moque. Ce qui vient de se passer m'a fait comprendre bien des choses. Nous n'avions plus grand-chose en commun. Nous ne nous apportions plus rien. Quittons-nous bons mis. C'est le mieux que nous puissions faire.
- C'est tout ?
- Qu'est-ce que tu veux ? Que je te supplie de rester avec moi ? Je n'en ai aucune envie. Pars, refais ta vie. Je vais chercher la mienne.

Patrice n'en revient pas, c'était si simple. S'il avait su ! Quand il repense à toutes ses angoisses, à ses insomnies à l'idée d'annoncer sa décision à sa femme et tout se résumait à ces quelques mots : pars, refais ta vie. Il venait de prendre en pleine figure la découverte de sa lâcheté, l'indifférence d'Emma et le sentiment qu'il avait perdu tout ce temps pour rien.

Emma aussi avait fait une grande découverte. Sa sexualité, endormie depuis longtemps avec Patrice, venait de se réveiller et elle comptait bien en profiter. Elle avait éprouvé dans les toilettes avec l'inconnu des sensations oubliées et ce surgissement l'avait bouleversée. Que lui importaient Patrice et ses excuses.

André.

Il ne me reste plus qu'à tout reprendre, car, vous l'avez compris, le tueur fou c'était moi ou plutôt, c'est moi qui l'ai inventé. Vous y avez cru, hein ? Avouez ! Inutile de vous dire que j'ai adoré vous balader. Je suis là, assis à ma table et le repas se déroule sans problème. Tous ceux qui m'entourent n'ont pas bougé, mêmes préoccupations, mêmes conflits ; rien n'a été résolu. C'était pourtant bien, vous en conviendrez. Il faut certainement une crise pour dénouer les situations les plus conflictuelles, je parle en littérature, et quel meilleur exemple de crise qu'une fusillade. J'ai toujours rêvé d'écrire un thriller, avec du sang, des cadavres. D'abord parce que ça se vend bien et que j'ai besoin d'argent. L'Excelsior, ce n'est pas donné. Et puis aussi, parce que ça me changera de ces éternels romans psychologiques. Cette fois donc, je vous ai offert une parenthèse mouvementée. Je suis certain que vous avez apprécié cet intermède comme j'ai eu plaisir à l'inventer. La vie est si plate qu'on a à y apporter un peu de sel. J'avoue m'être laissé aller.

Je suis sûr qu'ils auraient pu, ils auraient provoqué eux-mêmes leur petite crise pour s'en sortir. Moins radicale que la mienne, mais tout aussi nécessaire. Et si je n'ai aucune influence sur le cours de leurs destins, je vous l'ai rendu plus romanesque. C'est ça, le boulot de l'écrivain et c'est bien ce que vous recherchez quand vous ouvrez un livre. J'entendais votre cœur palpiter, sursauter à chaque tir et l'angoisse de savoir lequel ou laquelle va être descendu. Car vous avez dû vous faire une idée de chacun, chacune, des sympathies se sont installées, des répulsions aussi du mépris ou tout simplement de l'empathie. Vous aviez déjà choisi vos têtes. Vous n'étiez pas restés insensibles, je vous les avais si bien détaillés. Vous aviez dû vous croire assis au milieu d'eux. Je les avais bien observés afin de vous les rendre bien vivants, je vous avais tout expliqué. Et ne venez pas me rétorquer que rien n'était vrai. En avez-vous la preuve, là dans votre fauteuil ? Pourquoi ne serait-ce pas comme je vous l'ai dit ? Je sais, j'aurais pu vous raconter une tout autre histoire, mais vous n'avez pas d'autre choix que de me croire puisque vous n'êtes pas là. Je me suis donné tous les droits de l'écrivain. Prenez tout pour argent comptant ou non, c'est votre propre décision. Je propose, vous disposez. Qui est le chat, qui est la souris, l'auteur ou le lecteur.

J'en ai peut-être choqué quelques-uns qui ne supportent pas la vue du sang et détestent qu'on leur parle de mort. Avouez que je n'ai pas exagéré, j'aurais pu tous les tuer, mais j'aurais aussi flingué mon œuvre, quoi écrire après le trépas des héros ? Il faut savoir trouver le juste milieu et, sans me vanter, je crois que l'ai réussi. Je n'ai pas touché aux plus jeunes, dans la fleur de l'âge. Je n'ai fait mourir qu'une vieille femme et des inconnus, vous ne vous y étiez pas attachés, pas eu le temps. Et cette Alice, pas très sympathique. J'ai hésité entre elle et Patrice, ce couard. S'il était mort, il ne se serait jamais rendu compte de son état, j'ai donc préféré le laisser en vie.

Bon, pas de vaisselle cassée, les vitraux intacts et tous, toujours en train de manger, je vous ai quand même donné de l'émotion. Qu'est-ce qu'une œuvre littéraire sans émotion ?

Je dois à présent trouver une fin à tout ça, c'est ce que vous attendez, non ? Je sais que parmi vous, lecteurs, il y a ceux qui veulent à tout prix une fin heureuse sinon morale et les autres qui ne dédaignent pas de verser une larme ou de se scandaliser. Je vous soumets donc deux versions. À vous de choisir celle qui vous conviendra le mieux. Vous voyez, avec moi c'est toujours vous, lecteur, qui gagnez. La fin vous sera servie sur un plateau, prenez celle qui vous satisfait, je vous offre les versions les plus probables. Vous en apprécierez certainement une.

Samantha et Grégoire.

- Donc pour toi, ça ne fait pas de doute, je suis ton père ?
- Non, pas de doute, mais je vous le répète, je ne suis pas contre le test.
- Et qu'est-ce que tu attends de moi au juste ? Je ne suis qu'un indécrottable célibataire, je ne connais rien aux enfants et encore moins aux ados. Je te remercie d'avoir bien voulu adopter un langage que je puisse comprendre, car quand j'entends des jeunes dans la rue, j'ai l'impression qu'ils parlent une langue nouvelle et inconnue. J'ai l'impression que ma planète est morte. Je veux bien te croire et je dois le reconnaître, je n'aurais aucune honte à être ton père, tu me plairais comme fille, mais je ne sais pas ce que je pourrais t'apporter.
- À vrai dire, moi non plus. Peut-être pourrions-nous faire connaissance plus amplement, passer du temps ensemble et voir.
- Je n'ai pas beaucoup de temps libre et je suis très souvent à l'étranger.
- Ce serait seulement quand vous pourriez.

- Je ne refuse pas, mais je ne voudrais pas que tu te fasses des illusions. Que tu attendes de moi ce que je ne pourrais pas te donner.
- Je saurais me contenter de peu.
- D'ailleurs je ne sais même pas ce qu'un père serait censé t'apporter.
- Et moi, je l'ignore puisque je n'en ai jamais eu.
- Alors, si tu peux te satisfaire d'un père au rabais !
- Mais, contrairement à ce que vous dites, je suis sûre que vous pourriez m'apporter quelque chose. En tout cas, je demande à voir.

Elle savait ce qu'elle voulait, la petite ; Grégoire se sentait sur une pente savonneuse. Elle l'attirait bel et bien. Il avait envie de la connaître, mais il n'était pas prêt pour le rôle de père. Du moins, ça lui faisait peur. Jusqu'à ce jour, il n'avait été responsable que de lui-même, il n'avait jamais voulu avoir charge d'âme. La liberté était son bien le plus précieux et si aucune femme n'était jamais parvenue à se l'attacher, il doutait que cette petite femme en puissance puisse y arriver. Elle avait des armes et les employait, il avait encore des défenses, il pourrait faire face s'il en état besoin. Il avait tout de même une vague idée de ce qui pourrait l'attendre : les résultats du bac, le suivi des études supérieures, les problèmes de santé, le petit ami qu'il ne pourrait pas encadrer, les pères ne peuvent jamais trouver bien les petits amis de leur fille, le mariage avec la remontée de l'allée de l'église à son bras, la naissance des petits-enfants, s'entendre appeler papy, jouer avec eux.

Non, il n'était pas prêt à se faire du souci pour elle et à en tenir compte dans les décisions qu'il aurait à prendre. Il n'était pas prêt à l'aimer. Pourtant le joli minois de la gamine le lui faisait craindre. Il sentait la panique le gagner. Il ne se rendit même pas compte de ce qu'il dit alors.

- Bon, je suis d'accord pour qu'on essaie de se connaître et je te promets de dégager du temps pour ça, mais je ne veux pas que tu considères ça comme un engagement définitif.
- Je n'ai pas l'intention d'envahir votre vie, il n'est pas question que je sois un poids pour vous. Avez-vous une femme, une compagne, je ne voudrais pas non plus être la cause d'une crise conjugale.
- Je n'ai personne qui puisse me reprocher de passer du temps avec toi, ne crains rien. Et puisque nous sommes amenés à tenter la relation père fille, je pense que tu peux dorénavant me tutoyer.
- Je ferai tout pour que vous, enfin tu ne le regrettes jamais.
- J'en suis sûr, je n'ai pas peur que tu me déçoives. C'est seulement de moi que j'ai peur. Tu devras

être patiente et tu me diras franchement quand ça n'ira pas.

- Compte sur moi, papa. Je peux t'appeler papa ? Ça fait si longtemps que j'en rêve !

Voilà, elle l'avait piégé, papa ! Il frissonnait. Il se rendait compte alors que c'est un mot qu'il n'avait jamais prononcé, car il n'avait jamais, lui non plus, connu son père. Contrairement à elle, il n'avait jamais interrogé sa mère sur ce manque de père. Il avait toujours fait comme si c'était naturel de n'avoir pas de père et il n'avait jamais eu l'impression d'en souffrir. Il se trouvait tout à coup comme un immense trou dans la poitrine. Elle avait réveillé une douleur qu'il n'avait jamais soupçonnée ou qu'il avait enterrée si profond qu'il l'avait oubliée. S'il avait tant de mal à s'imaginer dans le rôle du père, c'est qu'il n'avait jamais eu de modèle. Il comprenait qu'il lui avait toujours manqué une partie de ses racines et que c'était la cause de ce malaise qu'il ressentait parfois. La sensation de ne pas être entier qu'il comblait par l'action perpétuelle. On ne peut jouer un rôle qu'on n'a pas appris. Allait-elle combler ce trou, il n'avait pas de racines en amont, pourrait-il en créer en aval ? Elle était peut-être apparue dans ce but précis. Mais il ne lui en parlerait pas ou alors bien plus tard. S'il pouvait lui épargner cette béance dans sa vie quand elle serait parvenue à l'âge adulte, il allait le faire pour elle. Jouer au père ne l'enchantait pas, mais il lui devait.

- Si ça te convient, c'est un bon début.
- Alors, marché conclu ?
- Mais que va dire ta mère ?
- Pas la moindre idée, je pense, qu'avant tout, elle veut mon bonheur alors elle acceptera que je te voie, surtout si, comme tu le prétends, tu es très occupé et que nos retrouvailles seront rares. Je jure aussi, solennellement que je ne lui ferai jamais de chantage genre : si tu me refuses quelque chose, j'irai habiter chez mon père.

Grégoire sourit, mais ces dernières paroles le soulagent rétrospectivement. Il voulait bien faire sa connaissance, passer du temps avec elle, mais pas question qu'elle ait un jour envie de vivre avec lui.

- Je ne te demanderai jamais non plus de me reconnaître. C'est toi qui décideras. Je porte le nom de ma mère et c'est très bien. Tu n'as pas d'autres enfants non plus ?
- Jusqu'à il y a peu, j'aurais juré que non, mais maintenant je ne peux plus être sûr qu'un garçon ne viendra pas sonner à ma porte. Je ne m'étonnerais pas plus que ça. Enfin, je n'en ai pas d'autres que toi, à ma connaissance.

Samantha reste songeuse.

- Ce serait cool. Je n'avais pas de père et maintenant j'en ai un, je suis fille unique et je pourrais avoir des frères et sœurs. Je rêve à une colo dans une vieille maison en Bretagne, une fratrie complète pour te faire enrager.
- Arrête ! C'est déjà un choc pour moi, cette révélation, une autre me tuerait. Et puis je ne suis pas Breton, je suis Picard.

Ils s'étaient mis à rire et Grégoire découvrait qu'il n'avait pas ri comme ça depuis longtemps.

- Un homme comme toi : beau, intelligent avec la vie que tu mènes, tu as bien dû semer des enfants un peu partout.
- Je tremble à cette idée.

Grégoire, tout surpris se voyait heureux. Il se dit que le hasard venait de lui faire un beau cadeau même s'il ne l'avait pas mérité. Il espérait seulement s'en montrer digne.

Samantha se conforte dans l'idée qu'elle a vraiment bien fait de se lancer dans la recherche de son père. Elle a mis longtemps avant de se décider, elle a hésité, abandonné, puis repris, elle avait très peur de découvrir ce père inconnu. Elle en avait bâti des histoires, il la recevait les bras ouverts, il la reniait, il la menaçait de porter plainte pour tromperie, il était un parfait salaud et insultait sa mère. Elle était consciente qu'elle prenait des risques, mais, à présent, elle savait que ça en valait la peine. Elle voyait l'avenir plutôt clément. Elle n'était pas naïve au point de croire que cet homme serait le père idéal, il avait trop de choses à apprendre sur les liens du sang et il l'avouait lui-même, il était égoïste et trop attaché à sa liberté, mais elle était confiante. Elle saurait bien se faire aimer. Mieux valait un père imparfait que pas de père du tout. L'amour, ça peut s'apprendre, il suffit de s'y mettre.

Patrice et Emma.

- Eh bien voilà, tu l'as quand même craché le morceau ! Et qu'est-ce que je suis censé dire ?
- Je ne sais pas.
- Eh bien, moi non plus ! Qu'est-ce que je pourrais bien dire : Patrice c'est affreux ce que tu viens de m'annoncer, je n'avais pas mérité ça. C'étaient mes plus belles années que je t'ai sacrifiées, tu me quittes pour une plus jeune, plus fraîche, car je ne doute pas qu'elle ait deux bonnes décennies de moins que toi. Je t'aime, je vais mourir si tu me quittes. Et les enfants, tu y as pensé aux enfants ? Ils n'auront plus de père, ils vont être traumatisés à jamais et encore plus quand tu leur feras un petit frère ou une petite sœur. Si ce n'est pas déjà fait.

Je pourrais dire aussi : tu crois que je ne m'étais pas rendu compte que tu me trompais ? Je pourrais te faire croire que j'espérais que ce ne serait qu'une passade, que tu m'aimais toujours et que tu me reviendrais, que je croyais que tout ça n'avait pas d'importance, que nous deux, c'était pour la vie, que je te pardonnerais parce que je t'aime malgré tout, que je n'ai jamais aimé que toi. Enfin je pourrais me mettre à sangloter sans pudeur devant tous ces gens, me prosterner à tes pieds pour te supplier de m'épargner cette peine immense, ce chagrin si profond que je pourrais m'y noyer et aussi la honte d'être une femme abandonnée entre deux âges.

Je pourrais t'envoyer mon verre, mon assiette en pleine figure, te gifler, t'insulter à haute voix, me donner en spectacle et te ridiculiser. Voyez, messieurs, mesdames ce salaud qui m'invite en votre charmante compagnie pour me dire qu'il va dorénavant me remplacer par une pétasse à peine pubère. Regardez-moi, la gourde qui croyait à l'amour éternel, regardez cet homme qui n'a même pas le courage de m'avouer son infamie entre quatre yeux. Regardez ce qu'est un couard et infidèle qui va partir chez cette nana la queue entre les jambes en laissant une honnête mère de famille à son triste sort. Je pourrais dire tout ça, mais la liste est encore longue, je te fais grâce du reste.

Je vais simplement te dire que je m'en fous. Tu as bien entendu : je m'en fous ! Va, va rejoindre ta pétasse et fiche-moi la paix.

Emma est essoufflée par sa tirade, elle avale une gorgée de vin et attaque son saumon. Patrice décontenancé ne pense même plus à manger. Il la regarde d'un air hagard, une grande incrédulité dans les yeux. Il s'attendait à tout sauf à ces derniers mots. Quelle froideur ! Lui qui pensait qu'elle allait être dévastée, ne sait plus quoi faire. Il s'était attendu à des reproches, il avait anticipé des parades, mais en voyant Emma manger son poisson comme si de rien n'était, il est complètement perdu. Emma n'est plus la femme qu'il a connue. C'est une étrangère qui lui fait face, étrangère calme et détachée. Emma avait toujours été un roc, mais elle n'avait jamais eu à affronter de graves situations. Il avait pourtant pensé que sous ses dehors solides, elle était au contraire très sensible et qu'elle faisait tout pour le cacher. Là, en face de lui, pas la moindre sensibilité, une indifférence totale. À moins qu'elle ne joue la comédie pour ne pas avoir l'air dévastée. Il attend le contrecoup. C'était trop facile, ça ne pouvait pas se passer comme ça. Elle mijotait un coup. Il pouvait tout imaginer de la part d'Emma.

- Tu es bien muet tout à coup !
- C'est que je…
- Tu ne t'attendais pas à ça, mais tu n'es pas encore au bout de tes peines.
- Tu…
- Moi aussi, j'ai quelque chose à te dire. Non, je n'avais nullement dans l'esprit de te quitter, je tiens trop à mon mode de vie. Je dois reconnaître que tu n'étais, je dis n'étais puisque tu viens de m'annoncer que je devais utiliser le passé, pas difficile à vivre. Passablement absent, mais jamais méchant et tu me laissais le plus souvent agir à

ma guise. Un homme mou et peureux est en général facile à vivre. Certainement pas le mari parfait, mais je pouvais très bien faire avec. Pour ce qui est de la bagatelle, tu n'étais pas très mauvais non plus et ces derniers temps tu semblais encore meilleur, je comprends à présent pourquoi, tu étais stimulé de l'extérieur. Tu allais prendre des leçons et de la vigueur ailleurs. Une cure de jouvence. Ton seul défaut était d'être ennuyeux. Je tenais à mon confort, mais je m'ennuyais comme un rat mort alors tu devines la suite.

- Quelle suite ?

Patrice est abasourdi par les révélations d'Emma. Il va avoir besoin de temps pour tout digérer, mais il n'en est encore qu'à l'entrée.

- Il y a déjà un bon moment que je te trompe.
- Tu… Quoi ?
- Que j'ai des amants, je dis bien des amants, car je ne voulais pas d'une relation suivie, comme je te l'ai expliqué, pas question de renoncer à notre foyer.
- Des amants !
- C'est facile, avec internet, on trouve des hommes qui ne veulent pas non plus s'engager, des

hommes mariés le plus souvent. Un ou plusieurs rendez-vous si affinités, et ciao, bonne route.

- Mais c'est affreux ce que tu me dis !
- Pas plus affreux que ta relation avec une femme qui pourrait être ta fille et qui te menace de je ne sais quoi si tu ne quittes pas ta femme. C'est bien ça, non ?
- Mais moi, je l'aime.
- C'est vrai, je n'ai jamais eu de sentiments pour ces coups de passage. Mais moi, je ne te portais aucun tort. Aujourd'hui toi, tu me quittes.
- Ce n'est quand même pas pareil, je ne peux pas t'imaginer dans un lit avec un inconnu.
- Et avec un connu ? Un de tes amis par exemple ?
- Tu veux me faire du mal, c'est ça ?
- Qu'est-ce que ça peut te faire puisque tu en aimes une autre et que tu pars avec elle ?

Patrice est sidéré, il n'aurait jamais pu envisager qu'Emma puisse avoir un amant. Alors plusieurs ! Pendant toutes ces années où il couchait avec elle, elle sortait du lit d'un autre. Son estomac se révulse. Il ne lui vient pas à l'idée que lui aussi sortait des bras d'une autre.

- Tu dis ça pour te venger, je suis sûr que ce n'est pas vrai.

252

- Mon pauvre Patrice, que tu peux être naïf et tu ne penses qu'à toi ! Tu es tellement autocentré que tu ne t'es jamais aperçu de rien.

- Tu es vraiment une belle garce !

- Je te rappelle que ce magnifique déjeuner avait pour but de me faire avaler tes révélations en même temps que ces plats gastronomiques.

- Tu n'as même pas eu cette délicatesse pour m'annoncer que j'avais été cocu.

- Tu parles d'une délicatesse, tu avais seulement besoin d'un endroit où je n'oserais pas te faire une scène violente.

- Depuis combien de temps tu te livrais à ces activités coupables ?

- Depuis que tu m'avais si gentiment priée de me trouver des activités. Sans doute pour te donner bonne conscience tandis que tu te livrais aux tiennes, c'est-à-dire depuis que tu avais commencé tes ateliers d'écriture puisque c'est ainsi que tu appelais tes sorties chez ta maîtresse.

- Tu avais compris et tu ne m'avais rien dit, tu t'es seulement précipitée dans les bras du premier venu. Quelle mentalité !

- Tu te figurais peut-être que j'allais t'attendre bien sagement à la maison !

- Non, mais tu aurais pu être honnête !

- Comme toi ?

- Non, vraiment, je ne peux pas te croire !
- Je ne te le demande pas. Je m'en moque que tu me croies ou pas. Et puisque tu me quittes, ça n'a aucune importance.
- Alors, c'est tout l'effet que ça te fait ?
- Oui, je suis navrée pour toi, mais c'est comme ça.
- Tu pourrais au moins me dire que notre séparation t'attriste comme tous les échecs.
- Ce n'est pas vraiment un échec, c'est la suite logique de quelque chose qui n'avait plus de sens.
- Mais notre couple en a bien eu un, un jour.
- Je ne m'en souviens plus.

Patrice avait reçu cette dernière flèche en plein cœur. Lui qui ne pensait qu'à mettre fin à leur mariage se retrouvait à mendier l'assurance que leur couple avait bien existé et pourquoi pas heureux. Elle lui dépeignait une union qui n'avait eu aucun sens pour elle au point de la galvauder avec le premier venu.

- Tu dis ça pour te venger !
- Je l'ai dit, tu peux croire ce que tu veux. Tu m'es devenu totalement indifférent. Tu es passé d'absent à insignifiant.
- Insignifiant ?
- Oui, c'est le mot qui m'est venu à l'esprit. Tu ne signifies plus rien pour moi.
- Tu es cruelle !

254

Patrice, cette fois, est anéanti, sa femme depuis vingt ans, sa femme qu'il a aimée le trompait sans vergogne. Il a mal. Et c'est ce qui le sidère le plus. Il était persuadé qu'elle lui était devenue totalement indifférente et voilà qu'il découvrait qu'elle le rendait si malheureux avec ses aveux. Et même si malheureux que ça ne pouvait pas être simplement une blessure d'amour-propre. Petit à petit elle lui avait enfoncé ses aiguillons dans le cœur. Il en avait complètement oublié sa maîtresse. Il avait oublié qu'il souhaitait une autre vie, sans Emma. Il ne la souhaitait plus. Cette femme qui le crucifiait était devenue soudain d'une importance capitale pour lui. Il souffrait comme il n'avait jamais imaginé pouvoir souffrir. Il ne pouvait envisager de la laisser à un autre homme, c'était impensable. Elle était à lui. Il la regardait lui assener les pires vérités, impassible, belle, vénéneuse, impitoyable. Une parfaite inconnue qui l'attirait irrésistiblement. En quelques instants, il était retombé fou amoureux d'elle. Peut-être même plus qu'il ne l'avait jamais été. Il ne pouvait plus imaginer de la quitter. Il avait besoin d'elle. Elle lui était redevenue indispensable. Il s'était mis immédiatement à envisager des moyens pour la reconquérir. Il voulait à présent finir ses jours avec elle et pas une autre. Ce serait certainement très difficile, mais il se sentait apte à tous les efforts, il ne doutait pas d'y parvenir.

Emma avait vu passer dans les yeux de patrice tous les sentiments qui l'avaient assailli. Elle le connaissait si bien. Elle souriait, elle avait compris. Elle était venue, elle avait entendu, elle avait vaincu. Elle était fière d'elle. Elle n'allait quand même pas renoncer à son couple comme ça. Patrice allait le payer, mais il resterait à elle.

Jacques et Virginie.

- Je viens de te dire que je veux retrouver mon père et tu ne penses qu'à manger.
- Tu ne peux pas retrouver ton père !
- Pourquoi, tu l'as tué ?
- Ne sois pas ridicule, je n'ai jamais tué personne.
- Il est mort alors ?
- Je n'en sais rien !
- Je peux donc le retrouver. Je porte son nom ce ne sera pas bien difficile.
- Tu ne peux pas parce que ça me ferait bien trop de mal.

Elle, encore elle, toujours elle. Elle ne pensait pas à lui. Il la regardait, elle mangeait de bon appétit alors qu'elle lui avait coupé le sien. Sa colère semblait s'être évanouie. C'est fou ce qu'elle avait pu changer d'une minute à l'autre. Il la sent redevenue contente d'elle, toujours persuadée de son bon droit et d'avoir fait ce qu'il fallait. Elle ne se préoccupait pas une seconde de ce qu'il pouvait bien ressentir à ce moment-là.

- Ça fait trente ans qu'il est parti et je ne t'ai jamais vue le pleurer. Je ne comprends pas en quoi ça te ferait tant de mal que je le cherche ;

257

- Parce que tu voudras le voir et Dieu sait ce qu'il pourrait te dire comme mensonges au sujet de son départ.
- Et qu'est-ce qu'il pourrait me raconter comme mensonges ? Tu m'as caché des choses à son propos, à propos de votre relation, à propos de ma filiation ?
- Qu'est-ce que tu vas chercher ? Tu commences à perdre la tête.
- Admets que je peux tout penser. Je n'ai que ta version des faits et encore, elle est plus que succincte. Tu avoueras que je suis en droit de me poser des questions.
- Et ça te prend comme ça, aujourd'hui ?
- Si tu veux tout savoir, il y a longtemps que je me pose des questions, mais j'appréhendais de t'interroger.
- Et maintenant, tu n'as plus peur ?
- Si, mais j'ai compris que si je ne mettais pas les choses au clair avec toi, je ne pourrais plus continuer ainsi. Pour moi, c'est une question de survie. On ne peut pas vivre comme ça en essayant de se construire sans repère. Je n'ai que trop attendu. Je vis amputé d'une partie de moi-même. Si mon père était mort, tu m'aurais parlé de lui, j'aurais eu au moins une image. Tu as toujours été une tombe en ce qui le concerne. Je ne peux même pas m'en faire une idée. Je n'en ai

258

qu'un très vague souvenir. Je ne sais pas, par exemple, ce qu'il pensait de moi, s'il m'avait aimé au moins un moment. J'ai toujours imaginé que je n'étais pas le fils de celui dont je portais le nom, que tu en avais honte, que c'était pour ça qu'il était parti et que si tu ne m'en parlais pas c'est que c'était un étranger pour moi. Mais tu ne m'as pas eu par l'opération du Saint-Esprit. Si ce n'est pas lui, c'est donc un autre et je n'en connais pas plus sur cet inconnu que tu caches. Je n'ai jamais pu voir une photo de lui. Je ne sais pas à quoi il ressemble, si je lui ressemble. Je n'ai pas l'impression d'avoir tes traits.

-   Arrête ton cinéma ! Tu es en train de te jouer le rôle du petit garçon au cœur d'un horrible secret de famille, traumatisé à jamais par sa mère détentrice de ce secret honteux.

-   Là, c'est toi qui fais du cinéma. Tu es en train d'essayer de détourner la conversation.

-   Conversation qui ne nous mène à rien.

-   C'est toi qui dis qu'elle ne mène à rien. Pour moi, elle doit conduire à ma libération.

Pauvre enchaîné !mère

Elle continuait à manger comme si elle était en visite chez des gens de la « haute ». Elle portait de très petites fourchetées à sa bouche après les avoir prélevées avec délicatesse dans son assiette. Elle laissait le temps à ses papilles d'identifier le mets et avalait avec un air de contentement suprême. Tout ça pour lui faire bien comprendre qu'elle n'avait que faire de tout ce qu'il lui disait et que si elle condescendait à lui répondre c'est qu'elle était polie et que, dans son monde, ça se faisait. Il n'était qu'à moitié dupe, mais en souffrait quand même. Il commençait à se demander si cette femme, qui avait toujours prétendu qu'il était le seul amour de sa vie, l'avait aimé. Elle avait pu jouer le rôle de la mère idéale comme elle jouait ce rôle de la femme indifférente à ses interrogations. Lui l'aimait et l'avait toujours aimée, aujourd'hui, il doutait d'avoir jamais vraiment connu sa mère.

- Je n'en peux plus de ton ironie. Tu ne veux pas être sincère ne serait-ce qu'un instant et surtout m'écouter. Je t'ai dit que l'existence que je menais avec toi ne me convenait pas, que je devais m'éloigner et retrouver l'autre partie de mes géniteurs. Que j'en avais besoin.

- J'ai compris, je ne suis pas idiote, mais je peux t'assurer que tu as tort.

- Et si je voulais m'en rendre compte par moi-même ? Alors, voilà, j'ai trouvé un appartement en ville, un très bel appartement où je serai très heureux. Je vais commencer les recherches pour mon père, on verra bien ce qui va en sortir. Tu viendras me rendre visite quand tu en auras envie en ayant bien soin de me passer un coup de fil avant. Je refuse que tu surgisses à l'improviste.

- Comme une voyageuse de commerce, ne compte pas là-dessus. Je ne peux pas te retenir de force, mais si je dois te demander la permission pour te voir, sois certain que je ne le ferai jamais.

- Ce sera comme tu voudras, mais je ne transigerai pas sur les conditions.

- Tu as bien réfléchi, tu poignardes ta mère et tu la perds à jamais.

- Alors adieu, maman.

Jacques avait conscience que sa vie venait de basculer. Il ne croit pas vraiment que sa mère va couper les ponts. Il la connaissait trop. Elle trouverait un moyen qui lui permette de ne pas rompre le lien avec son fils sans perdre la face. Il est un peu moins confiant dans ce qu'il va découvrir en contactant son père, cet homme qui a complètement disparu de sa vie et dont il n'a presque jamais entendu parler. Était-il parti de son plein gré ou avait-il été contraint de le faire ? Comment était-il et cela valait-il la peine que Jacques essaie de le connaître ? Il ne se souvient que très vaguement de lui et Virginie a tout fait pour gommer le peu de souvenirs qui lui restaient de lui. Pourtant une légère sensation de tendresse lui revient lorsqu'il tente de se remémorer le temps qu'il a passé avec lui. Mais ce n'est peut-être qu'un effet de ce qu'il a voulu croire. On embellit souvent le passé quand il n'a pas été à la hauteur.

Quoi qu'il en soit, même s'il devait se retrouver devant un homme totalement indifférent, voire hostile, devant un voyou, un alcoolique ou un bon à rien, ce serait le père qui lui avait tant manqué. Il serait au moins fixé. Selon le cas, il serait toujours temps pour lui de prendre la décision d'apprendre à le connaître ou de passer son chemin et continuer sans lui. Et s'il avait la chance de découvrir un homme charmant à qui il avait manqué aussi et qui était prêt à entamer une relation, il en serait si heureux ! Il joue à pile ou face, mais il préfère le jeu avec ses aléas, mais des certitudes au brouillard plein d'interrogations dans lequel il vit depuis trop longtemps.

Oui, sa vie est à un tournant, il devait absolument quitter la ligne droite qui le menait à un mur quitte à en souffrir. Il aime sa mère, il l'aimera toujours, mais il a encore plus besoin d'air. Il sourit en pensant que la coupure du cordon se fait en général après l'adolescence. Lui a attendu bien longtemps, mais il n'est pas trop tard pour recomposer sa famille et, en fonder une nouvelle.

Tandis que Virginie attaquait son dessert, les dents serrées et le regard mauvais, Jacques s'était déjà imaginé une existence de rêve. Lorsqu'il aura trouvé la femme idéale qui lui aura donné un ou deux enfants, il reviendra présenter sa famille à sa mère qui sera bien obligée de constater que tout va pour le mieux en ce qui le concerne, qu'il peut être heureux sans elle, et alors, elle fera amende honorable et tous seront unis et heureux. Le rêve permettant tout, il voit même son père qui aura repris sa place après de lui et qui l'accompagnera chez sa mère. Il n'était encore pas trop vieux et tout était réalisable. Il n'avait qu'à se détacher de Virginie, de cesser de se sentir coupable de l'avoir fait et d'accepter le manque d'elle qu'il ne pourra éviter, mais il ne doutait pas d'y parvenir.

Virginie avait compris qu'elle avait perdu la partie. Un sentiment de peur commençait à l'envahir, d'appréhension et de rancœur. Elle avait bâti toute sa vie sur son fils, la solitude l'attendait. Elle tremblait de fureur devant son ingratitude. Elle lui avait tout donné d'elle. Elle avait envisagé la vieillesse qu'elle voyait poindre comme une lente déchéance, mais compensée par l'éternelle présence de celui qui était tout pour elle. Elle aurait juré qu'il serait toujours près d'elle pour la choyer, la dorloter jusqu'à la fin. Elle n'aurait alors plus peur de vieillir et quand elle quitterait ce monde, il resterait à Jacques assez de temps pour vivre à sa guise. Elle ne serait plus là pour constater combien la vie lui serait plus difficile sans elle.

Et voilà que tout tombait à l'eau, elle n'avait pas encore eu le temps de mesurer toute l'horreur de ce qui l'attendait. Le parfait glacé qu'elle tentait d'avaler en ayant l'air tout à fait indifférent, n'avait aucun goût, sinon celui de l'amertume d'être traitée ainsi. Elle n'avait rien vu venir. Elle se rendait compte qu'il ne lui restait plus qu'à accepter le fait que Jacques vive désormais loin d'elle. Elle était bien consciente qu'il ne transigerait pas. Mais si elle savait comment s'y prendre, elle ne le perdrait pas complètement. Elle était certaine qu'il l'aimait et qu'il ne l'abandonnerait pas. C'était la fin de ses rêves, mais ce n'était pas la fin de sa vie. Elle voulait le meilleur pour lui et, s'il était heureux, elle en doutait, mais sait-on jamais, elle ferait contre mauvaise fortune bon cœur. Elle le laisserait bien mijoter un peu, histoire de lui faire voir qu'elle était sa mère, mais elle accepterait. Il était temps qu'elle prenne conscience que son fils ne lui appartenait pas, elle était assez intelligente pour le comprendre sinon pour l'admettre.

Elle avait tellement à perdre en campant sur ses positions, elle en prenait toute la mesure. Elle ferait encore semblant de lutter, car c'était dans sa nature, mais la capitulation était inévitable. Elle serait quand même attentive à sa future bru, mais elle le ferait discrètement, elle accueillerait ses petits-enfants comme elle le pourrait.

Elle serait peut-être surprise. Qui sait ?

Il faut savoir perdre un peu pour perdre moins. Certes, sa toute-puissance sur son fils en avait pris un coup, mais elle était prête à jouer le jeu pour peut-être réussir à le contrer.

Simon et Alice.

- Tu ne vivras pas bien longtemps à ce régime.
- Tu feras encore une veuve très bien, tu trouveras alors l'homme de tes rêves, abstinent, non-fumeur et grand adepte de légumes vapeur, sportif, et que sais-je encore, végan, végétarien.
- Tu crois vraiment que je me remarierais si j'étais veuve, cinquante ans de galère, ça suffit pour une vie.
- Cinquante ans de galère, rien que ça !
- Oui, bon c'est peut-être un peu exagéré, mais à peine.
- Je n'ai jamais eu l'impression que tu sois si malheureuse.
- Je n'en avais pas le temps. J'en ai pris conscience quand Julien est parti ? J'ai commis la grande erreur de me mettre à lire. C'est Julien qui me l'avait conseillé : maman tu ne lis pas, tu as tort, tu ne vois le monde qu'entre les murs de ta maison, je vais la quitter cette maison et alors tu seras désœuvrée, je te connais tu vas déprimer, mais si tu lis tu trouveras une occupation qui te plaira et tu te sentiras bien. Je n'y croyais pas et je m'y suis mise un peu à contrecœur, mais il avait

266

raison, j'y ai pris goût et, surtout, j'ai découvert le monde.

- Dans les romans, tu as découvert le monde !
- J'ai surtout découvert que des femmes vivaient autrement que moi.
- Qu'est-ce que tu veux dire par là ?
- Nous nous sommes mariés très jeunes, je n'avais jamais quitté la maison de mes parents. Je ne connaissais rien de la vie. Pour moi, une épouse c'était avant tout une ménagère, coquette pour son mari comme l'avait été ma mère et sûrement ma grand-mère. Tu te souviens le mal que nous avons eu pour avoir un enfant. J'ai cru que je n'en aurais jamais. Je n'avais plus que cette idée en tête : je voulais un enfant, rien d'autre ne comptait pour moi. Quand il est arrivé, j'avais quarante ans et c'était un miracle, je me suis alors consacrée à mon rôle de maman. Puis il y a eu la maladie de mon père, celle de ma mère, je n'ai jamais eu le temps de penser à moi. Ainsi quand, dans les livres, j'ai trouvé des femmes libres, amoureuses de leur profession et qui réussissaient, malgré tout, à élever leurs enfants, à garder leurs maris tout en s'épanouissant, j'ai eu le sentiment d'avoir raté des tas de choses. Il était trop tard pour que je commence à travailler, je n'avais pas fait d'études et je ne savais que m'occuper d'une maison. Il était pourtant encore

temps pour que je me libère. Pour ce motif, je n'avais pas envie de l'écourter, d'où la notion de vie saine que je privilégie.

Simon n'en revenait pas, il ne s'était jamais douté que de telles idées avaient pris place dans la tête de sa femme. En toute bonne foi, il l'avait cru heureuse, aux petits soins pour lui puis pour leur enfant et ses parents. Il l'avait toujours aimée, il avait essayé de lui prouver. S'il avait su, il n'aurait pas hésité à lui laisser le champ libre pour des activités autres. Elle avait toujours été un peu râleuse, mais il n'y prenait pas garde, c'était dans sa nature se disait-il. Il n'avait jamais senti de signe de malaise chez elle ou alors, il n'avait pas voulu voir. N'est pas pas pire aveugle que celui qui ne veut pas voir. Il ne se posait pas de questions et ne s'était jamais demandé pourquoi elle avait eu soudain toutes ces idées sur la nourriture. Il le lui avait vigoureusement reproché, mais sans chercher à comprendre. Il faut dire qu'il n'aurait jamais pu penser à ça. C'était inconcevable pour lui de vouloir rattraper le temps perdu et en profiter tout en se privant de bien manger, du moins, dans le sens où il l'entendait. Sans le savoir, elle se vengeait de la vie qu'il lui avait fait mener. Il en était le seul responsable, il tombait des nues. Mais pourquoi cette forme de vengeance ? Non, elle était réellement persuadée de pouvoir prolonger leurs jours. Elle avait besoin de se rassurer, elle ne mourrait pas avant d'avoir mené la vie qu'elle pouvait se faire en restant en bonne santé.

- Pourquoi ne m'as-tu jamais dit ça ?
- Tu n'aurais pas compris. Tu étais trop habitué à ta vie telle qu'elle était.
- J'aurais quand même essayé. C'est comme ça que tu me vois : un homme borné, égoïste seulement préoccupé par sa personne ?
- Ce n'était pas toi personnellement, je pensais que tous les hommes étaient comme ça, qu'ils ne comprenaient rien aux femmes.
- Tu ne t'es jamais dit que c'est parce qu'elles ne leur parlaient pas.
- Tu as raison, je ne me posais pas la question de cette manière et tu l'as dit toi-même, je n'étais pas malheureuse. Je n'imaginais pas qu'il existait autre chose.
- Qu'est-ce que tu entends par autre chose ?
- Je ne sais pas, j'aimerais par exemple pouvoir sortir seule de temps en temps, me faire des amies, acheter des choses sans toi. Me sentir capable de prendre des décisions, même minimes.
- Je veux bien admettre que je n'ai pas été assez attentif à toi, mais je t'ai toujours aimée et j'ai toujours voulu ton bonheur. Essaie de me dire plus clairement ce que tu désires réellement et je te promets d'en tenir compte. Je te demande

pardon pour tout, j'étais aveugle, mais je tiens à toi.

- Ça, je le sais, c'est bien pourquoi je n'étais pas heureuse, mais pas non plus désespérée et je t'aime aussi.
- C'est pour ça que tu me punis à chaque repas !

Mieux valait en rire, Simon était mal à l'aise avec cette conversation qui le rendait coupable d'il ne voyait pas de quoi au juste. Et ce n'était ni le lieu ni le moment d'approfondir ce sujet qui méritait néanmoins de l'être. Elle avait raison, plus tôt, il n'aurait pas compris. Il aurait traité ses désirs d'une autre vie comme il avait traité ses lubies gastronomiques, avec ironie allant même parfois jusqu'à la colère et la méchanceté. Il avait mûri, vieilli, il se sentait, à présent, apte à la réflexion. Une idée surgit. Il pourrait envisager un troc. Il l'encouragerait à sortir, à avoir des activités extérieures, sans lui, il irait jusqu'à la seconder dans les tâches ménagères - il y était nul, mais ça devait pouvoir s'apprendre - en échange, elle lâcherait du lest sur le régime. Donnant, donnant. Ça pourrait tout changer. Il retrouverait à la fois une femme épanouie, gaie, le bœuf mironton et la tarte aux pommes caramélisées.

Il se rend compte que ce repas d'anniversaire qui menaçait de virer au plus beau fiasco de leur vie commune venait de se réformer pour devenir une porte ouverte sur des transformations qui allaient leur apporter d'autres perspectives bien plus intéressantes et qui sait, bien plus heureuses.

- Je te promets qu'on reparlera de tout ça, nous avons tout notre temps. Je commence à comprendre cette obsession de la nourriture saine. J'ai quand même du mal avec ça. Pourrais-tu au moins me signer une dispense pour aujourd'hui. Je ne mourrai pas sur-le-champ si je mange ce menu.

Alice était stupéfaite de voir que Simon avait pris en compte ses préoccupations. Il ne l'avait pas traitée de folle ou pire de ridicule. Elle n'aurait jamais osé l'espérer. Elle comprenait alors qu'elle avait mal connu son homme et qu'elle avait un peu exagéré son statut de femme malheureuse.

- Si tu n'abuses pas, je te permets un dessert.

Il la regardait à présent avec d'autres yeux et elle aimait ce regard, elle se sentait revenir des années en arrière quand ils se découvraient, jeunes amoureux. Émue, sans s'en rendre compte, elle planta sa cuillère dans sa coupe de glace, la porta à sa bouche et se laissa envahir par la tendresse du goût sucré.

Elle pressentait que les choses allaient changer et cela avait aussi une douceur voluptueuse.

Paul et Kévin.

- Tu es bien sûr de toi. Je ne voudrais pas que tu regrettes et encore moins que tu te croies obligé pour une raison ou une autre. Tu ne me dois rien.
- Je sais.
- Je ne te sens pas très serein et ça me préoccupe.
- Je ne le suis pas.
- Peux-tu m'expliquer pourquoi, je désire t'aider autant que je peux à te sentir bien. Je comprends que c'est une aventure pour toi et je voudrais te la rendre agréable.
- D'un côté l'envie de découvrir, de satisfaire à ce besoin m'entraîne vers vous et de l'autre la voix de mon éducation qui me dit que c'est mal. Je sais qu'on est au vingt et unième siècle et que l'homosexualité est reconnue, les gens comme nous peuvent se marier et on ne les montre plus du doigt dans la rue, mais je ne peux m'empêcher de penser à mes parents, s'ils avaient connaissance de ça, ce serait terrible pour eux. Vous ne pouvez pas imaginer le choc que ce serait, ils seraient capables de me renier et je préférerais mourir.

Paul était heureux de voir que Kévin se confiait à lui, qu'il s'ouvrait enfin, mais ça l'inquiétait. Il avait senti un léger

273

recul de sa part. Le fait d'avoir parlé de ses parents les avait convoqués, ils étaient là entre Kévin et lui. Il mesurait le mal que ce puritanisme passé, mais qui perdurait encore chez certaines personnes avait pu faire. Et Kévin avait été élevé dans ce monde-là. Il avait grandi avec ces idées dépassées. Ses parents étaient certainement de très bons parents ce qui rendait leur éducation encore moins contestable dans l'esprit de leur fils. Ils lui avaient imposé une vie impossible.

- Tu crois que tes parents n'ont jamais rien soupçonné ?
- Certainement pas, ils ne pourraient jamais s'imaginer que je puisse être homo.
- Je comprends et je ne voudrais pas parler mal de tes parents qui je ne doute pas sont, malgré tout, de bons parents, mais tu dois te dire que quoi qu'ils pensent de ton orientation sexuelle, tu as le droit d'être libre et heureux. Tu ne peux pas passer tes jours à te cacher et tout refouler. Il est temps d'assumer ton désir d'épanouissement et, si je peux t'aider à ça, j'en serais ravi. Je suis tout de même réservé. N'aurais-tu pas voulu attendre de tomber amoureux d'un jeune homme de ton âge ?
- J'ai beaucoup d'admiration pour vous, vous me fascinez et je ne veux pas d'amour.
- Pourquoi ? Tu penses qu'avoir une simple liaison sera plus facile à accepter tout en te cachant ?

274

- Je refuse de souffrir. Je consens à essayer de suivre mes pulsions, mais je ne veux pas y mêler de sentiments.
- C'est encore un moyen de te défiler. Tu continues à croire que c'est mal et tu ne veux pas y inclure de l'amour que tu considères comme un sentiment qui ne doit pas être souillé. Pourtant, tu pourrais tomber amoureux un jour.

Paul n'allait pas jusqu'à espérer que ce soit de lui, mais il ne pouvait s'empêcher d'y penser et de voir la chose comme l'entrée au paradis des croyants. On y croit, mais on se dit que c'est trop beau pour être vrai.

En tout cas, Kévin était honnête, il annonçait la couleur. Il était prêt à lui livrer son corps, mais pas son cœur. Pourquoi cela perturbait-il autant Paul ?

- Je ne tomberai jamais amoureux, je ne pourrais pas.
- Tu sais, l'amour ne se commande pas, il s'invite souvent quand on s'y attend le moins. On se réveille et il est déjà trop tard, on aime à la folie. On est coincé et on ne peut rien contre.
- Ça ne m'arrivera pas et si ça m'arrive, je ferai comme si ça n'existait pas. C'est impossible, je vous le répète.
- Tu veux dire que tu ne pourrais jamais présenter un garçon à tes parents et vivre avec lui au grand

275

jour. Tu te dis qu'avec moi, tu n'as pas à craindre que je te le demande et tu es aussi certain que tu ne pourras jamais être amoureux de moi, que tu pourras toujours garder notre relation secrète.

- Oui.

Qu'est-ce qu'il attendait en attirant Kévin ? Paul n'y comprenait plus rien. Les paroles du garçon le chagrinaient. Jusqu'à présent, il avait été heureux quand ses partenaires ne faisaient pas cas de sentiments. Il ne songeait même pas à se poser la question de savoir ce qu'ils pensaient de lui. Il profitait de ce qu'ils lui offraient et faisait en sorte de leur procurer du plaisir, quand ils le quittaient, il ne pensait qu'à leur chercher un remplaçant.

Avec Kévin, c'était totalement différent. Il avait affaire à un être complexe et il ne savait comment agir. Il se rendait compte avec horreur qu'il devait s'attendre à souffrir. Il plongeait directement dans l'inconnu et par malchance son cœur faisait des siennes. Il avait envie de prendre la main de Kévin, de le toucher, mais il se doutait qu'ainsi en public le jeune homme ne l'admettrait pas.

- Et moi, tu pourrais m'aimer un peu ?

Il se sentait ridicule d'avoir posé cette question, mais il n'avait pas eu le temps de réfléchir, les mots étaient sortis tous seuls. Ils avaient hanté son esprit depuis bien trop longtemps. Même au temps où il regardait Kévin du haut de sa chaire professorale sans vouloir se l'avouer, il s'interrogeait.

- Je ne sais pas, je suppose que je vous admire trop pour vous aimer.
- Mais après ce que nous nous apprêtons à faire, tu penses que tu vas encore m'admirer ?
- Je ne sais pas, je vous dirai après.

Il était déconcertant, direct et inattendu. Paradoxalement plus le repas s'avançait, plus le moment se rapprochait où ils se retrouveraient dans son appartement pour les choses sérieuses plus c'était lui qui avait le ventre noué.

- Je ne suis pas très à l'aise moi non plus.
- Mais vous avez l'habitude, vous avez eu tellement d'aventures.
- Oui, mais jamais avec quelqu'un comme toi.
- Qu'est-ce que j'ai, moi ? Vous ne me désirez plus ?
- Au contraire, je te veux trop et pas seulement dans mon lit.
- Je ne comprends pas.
- Ça n'a pas d'importance, n'essaie pas de comprendre.

Paul craignait qu'il n'ait trop bien compris, mais qu'il fasse la sourde oreille. Ce gamin avait pris tous les pouvoirs sur lui. Il s'était pris à son propre piège. Et

Kévin ne semblait pas s'en être rendu compte. Il ne voulait peut-être même pas de ces pouvoirs.

Kévin s'était attaqué à son dessert, il paraissait avoir abandonné toute appréhension. Pour l'instant, il était tout à son bonheur de déguster un dessert comme il n'en avait certainement jamais eu. Paul s'enfonçait dans le marasme de ses pensées qui le terrifiaient. Pourtant, au fond de son cœur, une minuscule lueur d'espoir scintillait. Celle de voir Kévin s'attacher à lui, celle d'entrevoir la possibilité de le garder un peu plus longtemps que les autres qui n'avaient fait qu'une halte avec lui. Il voulait espérer, il ferait tout ce que Kévin désirerait. Ils se cacheraient, il se contenterait de ce qui lui serait offert même si c'était peu. Il ne pouvait pas envisager une fin pourtant inéluctable. Il vieillirait, Kévin s'envolerait ses études terminées. Il était trop tôt pour les idées noires. Il ne pensait qu'à jouir du présent.

Kévin leva les yeux vers lui. Paul vit dans son regard quelque chose qui ressemblait au moins à de l'affection. Et l'innocence qu'il y lisait lui laissait escompter que Kévin ne lui ferait jamais de mal volontairement. Involontairement, sûrement, mais c'était le prix à payer et il le paierait sans hésiter.

Richard et Annabelle.

- Je n'y croyais plus et voilà que le destin m'offre un cadeau inestimable.
- C'est parce que vous le méritez.
- Sans doute. Encore que je ne pense pas avoir fait beaucoup d'efforts pour ça. J'ai essayé de rendre ma femme heureuse, mais elle est partie sans m'avoir assuré que j'avais réussi.
- C'est marrant, mais je ne me suis jamais posé ce genre de question avec mon mari. Je crois avoir été heureuse avec lui, mais, quant à lui, je ne saurais vous dire s'il a été heureux avec moi. Je ne fais que l'espérer.
- Vous étiez un couple vraiment uni ?
- Je le pense sincèrement. Je l'aimais, il m'aimait et je ne l'ai jamais pris en défaut.
- Alors, il était heureux.
- Vous dites ça pour me faire plaisir ?
- Non. Avec ma femme nous étions un couple uni et j'étais très heureux. Je regrette seulement le fait que nous ne nous faisions pas part de nos sentiments. Elle était très pudique sur le sujet et je n'ai jamais essayé de la forcer à me parler. Je l'ai beaucoup pleuré.

- Croyez-vous que nous puissions être un couple uni ?

Qu'est-ce qu'un couple uni ? Richard n'en avait pas la réponse. Un couple qui dure, peut-être. Encore que des couples peuvent durer pour de mauvaises raisons : l'argent, les enfants, le qu'en-dira-t-on. Uni oui, mais pas heureux. Non, un couple uni n'est pas forcément heureux. Et comment sait-on que l'on est heureux ensemble ? Parce que l'on ne va pas voir ailleurs ? Parce qu'on a toujours le même plaisir à se retrouver quand on a été séparés ? Est-ce suffisant ? Le bonheur ne se mesure pas. Quand on est bien ensemble, c'est déjà beaucoup.

- Nous avons beaucoup de goûts en commun, nous avons aussi en commun notre peine d'avoir perdu notre compagnon, notre compagne de vie, ça peut aider. Pour ma part, je prends l'engagement de faire tout mon possible pour que nous le devenions. Un couple uni et heureux.
- Moi aussi !

Pourtant, malgré sa joie de voir la tournure des choses une idée tourmentait Richard.

- Quand je regarde le couple que nous voulons former, une évidence me saute aux yeux.
- Oui, laquelle ?

280

- Notre différence d'âge.
- Il me semble qu'on en a déjà parlé et que je vous ai répondu que cela ne me dérangeait pas du tout.
- Peut-être pas pour l'instant, mais plus tard ? J'ai beaucoup d'avance sur vous pour aborder la vieillesse et ses ravages. Je ne voudrais pas vous imposer un vieillard comme compagnon alors que vous serez encore dans la force de l'âge. Après quelques années, subir un deuxième veuvage qui subviendrait après une longue période de soins.
- J'ai soigné mon mari, pourtant bien jeune, et je pourrais mourir avant vous, même être diminuée. Le mieux serait de ne pas y penser et de goûter chaque jour comme s'il n'avait pas de lendemain.
- Vous êtes une sage et vous avez réponse à tout.
- J'ai pensé moi aussi à quelque chose.
- Oui, à quoi ?
- Ne va-t-on pas dire que je ne suis avec vous que pour votre argent ? Je ne suis pas dans le besoin, j'ai un travail et mon mari m'a laissé une assurance vie confortable que j'ai su placer, elle a servi à élever mes enfants, mais il m'en reste encore. Cependant vous êtes incontestablement plus aisé que moi et les mauvaises langues ne reculent devant rien pour salir.

- Pour ça, on n'y peut rien, on devra faire avec. Pour ma part, je m'en moque, c'est un des rares privilèges de l'âge avancé, ces choses-là n'ont plus d'importance. Je ferai un testament.
- Ce serait plus prudent.
- Bon, arrêtons là pour ces considérations triviales et négatives qu'elles ne viennent pas gâcher ce beau jour. Et allons nous promener. À moins que vous ne préfériez aller dans un endroit tranquille pour faire plus ample connaissance, si vous voyez ce que je veux dire. Mais ce n'est qu'une option et je vous laisse décider.
- J'ai bien envie de voir où vous vivez.

Richard n'avait pas osé espérer cette réponse. Annabelle avait bien conscience : un jour ou l'autre on ne pourrait plus éviter d'aborder cette phase de leur relation. Alors, autant le faire le plus tôt possible. Plus vite ils seraient fixés sur ce point qui avait son importance, plus vite ils passeraient à l'étape suivante, la vie en commun. Ils n'étaient plus des enfants, ils avaient déjà beaucoup vécu, ils se connaissaient assez bien, pourquoi ne pas tenter de voir s'ils allaient réellement s'entendre sur tous les plans. C'était essentiel aussi. Et puis, pourquoi le cacher, elle avait envie de retrouver des sensations dont elle était privée depuis longtemps ? Richard l'attirait. Elle n'était pas encore vraiment amoureuse de lui, mais, à son âge, elle ne croyait plus au coup de foudre. Elle avait encore besoin de temps et de preuves pour se laisser aller à l'amour. Elle se sentait bien avec lui et elle avait envie d'un homme, c'était une découverte. Elle s'en était très bien passée depuis le décès de son homme, mais Richard avait réveillé cette partie d'elle qu'elle croyait morte et c'était bon. Alors, pourquoi s'en priver ?

Richard n'avait qu'une seule idée en tête : la prendre dans ses bras et oublier toutes les préoccupations qu'ils avaient soulignées. Il appréhendait tout de même un peu cette première fois avec elle. Depuis la mort de son épouse, il n'avait eu que quelques aventures passagères, toujours chez elles. Elles ne l'avaient guère ému. Il avait assuré, mais sans sentiments, c'était plus facile. Il n'avait jamais trompé Chantal, ce serait donc entièrement nouveau pour lui de voir une autre dans son lit. S'il n'était pas totalement amoureux d'Annabelle, il ressentait quelque chose qui s'en approchait et qui pourrait le troubler. Mais l'attrait était le plus fort, il faisait taire ses craintes. Il était prêt.

Annabelle ne la menait pas large non plus. Saurait-elle comment se comporter avec lui ? Elle n'avait pas envie de passer pour une femme légère et encore moins pour une prude frigide. Elle n'était plus si jeune, elle n'avait plus un corps de vingt ans. Elle s'était regardée ce matin dans la glace et elle avait pu compter ses rides et ses relâchements. Il était peut-être plus vieux qu'elle, mais ne disait-on pas que plus les hommes avancent en âge plus ils aiment les nymphettes ? Elle pensait à tout ça tandis qu'il lui versait un autre verre de vin. Elle en avait déjà bu un en plus de l'apéritif, mais elle avait bien besoin de ça. Elle avait réellement envie de se laisser aller avec Richard.

Richard avait repris la main d'Annabelle et montait en lui un désir qu'il peinait à contenir. Il avait craint aussi de ne pas pouvoir être à la hauteur, manque de pratique et usures du temps. La sève de la jeunesse se répandait à nouveau en lui. Dans les yeux d'Annabelle, la promesse était visible et le galvanisait.

Ils se sentaient vraiment tous les deux à l'aube d'une autre vie qui s'annonçait plutôt belle.

André.Voilà pour les cœurs sensibles et romantiques, ceux qui aiment que l'histoire finisse bien, que les héros soient heureux. Pas forcément qu'ils se marient et qu'ils aient beaucoup d'enfants. C'est fichu pour Richard et Annabelle, Alice et Simon, impossible pour Paul et Kévin, de même pour Grégoire et Samantha, problématique pour Patrice et Emma quant à Jacques et Virginie, un seul peut y prétendre. Mais je ne suis pas là pour vous mâcher le travail, c'est à vous, lecteur, de vous faire une idée du bonheur futur de chacun. Je vous laisse alors qu'ils sont encore pleins d'espérance, en plein rêve. Sur un petit nuage. Faites-en ce que vous voulez.

Maintenant, passons aux pragmatiques et à ceux qui n'apprécient pas les histoires qui finissent bien, ceux que les nobles sentiments exaspèrent, les réalistes. Ceux que j'aime le mieux. J'ai beau m'attacher à mes personnages, rien ne me plaît plus que les tourmenter. Nous n'allons pas nous priver de ce plaisir. Rassurez-vous, je vous épargnerai le sang. Pour ceux qui n'en ont pas eu assez dans l'épisode du tueur fou, allez vous acheter un bon thriller. Je fais plus dans la psychologie. La fin sera difficile pour les protagonistes, mais leur intégrité physique sera garantie. Et puis, je n'écris pas des contes de fées, pour la plupart, ils sont déjà mariés et même s'ils ont eu des enfants, ils ne seront pas heureux pour autant.

Donc, ceux qui goûtent les belles histoires, arrêtez-vous là. La suite n'est pas pour vous.

Grégoire et Samantha.

- Je te mentirais si je te disais que je me souviens de cet été. J'ai pris tellement de photos. Quant aux amours de vacances, je n'en ai pas manqué. Cependant aucune ne m'a laissé un souvenir impérissable. Je suis très mauvais pour les sentiments à distance. Je suis désolé, j'ai beau fouiller dans ma mémoire, je ne trouve pas trace de ta mère. Je ne doute pourtant pas qu'elle soit belle et que tu sois sa fille ne m'étonnerait pas non plus, tu es très jolie et j'en connais beaucoup qui seraient ravi de t'avoir comme enfant. Je ne te ferai pas l'injure pas plus qu'à ta mère de demander un test ADN. Si elle le dit, ça doit être vrai. Cependant je serai franc et direct avec toi, je n'ai rien qui puisse faire de moi ton père. Ce ne sont pas quelques milligrammes de spermatozoïdes qui peuvent faire un véritable père. Un géniteur, mais pas un père et si tu dis vrai je ne me considère que comme ton géniteur. Mon métier est toute ma vie, je bourlingue dans le monde entier, je ne suis pas souvent et France et jamais pour très longtemps. Je ne me vois absolument pas jouer au papa gâteau.
- Ce n'est pas ce que je vous demande.

286

Elle lui avait répondu d'un air pincé ou perçait une pointe de méchanceté. Cette fois, il l'avait déçue, mais c'était très bien ainsi. Elle devait se confronter à la réalité et ne pas se laisser aller à des rêves d'enfant à Noël.

- Que cherches-tu alors ?
- Je n'en sais rien. Je voulais vous connaître, me rendre compte à quoi vous ressembliez. J'ai trouvé des photos de vous sur internet, mais pour moi, ce n'étaient que les photos d'un étranger. Une photo ne dit rien d'une personne. Elle ne renseigne qu'un peu sur son physique et encore, son côté figé peut être trompeur. Je voulais vous voir en vrai et essayer de découvrir comment vous étiez réellement. Vous n'êtes peut-être que mon géniteur, mais vous avez quand même participé à ce que je suis et vous m'avez donné toute une partie de moi que je ne reconnais pas faute de savoir d'où elle me vient.
- Ce n'est pas au cours d'un repas que tu pouvais vraiment découvrir qui je suis, qui tu es par rapport à moi. Je ne peux malheureusement pas grand-chose pour t'aider à te révéler. Une psy ferait mieux l'affaire.
- Parce que, pour vous, il n'y aura que ce repas ?
- Quand je te regarde, je vois une belle fille, intelligente, mais je n'éprouve absolument rien. Tu pourrais être la fille de mon voisin ou une fille

287

rencontrée dans la rue. Rien de l'appel du sang. Mon cœur ne bat pas plus vitre, je ne ressens pas l'envie de te prendre dans mes bras, je dirais même mieux, j'aurais l'impression d'être un pédophile.

- C'est sûr, c'est le premier contact entre nous. Ça pourrait venir. Peut-être qu'être père ça s'apprend.
- C'est évident, je n'ai pas la fibre paternelle. J'aurais dû reconnaître en toi la chair de ma chair comme on dit, une certaine vibration, un élan , mais là rien.
- Rien, de rien ? Alors pourquoi vous êtes venu ?
- La curiosité sans doute !
- La curiosité, je ne suis qu'un objet de curiosité pour vous ?

Elle commençait à s'énerver. Il la sentait au bord des larmes, mais il ne pouvait rien pour elle. Il était tout de même un peu ému, il n'aimait pas du tout ce rôle de salaud. D'autant plus qu'il craignait que ce ne soit pas un rôle.

- Et si vous poussiez la curiosité un peu plus, vous pourriez avoir des surprises.

Elle tente le tout pour le tout, mais elle est de moins en moins sûre d'elle. Elle espérait tant ! Quoi au juste, qu'il la prenne dans ses bras en lui disant qu'il n'attendait

288

qu'elle, qu'elle lui a manqué toute sa vie, du moins une fille lui a manqué, un enfant, que c'était une véritable chance qu'à son âge son souhait le plus cher soit comblé, qu'il allait être pour elle le père dont elle avait tant rêvé, que dorénavant, ils ne se quitteraient plus, qu'ils allaient rattraper le temps perdu, qu'il était si heureux qu'il avait de la peine à y croire, qu'il… Et il était là devant elle à peine bienveillant, il l'écoutait, ne doutait pas de ses dires, mais ne montrait aucun sentiment. Elle sentait qu'il ne voulait pas la contrarier, mais qu'il faisait un effort pour ne pas paraître trop indifférent. En tout cas, aucun signe d'affection. Il lui avait donné la chance de pouvoir s'exprimer, c'était déjà bien. Elle devrait s'en contenter. Il n'était même pas fuyant. Il exposait les faits, rien que les faits. Il se posait, solide comme un roc. Elle n'avait pas l'impression de l'avoir touché. Devait-elle continuer à se battre ?

- Je ne crois pas. Il y a des hommes qui sont nés pour être pères, d'autres non. Je crois que si ta mère a gardé le silence sur ta naissance pendant toutes ces années c'est qu'elle savait que je n'aurais pas pu être un père. La manière dont je l'ai traitée l'a persuadée qu'elle devait te protéger de moi. Elle craignait de provoquer une terrible déception pour toi. Elle avait raison. J'ai peur que tu te sois fait un film.

- C'est tout ce que vous trouvez à me dire ?

289

- Je suis navré de ne pas être à la hauteur de tes attentes. J'ai bâti ma vie ainsi et il est trop tard pour que ça change. Je serai un éternel célibataire sans enfant, je ne veux aucune charge, aucune entrave et ce sera comme ça jusqu'à la fin de ma vie. Je t'autorise à me traiter de vieil égoïste puisque c'est ce que je suis, mais ne compte pas que je change quoi que ce soit.
- Pourtant, vous avez bien accepté de me rencontrer !

Elle insistait encore, c'était plus fort qu'elle. Elle refusait de capituler avant d'avoir tout tenté, mais elle commençait à se faire une raison.

- Oui, je devais te faire comprendre ma situation. Je ne voulais pas que tu continues à croire que j'allais endosser cette paternité et jouer le rôle de papa avec joie. Je voulais que tu saches qui j'étais réellement afin que tu renonces à tes rêves.

Il était préférable qu'il passe vraiment pour un ignoble individu, elle souffrirait, mais elle ne le regretterait pas. Et puis, il était certainement un mec peu fréquentable, surtout pour une adolescente, il ne s'était jamais embarrassé de sentiments et il entendait bien poursuivre ainsi. C'était sa garantie pour conserver sa liberté, c'est à sa liberté qu'il tenait par-dessus tout. Que lui importait d'avoir une fille ! Il avait bien grandi sans père et il ne

290

s'en était jamais mal porté. Il n'avait jamais demandé à sa mère de lui parler de lui. Il n'était pas là, c'était tout. Elle devrait faire comme lui. Un père n'est pas indispensable pour réussir sa vie, il en était la preuve. Il avait trouvé sa voie et il était heureux.

Elle était sur le point de se mettre à pleurer. Elle était venue chercher un père dans ce décor grandiose qui n'était pas pour elle, elle n'avait découvert qu'un égocentrique qui la reniait une seconde fois. Enfin pas exactement puisqu'il n'avait jamais eu connaissance de son existence, mais, pour elle, ça revenait au même. La mauvaise foi lui faisait du bien. Oui, un salaud qui n'était même pas capable de penser à elle. C'était un monstre et puisque c'était comme ça, elle le rejetait en tant que père. Qu'il aille se faire voir ailleurs, il ne trouverait jamais une fille comme elle. Elle le reniait, elle aussi. Bon, il s'en moquait et il ne voulait aucun enfant, mais elle se délectait à lui souhaiter du mal.

Elle se demandait ce que ça lui ferait si elle plantait sa fourchette dans la main qu'il avait nonchalamment posée près de son assiette. Ce n'était pas le cœur, mais ça ferait l'affaire. Elle aimerait le voir souffrir, il n'y avait pas de raison pour qu'il s'en tire comme ça et qu'elle soit la seule à souffrir. Juste au moment où elle allait se décider, il retira sa main. Il ne saurait pas à quoi il avait échappé.

Il regrettait d'avoir été aussi brusque, il aurait pu y mettre les formes, il paniquait tellement à l'idée qu'elle puisse entrer dans sa vie et la bouleverser qu'il n'avait pas eu d'autre choix. S'il avait atermoyé, elle aurait pu croire qu'il était indécis et elle aurait pu vouloir essayer par tous les moyens de le faire changer d'avis. Ce qui était parfaitement impossible. Il la voyait au bord des larmes. Il n'était pas totalement insensible, mais il avait dû trancher dans le vif. Et puis, elle ne pleurait pas son père, elle n'avait pas eu le temps de le connaître, elle pleurait une chimère. Il regrettait d'avoir accepté de la voir, ça lui avait donné de faux espoirs et elle s'était bâti une jolie histoire avec lui dans le rôle du père charmant, il aurait dû refuser tout net. Il avait succombé à la curiosité de constater à quoi elle ressemblait et si elle était réellement sa fille. Il en avait douté au début. Il payait, à présent, cette curiosité. Il aurait voulu trouver les mots pour s'excuser, il en était incapable. Comment ménager une fille de cet âge ? Il n'en avait jamais fréquenté et le sujet était si délicat. Il sentait qu'il ne ferait que rendre plus dramatique la situation. Il attendait avec impatience que le repas se termine et qu'il puisse retourner à ses occupations en oubliant cette parenthèse.

Il ne fut pas surpris de la voir se lever d'un bond, d'attraper son sac et de s'enfuir. Elle tenait toujours sa fourchette qu'elle jeta rageusement sur son assiette. Il en fut soulagé. Il regardait la chaise vide en face de lui et s'efforçant de croire qu'il avait mangé seul et que toute cette histoire n'avait jamais eu lieu. Il allait retrouver sa vie qui lui convenait parfaitement. Il n'avait jamais voulu d'enfant. Même si cette gamine était charmante, pour lui, elle ne valait pas la peine de renoncer à sa liberté. Aucune attache, telle était sa devise et il entendait bien l'appliquer jusqu'à la fin de ses jours. Il n'avait ni remords ni regrets.

Samantha avait compris qu'elle ne trouverait pas un père en Grégoire. Il ne lui restait plus qu'à dire adieu à ses rêves et d'essayer de se construire avec une seule de ses racines. De toute façon, l'autre racine était pourrie.

Patrice et Emma.

- Tu as…
- Oui, c'est bien ce que je viens de te dire : je te quitte !
- Comme ça !
- Il n'y a pas cinquante mille façons.

Emma ne s'attendait pas du tout à ça. Elle avait bien remarqué les changements en Patrice, mais elle mettait ça sur le compte de l'âge, il se voyait vieillir et ça lui en fichait un coup. Elle s'était bien trompée. Elle le regardait, là, en face d'elle et ça l'étonnait. Comment cet homme si ordinaire et si peu intéressant avait-il pu dénicher une autre femme qui puisse le trouver à son goût ? Car il y avait bien cette autre femme. Le temps était bien loin où elle avait pu le juger séduisant. Elle ne le voyait plus attirant. Elle remarquait, tout à coup, son menton trop proéminent, ses yeux trop petits et un début de calvitie. L'avait-elle d'ailleurs trouvé beau un jour. Elle aurait dit que oui, mais elle n'en était plus très sûre. Elle se demandait, à cet instant précis, si elle l'avait vraiment aimé, car ses mots n'avaient provoqué chez elle que de l'étonnement. Aucun chagrin, même pas de la colère.

- Elle est comment ?

Patrice la regardait bouche bée. Il ne s'attendait pas à une telle indifférence. Il aurait pu être soulagé, il s'était fait un monde de l'annonce qu'il avait à lui faire, mais il redoutait une réaction à retardement. Il se méfiait, se recommandant intérieurement d'être très prudent.

- Pourquoi t'intéresses-tu à elle ?
- J'ai quand même le droit de savoir comment est celle qui t'oblige à me quitter.
- Elle ne m'oblige à rien, c'est moi qui ai décidé de le faire. Je n'en pouvais plus de te mentir. Je t'estime trop pour ça. Je ne peux vivre qu'au grand jour. Je l'aime, je n'y peux rien. J'aurais aimé t'épargner ça, mais la vie vous réserve quelquefois des surprises. Je te demande pardon pour le mal que je te fais et que tu n'as pas mérité. Tu étais une bonne épouse.
- Je suppose qu'elle pourrait être ma fille.

Emma ne pouvait s'empêcher de provoquer Patrice et elle y prenait goût. Elle sentait qu'il n'était pas très à l'aise et elle voulait encore plus le déstabiliser.

- Tu exagères toujours !
- Je vois, elle n'a pas trente ans.
- Et alors, qu'est-ce que cela peut faire ?
- Tu as raison, d'ailleurs ça n'a aucune importance. C'était juste un peu de curiosité. J'espère que malgré son âge tendre, elle ne craint pas l'ennui.

- Qu'est-ce que tu veux dire par là ?
- Que tu es un homme profondément ennuyeux. Si vraiment elle est jeune, elle ne te supportera pas longtemps.
- La jalousie te rend odieuse, ma pauvre Emma.

Emma s'était mise à rire. La jalousie ! Elle ne s'en découvrait pas une once. Grand bien lui fasse à la minette. Elle pouvait bien récupérer cet homme qui l'encombrait. Elle le considérait soudain comme un poids qui l'avait entraînée au fond.

- Tu ne te dis pas que si j'étais ennuyeux, c'est que je m'ennuyais avec toi ?
- Facile de me retourner le compliment. Dis-moi, est-ce qu'elle t'emmène dans les boîtes de nuit avec ses copains qui ont l'âge de tes enfants ? Fais attention, si tu bois leurs cochonneries, ton foie ne tiendra pas. Ce n'est plus pour toi, tout ça.
- Cette fois, tu dépasses les bornes.

Oui, elle dépassait les bornes et elle n'avait pas l'intention de s'arrêter là. Elle y prenait trop de plaisir et surtout d'amusement.

- C'est que je touche en plein dans le mille.
- Je n'ai plus envie de parler de ça avec toi !

296

Patrice ne savait plus quoi faire, il avait imaginé qu'Emma se mettrait à pleurer, qu'elle allait le supplier, qu'il serait au supplice, car il se verrait coupable, mais il n'aurait jamais envisagé qu'elle puisse se moquer, le rabaisser. Elle allait bientôt le faire se sentir comme un pédophile. Il en perdait tout son esprit de répartie.

- Je te signale que tu m'as invitée ici pour me parler. Tu ne t'en tireras pas comme ça. Je veux tout savoir. Commençons par le début : comment l'as-tu rencontrée et quand ?
- Je ne vais pas te raconter ma vie.
- C'est aussi la mienne, je te rappelle que nous sommes toujours mariés.
- Je veux bien te raconter, mais ça ne fera que te peiner encore plus.

Emma s'amusait de plus en plus. Il la croyait peinée et mettait son ironie et ses moqueries sur le compte de sa souffrance. Il était bien loin du compte. Comme c'était facile de le berner, ce benêt ! Elle ne lui épargnerait rien. C'était elle le maître du jeu.

- Ne te tracasse pas pour moi, raconte.

Patrice ne savait plus où il en était. Il était pris au piège. Il était complètement éteint. On aurait dit qu'il allait se mettre à pleurer, mais ce n'était pas encore assez.

- Non, non, non et non !
- Si tu ne me racontes pas, je fais un scandale.
- Tu n'oserais pas.
- Ah, je te retrouve bien, connard que tu es, je ne t'ai pas demandé de me rapporter tes turpitudes, je te l'ordonne.

Patrice était de plus en plus désemparé, il ne se voyait pas tout déballer. Il n'était pas très fier et d'ailleurs, il n'aurait pas su mettre en mot tout ce qui s'était passé quand il avait rencontré Lola. Pourquoi avait-il entamé cette relation avec cette fille ? Rien à son avantage là-dedans. Il se demandait aussi ce que cherchait Emma et comment elle pouvait se permettre de lui ordonner quelque chose. Une colère soudaine lui serrait la gorge.

- Tu m'ordonnes, c'est nouveau ça ! Tu n'as rien à m'ordonner.
- Ah ! Monsieur se sent mal. Tu l'as bien cherché. C'est quand même moi la victime dans cette affaire.
- La victime, toujours des grands mots. Je te quitte, c'est tout. Ce n'est pas la fin du monde et quand je te vois là, en train de te moquer de moi, je suis enfin persuadé que j'ai raison de le faire.
- C'est vrai, tu as raison de le faire. Et tu sais quoi ? Je viens de me rendre compte que ça m'était tout à fait égal. Tu veux garder ta petite histoire

sordide pour toi, j'en ai rien à faire. C'était juste pour te mettre mal à l'aise, car en ce moment, je jubile de te voir dans le rôle du mari offensé.

- Tu dis que tu t'en moques, mais je suis sûr que ce n'est pas vrai.

- Tu n'as jamais su ce que je pensais. Tu t'es toujours cru le mari idéal devant lequel j'étais béate d'admiration alors que la plupart du temps je te prenais pour un pauvre type.

- Je ne te crois pas. Tu dis ça par dépit.

Emma passait un bon moment et la glace qu'elle savourait à petites cuillerées, lui paraissait divine. Elle avait dit ça pour lui faire mal, elle se demandait pourtant si ce n'était pas la vérité qui venait de lui sauter aux yeux.

- Tiens, au lit, par exemple…

- Je ne te permets pas d'aborder ce sujet !

- Je le ferai quand même. Au lit, tu n'as jamais vraiment assuré.

- Je t'interdis !

Emma sursauta, c'était la première fois que Patrice employait ce ton avec elle. Elle savait qu'elle l'avait atteint. Elle ne se serait jamais imaginée capable d'aller jusque-là.

- Tu n'as rien à m'interdire. Tu croyais réellement que tu étais au top ?

299

- Puisque tu tiens tant à parler de ces choses...
- Importantes ces choses, il me semble, car c'est bien pour ça que tu me trompes.
- Puisque tu y tiens tant, donc, je pourrais te rétorquer que tu n'étais pas insensible à mes prestations. Tu n'étais pas la dernière à prendre du plaisir.
- Tiens, tiens, je ne me savais pas si bonne comédienne.
- Tu simulais !
- Ma mère m'avait prévenue : au lit, tu fais comme s'il était un Dieu qui t'emmène au septième ciel. Quand il se croira le meilleur des amants, il ne voudra pas s'abaisser du haut de son trône à te reprocher quoi que ce soit. Tu auras une paix royale et tu pourras faire ce que tu désires. Fais en sorte qu'il se voit dans tes yeux comme il voudrait se voir. Ça ne coûte rien et ça rapporte. Et tu sais quoi ? Elle avait bien raison. Tu es tombé directement dans le panneau.

Emma s'aperçut qu'elle avait haussé le ton en émettant sa dernière phrase, les voisins de table avaient dû l'entendre. Elle s'était mise à rire. Patrice n'en pouvait plus. Il avait ouvert la porte aux hostilités et il ne savait pas comment se sortir de ce piège. Il avait devant lui une inconnue qui lui révélait tout ce qu'il n'avait jamais pu ou plutôt voulu voir dans son mariage. Aux yeux de cette inconnue qu'était devenue Emma, il n'avait vraiment pas le beau rôle. Certes, il n'était pas particulièrement fier de l'avoir trompée et de vouloir la quitter, mais de là à se faire mettre plus bas que terre, c'était un comble. Il n'avait pas mérité ça. Il ne s'était jamais pris pour Superman, mais il avait toujours été fier de ses performances. Et voilà que cette salope prétendait qu'il était loin de la contenter. Il ne pouvait s'empêcher de se sentir ébranlé par ses assertions. Serait-il un mauvais amant ? S'était-il leurré sur ses pouvoirs ? Pourquoi Lola était-elle avec lui ? Jusqu'à présent, elle ne s'était jamais plainte de ses prestations. Simulait-elle, elle aussi ? Le doute commençait son long travail de sape.

- Est-ce que tu prends du Viagra avec ta minette, tu en aurais bien besoin ? Le samedi soir ne sera pas suffisant. Pour l'instant, tu t'en sors, car tu ne la vois pas si souvent, je pourrais te dire combien de fois par semaine, mais quand vous vivrez ensemble ce ne sera plus la même chose. Sera-t-elle assez patiente pour attendre tes disponibilités physiques ? Ou alors vous pratiquez le sadomaso, tu aurais bien besoin de ça pour être performant.

Patrice ne pouvait plus répondre, elle l'avait atteint au plus profond.

- En tout cas, tu ne vas pas l'épuiser au lit. Et tu comptes la garder comment ? Tu n'es pas assez

301

riche pour compenser tes défaillances sexuelles. Dans deux ans, ce sera fini, elle se sera lassée de toi et tu n'as encore que cinquante ans. Tu trouveras de moins en moins de jouvencelles. Et si elle veut que tu lui fasses un enfant, tu t'imagines à nouveau dans les couches et les biberons. À moins que tu ne sois plus capable de lui en faire un.

Elle avait porté l'estocade, Patrice se leva d'un bond. Il faillit faire tomber la vaisselle et se précipita à la caisse pour payer. Puis il disparut. Il était peut-être soulagé d'avoir enfin quitté sa femme, mais il avait le sentiment que son existence allait devenir un enfer. « Vous qui pénétrez dans cet enfer, perdez tout espoir de retrouver, un jour, confiance en vous. »

Emma finit tranquillement son dessert, elle termina aussi celui que Patrice, dans sa fuite, avait laissé. Elle se renversa sur sa chaise et se mit à penser à ce que serait sa vie sans Patrice. Elle avait bien l'intention d'en profiter. En regardant le garçon qui passait entre les tables, des envies pas très avouables la prenaient.

Jacques et Virginie.

Jacques ne sait plus quoi dire, la froideur de Virginie le crucifie. Aimer sa mère, ce n'est vraiment pas facile. C'est plus fort que lui, dès qu'elle adopte cette attitude, il se voit comme un petit garçon en face d'elle et il déteste ça. Il en arrive parfois à la haïr et ça lui fait mal. Comme en ce moment. Il s'en veut, mais il ne peut pas s'en empêcher. Peut-on vraiment haïr sa mère ? Il y a encore peu de temps, il aurait frémi d'horreur à cette idée, mais en la voyant, là, butée et intransigeante, il découvre ce sentiment qu'elle lui inspire et qu'il avait tenté de refouler.

- Enfin, dis-moi ce qu'il t'a fait pour que tu ne veuilles pas en parler. Je ne suis plus un enfant, je peux tout entendre. Et puis, s'il t'a fait du mal, je n'y suis pour rien. Il a peut-être été un très mauvais mari, mais il aurait pu être un bon père. Tu m'en as sans doute privé.

Virginie ne répond pas. Elle est toujours raidie dans son silence et ne regarde pas Jacques. C'est mauvais signe pour lui.

- Est-ce si terrible que ça ? Il te frappait ? Il te trompait ?
- C'est pire.

- Je ne te crois pas.

Sa mère ne lui avait jamais menti. Pourquoi doutait-il soudain ? Il sentait qu'il était sur le point de savoir enfin quelque chose sur son père. Il voit Virginie prête à flancher. Une idée subite le traverse : et si c'était vrai ? Il s'affole, mais il est trop tard pour reculer.

Virginie sait qu'elle ne pourra pas échapper à la curiosité de Jacques. Il la poursuivra jusqu'à ce qu'elle lui crache le morceau. Elle a résisté jusque-là, mais il a atteint le point ultime. Elle ne veut pas le perdre. Désespérément, elle regarde autour d'elle tous ces gens qui mangent tranquillement à mille lieues d'imaginer ce qu'elle endure. Elle cherche encore une échappatoire, mais dans ce lieu de plaisir, elle ne peut rien trouver pour la détourner de ce qu'elle a à faire. Des années qu'elle a tout fait pour que Jacques ne connaisse pas la vérité, des années en vain. Elle avait toujours redouté ce moment. Elle avait cru y échapper. Au bout de si longtemps ! Mais rien ne disparaît à jamais. Jacques avait mis du temps, il semblait avoir occulté ce passé enfui et il était, à présent, devant elle à lui demander des comptes comme si c'était elle qui avait commis une faute. Elle n'avait jamais fait que le protéger.

Il l'aura voulu, elle capitule, elle n'en peut plus. Elle est presque contente d'en être arrivée là, à se délester de son fardeau. Il parle de la quitter, il va chercher son père, elle va tout lui expliquer. Il en fera ce qu'il voudra.

- Est-ce que tu te souviens de lui ?
- Un peu, j'ai des images d'un homme grand qui m'emmenait partout. Il me parlait gentiment. Je n'ai pas de mauvais souvenirs de lui, mais c'est quand même très vague.
- Je fais de gros efforts pour te raconter ça. Je ne sais pas si je fais bien.
- Tu dois savoir que les secrets gardés font plus de mal que la vérité. J'ai le droit de savoir, quoi que ça puisse être.
- C'est bon, tu as sans doute raison. Quand j'ai connu ton père, je suis tombée très amoureuse de lui. Comme tu l'as dit, il était grand, bel homme et surtout beau parleur. J'étais jeune, naïve, il a fait de moi ce qu'il a voulu. J'étais d'une famille catholique pratiquante, il n'était pas question que nous ayons des relations sexuelles avant le mariage. Il n'a fait aucune objection. Je prenais ça pour une preuve d'amour. Sa famille était aussi très collet monté, tout était donc normal pour moi. J'étais sur un petit nuage, j'avais trouvé l'homme de ma vie, il était charmant et respectueux, c'était ça le bonheur.

La suite n'a pas été à la hauteur. Ma nuit de noces fut un cauchemar. Je ne te donnerai pas les détails, tu es mon fils, mais je peux te dire que j'ai versé pas mal de larmes. Heureusement, ce cauchemar ne se renouvela que très peu de fois. J'en avais parlé à ma mère, mais elle était gênée et m'avait répondu que je devrais m'y faire. Puis je fus enceinte de toi. Il ne m'approchait plus. Comme je te l'ai dit, je ne connaissais rien à toutes ces choses et je trouvais ça étrange, mais normal. Tu peux l'imaginer, ça ne me manquait pas. Par ailleurs, il était plutôt un bon mari, il se préoccupait de moi, n'avait jamais un mot désagréable, il me faisait même des cadeaux, la vie se déroulait sans heurts, je n'étais pas malheureuse. Quand tu es né, j'ai su ce qu'était le vrai bonheur, tout le reste n'avait plus d'importance. Ton père dormait toujours loin de moi. Nous avions assez d'argent pour que je n'aie pas à travailler, je n'avais qu'à m'occuper de toi. Il disparaissait des soirées entières, il prétendait que c'était des sorties avec des clients. Je le croyais, bien sûr, et je n'y voyais aucun inconvénient. J'ai bien eu quelques doutes sur le sexe des clients en question, je n'étais plus aussi naïve, mais je n'essayais pas d'en savoir plus. J'étais une mère, ça suffisait à mon bonheur et je ne voulais pas d'autre enfant. S'il allait donner ailleurs libre cours à ses ardeurs, ça m'arrangeait plutôt. J'avais plus de temps pour toi. Toi, tu grandissais sans problème. Ton père se disait comblé d'avoir un fils. Tout était pour le mieux, du moins je le croyais. Il s'occupait de toi, jouait avec toi et, quand tu as su marcher, il t'emmenait en promenade. Tu étais un enfant gai et facile jusqu'à tes cinq ans. Cette année-là, j'ai dû être hospitalisée pour des problèmes gynécologiques. Je suis restée cinq jours à la clinique. Lorsque je suis rentrée, tu n'étais plus le même : tu ne riais plus, tu ne mangeais plus. Tu te réveillais la nuit en criant et toi qui avais été propre depuis l'âge de deux ans, tu t'étais remis à faire pipi au lit. Je ne comprenais rien. Les médecins ne te trouvaient aucune maladie, c'était probablement mon absence qui t'avait perturbé. À l'époque, on n'allait pas voir de psychothérapeutes. J'espérais que mon retour te ferait aller mieux, mais le temps passait et ton état ne s'améliorait pas. Tu n'étais plus comme avant. Ton père non plus n'était plus comme avant. Il ne jouait plus, il t'emmenait encore quand il sortait, mais tu refusais de le suivre. Alors, il se mettait en colère et te grondait pour un oui, pour un non. Il m'accusait de faire de toi une chochotte comme il disait, de vouloir te garder toujours dans mes jupes. Il devenait dur avec nous. Ça a duré jusqu'à tes sept ans. Tu le fuyais de plus en plus. J'essayais de le persuader d'être plus gentil avec toi, tu étais un bon garçon, facile, obéissant, tu travaillais bien à l'école, je ne voyais pas ce qui motivait vos désaccords.

Il le ressent soudain ce malaise qu'il connaît et qu'il n'arrive pas à définir. Il se revoit enfant, il a peur, il voudrait être ailleurs, être mort. Que se passe-t-il ?

Un jour, ma mère est tombée malade, j'ai dû aller la soigner. Tu voulais à tout prix venir avec moi, mais tu ne pouvais pas manquer l'école. Tu pleurais, tu me suppliais. Ton père s'en est mêlé, il t'a traité de poule mouillée, de chouchou à sa mère. Je suis partie le cœur brisé. Je me rassurais en me disant que s'il était dur, il ne t'avait jamais frappé. Et puis, j'étais inquiète pour ma mère.

Elle n'était pas aussi malade qu'on l'avait cru d'abord. Je suis revenue à la maison plus tôt que prévu. J'étais arrivée en fin d'après-midi. Je n'oublierai jamais ce jour-là. Le silence régnait dans l'appartement. J'étais étonnée, tu devais être rentré de l'école depuis un bon moment. Tu n'avais pas répondu à mon appel. La porte était ouverte, vous n'étiez donc pas sortis. D'habitude à cette heure-là, tu faisais tes devoirs dans le salon. J'ai pensé que ton père était dans le garage ou dans le jardin et que tu étais dans ta chambre. Je voulais te faire la surprise de mon retour, je suis montée silencieusement. Dans les escaliers,

308

j'ai entendu un bruit étrange, comme des gémissements, des halètements…

Virginie s'était arrêtée soudain comme si ce qu'elle avait à dire ne pouvait plus passer ses lèvres. Elle triturait sa serviette de table et gardait le regard fixé sur son assiette. On la sentait prête à défaillir. Plus question de raideur, de colère ou d'ironie, elle faisait presque pitié. Elle avait posé ses couverts et se serrait les mains comme pour se réchauffer. Jacques crut même la voir frissonner. Une angoisse soudaine l'étreignait. Un voile noir était passé devant ses yeux puis s'était déchiré. Il en avait le souffle coupé. Il craignait de se trouver mal. Il essaya de boire un peu d'eau pour se resaisir, mais il avait la gorge si contractée qu'il eut peur de la recracher. Il n'osait pas dire à Virginie de continuer, il sentait qu'il savait ce qu'elle allait dire. C'était encore imprécis, mais ce qu'il pressentait commençait à resurgir des profondeurs où il l'avait enfoui.

Virginie se reprit et recommença à parler. Elle venait de relever les yeux sur Jacques et elle avait compris qu'elle ne lui apprenait plus rien. Pourtant que tout devra être mis en mots et elle devait le faire, car elle avait, elle aussi, enterré, une culpabilité insupportable. Celle de n'avoir rien vu, rien compris.

- Ce que je vis en pénétrant dans cette chambre, aucune mère ne devrait jamais avoir à le voir.

309

C'est innommable, mais puisque j'ai commencé, je dois aller jusqu'au bout. Ton père était assis sur une chaise, le dos tourné à la porte. Je ne te voyais pas. Je remarquai seulement qu'il avait son pantalon baissé sur ses chaussures. Je ne comprenais pas ce que j'avais sous les yeux. J'entendais le son de sa voix rauque qui émettait comme un grognement ininterrompu tout en respirant bruyamment. Puis : ne t'arrête pas surtout. C'est alors que je t'aperçus, à genoux entre ses jambes ouvertes… Non, je ne peux pas continuer !

- Inutile, j'ai compris et je crois que je viens de m'en souvenir.

Tout lui était revenu, d'un coup, tout ce qu'il avait refoulé, il revoyait tout ce que lui avait fait subir son père. Il en percevait l'horreur et se demandait comment il avait pu vivre normalement comme si rien de tout ça ne lui était arrivé. Ce trou dans sa mémoire l'avait sauvé.

- C'est pour ça que j'ai mis ton père à la porte. J'ai menacé de tout révéler s'il se manifestait dans ta vie. Je crois que s'il n'avait pas disparu, je l'aurais tué de mes propres mains. Il l'avait compris, il n'a jamais exprimé le désir de rentrer en contact avec nous. Tu comprends pourquoi je ne pouvais pas te parler de ton père, je ne voulais pas faire revivre cette horreur. Tu semblais avoir tout oublié, c'était mieux ainsi. J'ai peut-être été une mère trop protectrice, mais j'avais tellement peur que tu en aies gardé des séquelles et que ta vie en soit gâchée.

- Je ne sais pas si tu as bien fait, mais je suis persuadée que tu l'as fait en souhaitant mon bien. Confrontée à cette horreur, tu as fait ce que tu pouvais.

- Avais-tu vraiment tout oublié ?

- Oui, j'avais bien de temps en temps des moments de flottement et de malaise inexpliqués, mais ce n'était pas clair. Certainement au fond de moi quelque chose résistait à l'oubli. Merci de m'avoir parlé, j'imagine l'effort que tu as dû faire. Je vais être obligé de trouver un moyen pour faire avec ça. Je crois que je vais poursuivre mon idée de le retrouver, mais cette fois, ce sera pour le confronter à ce qu'il m'a fait.

- Je t'aiderai.

- Merci, maman.

- Tu vas quand même partir ?

- Oui, je ne peux pas faire autrement, mais je ne resterai pas très loin de toi.

Virginie ne dit plus rien. Elle sait qu'il serait inutile d'ajouter quelque chose.

Simon et Alice.

Simon a attaqué son dessert avec un air de profonde satisfaction. Alice ne dit plus rien, elle a posé ses couverts en signe de protestation. Elle n'avalera pas une bouchée de plus. Simon feint d'ignorer son geste. Il enfonce sa cuillère dans le chocolat craquant, il le nappe de crème anglaise et porte le tout à sa bouche avec ferveur ; comme s'il recevait le saint sacrement.

- Non, Simon, tu ne peux pas faire ça !
- Quoi ? Manger cet excellent gâteau. Plutôt mourir que de le laisser.
- Non, je voulais parler de ton idée de n'en faire qu'à ta guise et je suppose, ingurgiter n'importe quoi.
- Ça ne sera pas n'importe quoi : beurre, sucre, viande rouge et alcool, de quoi rendre un homme heureux.
- Et dans un an tu seras mort ou pire réduit à l'état de légume par un AVC ou une crise cardiaque. Si tu n'es pas amputé, diabétique sévère.
- Oui, mais je serai mort ou handicapé heureux, avec un ventre de bon vivant et un teint d'épicurien.
- Tu ne sais pas ce que tu dis, c'est juste pour me contrarier.

Simon se ressert un verre de vin, il est bon, il s'en délecte.

- Si tu buvais un peu d'alcool, tu serais moins coincée.
- Oh !
- Quoi oh ! Tu veux vraiment que je te dise, ça fait des années que tu me fais chier !
- Je t'en prie.

Alice a pâli, elle n'a jamais vu Simon se comporter ainsi. Il a toujours été très correct dans son langage et il ne s'en est jamais pris à elle. Elle découvre un tout nouvel homme.

- Je sais, c'est un mot que tu réprouves comme la bonne bouffe. On devrait être mesuré, jamais le moindre excès. D'ailleurs, en réfléchissant bien, ce n'est pas le terme exact, car avec ce que tu me fais manger, je serais plutôt constipé.

C'en est trop. Alice roule des yeux effarés. Elle en a le souffle coupé. Serait-ce l'alcool qui rend Simon si vulgaire ?

- Qu'est-ce qui t'arrive tu n'as jamais été si grossier.
- C'est vrai, mais tu m'as poussé à bout. Je prends du plaisir à goûter des choses succulentes et tu me gâches tout avec ta gueule de cent pieds de long. Madame réprouve, madame se scandalise.

Ma pauvre Alice, il y a déjà longtemps que j'ai ça sur le cœur. Tu me pompes l'air, tu me castres.

Ça lui faisait du bien. Il n'approuvait pas la grossièreté, mais ça lui faisait tant plaisir de choquer Alice. C'était presque aussi exquis que ce gâteau. Il remuait dans sa tête tous les mots vulgaires qu'il avait à son répertoire. Il se régalait de voir la figure de sa femme. Elle n'était plus la personne calme et toujours mesurée qu'il connaissait, se confortant dans son bon droit. Elle ne savait plus comment se comporter.

- Je te… quoi ?
- Tu as bien entendu, tu n'as pas encore besoin d'un sonotone. Tu es en pleine forme avec tes régimes. Car s'il ne s'agissait que de ta cuisine, mais il y a le pieu tout aussi fade que les carottes Vichy. Là aussi, régime sévère. Ne pas fatiguer le palpitant de monsieur, alors on espace, on bâcle quand on ne peut pas faire autrement. Il ne reste plus grand-chose. Service minimum comme à table. Le pauvre vieux, il est impératif de le ménager. Tant pis si son désir lui remonte à la gorge et l'étouffe. Quoi, avec ce que tu me fais manger, je devrais avoir un cœur de jeune homme et une libido aux taquets qui ne demande qu'à s'exprimer ! Normal, non ? Alors je ne comprends pas tes minauderies et tes airs effarouchés quand je prétends avoir ma part de

314

relations conjugales. Tu pourrais m'expliquer ? Je ne te demande pas de grimper aux rideaux tous les jours. Nous ne sommes plus des tourtereaux et j'ai souvent des pannes, mais un peu de touche pipi de temps en temps, ce n'est pas trop exiger. D'ailleurs à bien y réfléchir, tu ne t'es jamais autorisée à grimper aux rideaux. Tu as toujours pratiqué le sexe édulcoré.

- Simon !
- Arrête de prendre tes airs de duchesse douairière. Tu es outrée, tant mieux. Ça te fera réfléchir. Je ne vais pas te dire que je prendrai une maîtresse, il est un peu tard, mais j'aurais dû le faire depuis longtemps. Je ne vais pas te dire non plus que je te quitte, je n'ai pas envie de m'emmerder à chercher un logement, déménager, mais j'ai bien l'intention de changer les choses. C'est à toi de voir si tu veux suivre. À l'avenir, c'est moi qui choisirai les menus et les séances conjugales. Ou tu t'y plies ou tu t'en vas. Nous n'avons plus tant d'années à vivre et j'entends les vivre à ma manière.
- Je ne sais pas quoi dire, je suis sidérée !
- Parce que je t'annonce que tu vas devoir te décarcasser au pieu ou parce que tu vas devoir mettre du beurre dans les épinards ? Tu verras tout passera mieux, le sexe comme les épinards, il suffit de lubrifier.

- Sidérée ! Je n'ai plus de mots.
- Sidère, sidère, ça ne te tuera pas. Et pour les mots, je te suggère : oui Simon.
- Si je comprends bien, tu vas bâfrer toute la journée et tu vas devenir un vieux lubrique.
- C'est tout à fait ça.
- Je n'accepterai jamais ça !
- Alors tu prends ton baluchon et tu dégages. À moi les bons restaurants et les prostituées. À 72 ans, je vais enfin avoir la belle vie.
- Pas pour longtemps !
- Tu recommences, mais, tu sais quoi, tu me renforces dans mes intentions. Plus tu feras ton cul pincé, plus je me sentirai pousser des ailes, ailes qui m'emporteront bien loin de toi. Et si je n'en ai plus pour longtemps, je rêve de mourir en baisant une femme et la bouche pleine de crème au chocolat. Quelle belle mort !
- Je te tuerais plutôt !

Alice avait dit ça calmement, comme si elle avait préparé la phrase depuis longtemps. Simon crut avoir mal compris. Il avait toujours pris Alice pour une femme droite et stricte. Et voilà qu'elle lui annonçait qu'elle pourrait le tuer comme si elle lui annonçait qu'elle avait étendu son linge.

- Tu quoi ?

316

- Toi non plus tu n'as pas besoin de sonotone. J'ai dit que je te tuerais plutôt.
- Non ! Pas une mort bête, un éplucheur à légume dans le cœur ou le crâne fracassé par un hachoir à viande, pitié !

Mieux valait en rire. Pourtant, il sentait que ses plaisanteries tombaient dans le vide.

Simon comprenait qu'elle ne blaguait pas. C'était à son tour d'être abasourdi. La détermination avec laquelle Alice avait annoncé ça le laissait pantois. Il la regardait comme il ne l'avait jamais fait.

- Cinquante ans que je suis aux petits soins pour toi, j'ai élevé ton fils, j'ai fait tout ce que j'ai pu pour que tu vives dans un environnement impeccable, j'ai veillé sur ta santé, je n'ai jamais connu d'autre homme que toi, je n'ai jamais vécu que pour toi et tu me sors toutes ces horreurs. Si tu deviens cet homme que tu veux devenir, que tu me piétines, je te tuerai et ce n'est pas un vin mot. De savoir que j'aurais fait tout ça pour rien, je ne le supporterais pas. Rassure-toi, je ne te survivrais pas, je me tuerais juste après. La nourriture serait trop malsaine pour moi en prison.

Simon ne savait plus quoi lui répondre. Il en avait perdu le fil de son raisonnement. Alice ; son Alice qui parlait de

317

le tuer comme d'éplucher une pomme de terre. Eau dormante, la plus traître. Toutes les femmes sont-elles comme ça, sans aucune mesure ? Et comment ferait-elle pour me faire passer de vie à trépas ? Ils n'avaient pas d'arme à la maison et l'éventration ferait des taches sur le carrelage impeccable de la cuisine. Ah oui, le poison, le bouillon d'onze heures, ça ne le changerait guère du bouillon de légumes insipide.

Elle n'a pas ri en le menaçant, pas le plus petit rictus. Elle est toujours raide, inatteignable dans ses hauteurs. Comment en sont-ils arrivés là ? Elle parle quand même de le tuer ! C'est à son tour d'être sidéré.

- Eh bien, tu feras ce que tu voudras. Grâce à toi, je ferai un mort en bonne santé.

C'est tout ce qu'il avait trouvé. Il essayait de s'en sortir par l'humour, mais il voyait que ce n'était pas la bonne manière. Alice était toujours aussi froide et gardait son sérieux.

- Je n'ai pas envie de rire. Je suis sérieuse.
- Non, tu ne ris jamais, c'est aussi une de tes caractéristiques. Tu es triste. Comme un croque-mort. Je crois que tout est dit. Je finis mon dessert, on rentre, je te dépose chez un armurier. Pour ma part, je vais aller boire un café ailleurs, tout seul. Bon anniversaire de mariage, ma chérie.

318

Il voulait à tout prix avoir le dernier mot, mais il n'était pourtant pas rassuré sur leur avenir.

Paul et Kévin.

Paul se sent de plus en plus mal. Il a devant lui ce jeune homme qui ne ressemble à aucun des autres qu'il a pu amener dans son lit. Lui qui croyait pouvoir faire face à toute situation, piétinait lamentablement. Il a envie de ce garçon, mais il ne sait vraiment pas comment le prendre. Sa psychologie est mise en défaut. Kévin résiste à toutes ses tentatives de séduction. Paul doute de lui, ce qui lui arrive très rarement, et ce doute risque de le mettre en colère, il sait que ça pourrait lui ôter toutes ses chances de parvenir à ses fins. Il lutte contre son impatience tout en essayant de paraître le plus calme possible. Il n'a pas refusé, il a même semblé prêt à l'expérience. Pourtant, Paul ne le sent pas.

Kévin pour sa part voudrait faire confiance à Paul, mais il se demande ce qui va suivre, quand tout aura été accompli. Pas question de laisser s'installer une liaison qui pourrait être le secret de Polichinelle. Il avait comme tous les autres étudiants, entendu parler des aventures du maître avec des jeunes. Ces jeunes se moquaient bien qu'on les associe aux jeux sexuels du professeur. Lui ne pourrait pas. Il n'assumerait jamais de passer aux yeux de tous pour une tapette, une tantouse. Il ne le supporterait pas. Il n'avait qu'une seule peur : que Paul fasse de lui son petit ami officiel. Il voulait que tout reste dans la clandestinité dans le secret le plus total. Si ses parents au fin fond de leur campagne venaient à connaître la vérité, il ne pourrait plus jamais remettre les pieds chez eux. Inenvisageable pour lui ! De plus, ils lui couperaient les vivres et comment pourrait-il finir ses études auxquelles il tenant tant pour avoir la vie dont il rêvait. Il était hors de question de se faire entretenir par Paul ce qui l'enchaînerait à lui irrémédiablement. Il se sentait pris dans une souricière, entraîné par ses désirs, ses besoins tout en sachant ce qu'il risquait.

Et puis, il n'aimait pas Paul, il l'admirait, mais cela ne suffisait pas. S'il acceptait de franchir le pas avec lui, c'est qu'il était curieux de connaître enfin les plaisirs correspondant à son inclination, mais il n'en voudrait pas plus. Il n'en était encore qu'au stade de la recherche et selon ce qu'il découvrirait, il prendrait alors un parti. Pour l'instant il n'avait pas la moindre idée de ce qu'il ressentait réellement. C'était trop nouveau pour lui. Il s'était toujours refusé d'envisager ce qui pourrait advenir le jour où ses penchants seraient trop forts et qu'il éprouve le besoin le plus urgent de passer à l'action pour échapper à la souffrance qu'il ne pouvait plus supporter. À présent, il avait atteint le point où le refoulement et la frustration menaçaient de le détruire. Mais il était terrifié. Essayer de se soulager au moins une fois, c'était comme sauter à l'eau quand on ne sait pas nager et il n'avait pas de bouée.

- Tu es bien silencieux ? Je croyais que tu te détendais après notre conversation.
- Je réfléchis.
- Tu m'as pourtant dit que tu avais pris ta décision, que tu étais partant pour tenter l'expérience.
- Oui, je l'ai dit, mais ce n'est pas ça, je pense à après.
- Pourquoi penser à après, tu verras bien.
- Je n'aime pas aller vers l'inconnu, j'aime que les choses soient planifiées bien à l'avance. Ça évite bien des surprises et, sur ce chapitre, je ne veux pas en avoir.
- Quelles surprises voudrais-tu avoir ? Tu n'es pas si naïf quand même ! Même si tu ne l'as jamais fait, tu sais très bien comment ça se passe.
- Oui, je sais, je ne parle pas de l'acte, je ne veux pas que ça se sache. Je ne veux pas être lié à vous.
- On n'avait pas dit qu'on se tutoyait ? Et je ne vois pas en quoi tu serais lié à moi. Je n'ai jamais attaché personne sinon pour quelques jeux, mais c'est une autre histoire.
- Ce que je veux dire c'est que personne ne doit être au courant. Tout se répète à la fac, j'ai entendu beaucoup de choses sur vos relations avec des étudiants. Et puis je ne sais pas si j'aurais envie de recommencer.

Paul sent une aiguille lui percer le cœur. Ce garçon est plus coriace qu'il ne le supposait ou alors, c'est lui qui est plus fragile qu'il ne le pensait. Il n'avait, jusqu'alors, jamais envisagé la suite. Pour lui, elle allait de soi. Ils auraient de bons moments à passer et après à Dieu vat ! Pourquoi ressentait-il cette doulcur subite ?

-   Tu es et tu seras entièrement libre.
-   Vous êtes sûr que vous ne me retiendrez pas ?
-   Ce n'est pas dans mes habitudes.

Ce n'était pas dans ses habitudes les autres fois. Il n'avait jamais vraiment été engagé émotionnellement. Ou si peu. Il avait quelquefois souffert en voyant partir un de ses jeunes amants. Il s'en était remis. « Un clou chasse l'autre » avait-il coutume de dire. Y aurait-il un clou qui chasserait Kévin ?

Comment pouvait-il être sûr de son comportement cette fois. C'était pour lui aussi, une première. Et s'il allait se mettre à supplier Kévin, s'il souffrait trop de le voir s'éloigner, il pourrait alors s'avérer un barbon pathétique et dégoûter Kévin. Il avait beau repousser cette idée de toutes ses forces, elle creusait son cerveau comme un ver obstiné. Il se sentait si vieux devant Kévin et près de devenir ridicule.

- Il n'est pas question que quiconque sache ce que je suis et je ne veux aimer personne, encore moins qu'on m'aime.

Voilà, c'était dit, il avait osé le dire, il s'était libéré. Mais comment faire pour que Paul ne fasse pas tout capoter ? Il y avait été un peu fort. Il aurait dû laisser les choses venir, mais un sixième sens lui faisait entrevoir quelque chose qui ne lui plaisait pas. Les yeux de Paul étaient trop brillants quand ils se posaient sur lui, le ton était plus impatient, plus pressant même si les mots restaient neutres. Il ne savait pas ce que c'était. Il n'avait jamais aimé et n'avait jamais été aimé par un homme, seulement une lanterne rouge s'était allumée : danger !

- Écoute Kévin, on est au vingt et unième siècle et s'il n'est pas utile d'aller le crier sur les toits, ce n'est pas une infamie d'être homosexuel. Il y en a même qui se marient et qui vivent en couple. Je ne te demande pas de m'épouser, cependant, je refuse d'être honteux de ce que je suis.
- Je ne veux pas qu'on le sache, c'est mon droit non ?
- Tout à fait. Pour toi, je veux bien le cacher.
- On verra !

Cette fois, Paul recevait ces mots qui lui faisaient mal. Il n'aurait jamais imaginé être à ce point touché. Paul n'avait jamais renié ce qu'il était. Né dans un milieu très

324

tolérant malgré l'époque, ses parents avaient très bien admis son homosexualité. Il ne pouvait pas comprendre Kévin. Il refusait de se voir traité comme un amant qu'on devait cacher à tout prix. Malgré tout il n'envisageait pas de renoncer à Kévin, il voulait ce garçon, mais il avait réalisé que Kévin serait son bourreau. Il était trop tard, il ne l'avait pas vu venir. Il avait devant lui le garçon de ses rêves et il le piétinait en lui faisant se sentir sale. Il lui faisait comprendre qu'il avait honte et il se demandait s'il ne le dégoûtait pas. Il tremblait devant ce puceau à principes, il était fichu. Il commençait à payer ce qu'il n'avait pas encore eu. Il allait faire une dernière tentative, la jouer plus fine. Il avait deviné toute l'envie de Kévin de se laisser aller, de découvrir avec lui, un plaisir qu'il n'avait jamais connu. Il avait senti que malgré ses doutes et ses hésitations il était très excité et que les besoins de ses sens le submergeaient. Il savait reconnaître les signes. Il allait faire en sorte que Kévin voit disparaître sa seule chance de goûter enfin aux plaisirs défendus. Ça le ferait sans doute réagir.

- Ce n'est pas ainsi que j'envisageais notre relation. Je refuse d'en faire quelque chose de dégradant à cacher. Je veux bien ménager ta susceptibilité vis-à-vis de la société, mais je ne peux accepter de me comporter comme un garnement qui a volé des bonbons à mon âge. Je pense sincèrement que nous devrions renoncer à aller plus loin. Tu n'es

325

pas mûr et j'ai passé l'âge de jouer au vilain tentateur. Je ne serai pas celui qui te corrompt, celui qui te rendra coupable, qui fera que tu te dégoûtes toi-même. Je te proposais de te faire découvrir ce que tu étais et ce que tu désirais vraiment. Mais tu ne le sais pas et tu veux continuer à ne pas le reconnaître, je le sens bien. Si ça ne te convient pas, restons-en là. Dommage pour toi. Retourne cacher la honte de ce que tu es. J'aurais pu t'apporter un peu de bonheur, mais pas dans ces conditions. Je ne suis pas fâché. Tu n'es pas encore prêt, pas assez mûr. Je n'ai pas le temps d'attendre. Ne crains rien comme je te l'ai promis, tu ne verras aucune différence dans mon comportement en tant que professeur. Je suis déçu, mais ça ne regarde que moi, tu n'en feras pas les frais.

Maintenant, terminons ce repas et séparons-nous, je ne dirais pas bons amis, mais comme des personnes civilisées.

Kévin ne dit plus un mot. Il a compris qu'il n'avait plus rien à espérer de Paul. La petite fenêtre qui s'était entrouverte venait de se refermer. Il retournerait à ses angoisses et à ses frustrations, mais il ne pouvait pas faire autrement. Il termina son dessert qui avait un goût amer, le goût des possibles avortés, déclina l'offre d'un café puis, le dos courbé, les yeux sur ses chaussures de peur de croiser le regard d'un des garçons de salle, il quitta l'endroit.

Paul avait le cœur en lambeaux, Kévin le lui avait déchiqueté. Il n'avait pas marché. Paul apprenait ce qu'était un chagrin d'amour. Quelques heures plus tôt, il en aurait ri. Il avait encore du mal à comprendre ce qui venait de lui arriver. Il le regarda partir. Il n'avait même pas de ressentiment, mais de la peine pour Kévin qui allait s'enfoncer dans une vie de renonciation triste à pleurer. Il réalisa , tout à coup, qu'il allait devoir subir sa présence à chaque heure de cours, ce serait intolérable. Pour la première fois dans toute sa carrière, il envisageait de se faire porter pâle.

Le dos voûté, l'oeil fuyant, le garçon traînait avec lui toutes les marques de la honte, mais aussi du malheur et du désespoir. « Pourvu qu'il n'aille pas mettre fin à ses jours ! » fut la dernière pensée de Paul quand il a disparu au coin de la rue.

Lui, il chercherait un autre amant, mais il savait que ce ne serait jamais plus pareil. Kévin avait, sans le vouloir, ouvert une porte dans les sentiments de Paul.

Richard et Annabelle.

Ils y croient. Ils ont, devant eux, une nouvelle vie. Mais n'est-ce que l'euphorie du moment, du cadre, de l'ambiance qui leur fait voir tout plus beau que la réalité ? C'est lorsqu'il a attaqué la viande qu'une pensée a jailli dans l'esprit d'Annabelle. Richard portait un dentier. Elle l'avait remarqué. Bon, il n'y avait rien d'exceptionnel. Il n'était plus un jeune homme et il était d'une génération où les soins dentaires n'étaient pas encore au Top. Qu'importait l'état de la dentition de Richard ! Pourtant une brindille s'était glissée dans l'image idyllique qu'elle s'était forgée.

-   Elle est délicieuse cette viande, elle fond sous la dent.

C'était comme si Richard avait deviné ses pensées. Annabelle se sentit rougir. Elle se mit à toussoter pour le cacher. En baissant la tête, elle porta son regard vers les mains de Richard. Elle les trouva vieilles et tachées. Elle ne l'avait pas remarqué jusqu'alors.

-   Tu n'as pas encore touché à ton poisson.
-   Je rêvassais.
-   Ah oui, puis-je savoir à quoi tu pensais ?
-   À des âneries.

- Je ne dédaigne pas les âneries, dis-moi.

Elle allait devoir lui mentir. Elle ne pouvait pas faire autrement. Elle ne se voyait pas lui parler de son dentier et des taches sur ses mains.

Annabelle détestait mentir, c'était, pour elle, se discréditer à ses propres yeux. Elle l'évitait autant que possible, mais quelquefois, elle ne pouvait s'en dispenser, elle en était désolée.

- Le barman, là, il a un drôle de nez.
- Tu crois, je n'en ai pas l'impression, c'est certainement un reflet de la lumière qui te fait le voir ainsi, plus gros qu'il n'est. C'est un très beau garçon. Ce n'est pas parce que tu me considères comme un homme irrésistible que tu ne peux en regarder un autre et le trouver charmant.

Richard avait senti comme un moment de gêne chez Annabelle. Il ne comprenait pas et ça le contrariait. Il n'osait pas lui en demander la cause, mieux valait essayer de plaisanter.

- Tu as raison, tu vois ce n'étaient que des bêtises.
- Je suis très physionomiste. Sais-tu que c'est une science très intéressante ? On peut connaître des tas de choses rien qu'en regardant le physique des gens. J'ai lu un livre sur la physiognomie, c'est

ainsi que ça s'appelle. Il m'a passionné et depuis, je lis tout ce que je trouve sur le sujet. C'est controversé, mais certains criminologues y ont recours pour évaluer un suspect. Je m'amuse parfois à donner des traits de caractère à une personne rien qu'en observant sa physionomie.

- Qu'en as-tu déduit quand tu as étudié la mienne ?
- D'abord je ne l'ai pas étudiée, je me suis contenté de l'apprécier.
- Mais quand même, tu as dû en deviner des choses.
- Rien que du positif, je t'assure.

Elle n'était pas rassurée et elle pensait qu'il avait pu, lui aussi lui mentir. Avec son foutu machin chose, elle se sentait jugée et ça ne lui plaisait pas. Il avait peut-être vu des traits de son caractère pas très avouables, il ne voulait pas lui dire de peur de la faire fuir.

Et Richard s'élance dans une discussion enflammée sur le sujet qui semble lui tenir très à cœur.

Annabelle ne peut que l'écouter, mais elle n'en a absolument rien à faire de sa physiomachinchouette. Elle aimerait l'arrêter, mais elle n'ose pas. Elle prend soudain conscience qu'il l'ennuie au plus haut point. Tant qu'ils parlaient d'eux, tout allait bien, mais elle a le sentiment que tout dérape. Il lui cite une liste de noms qui font référence en la matière selon lui. Il lui donne des exemples et ça n'en finit plus. Elle ne l'écoute plus et se concentre sur son assiette. Elle a même l'impression qu'il l'a complètement oubliée.

Elle a alors l'atroce vision d'un couple attablé dans sa maison, il pérore, elle s'ennuie. Elle voudrait l'arrêter en lui coupant la parole.

- Ça me rappelle un roman que j'ai lu il n'y a pas longtemps, d'un auteur américain dont je ne me souviens plus du nom. Un homme était accusé injustement d'un meurtre, car un profiler s'acharnait sur lui. C'était terrible, on tremblait pour ce pauvre homme.
- Je ne lis jamais de romans, c'est une perte de temps.
- Il existe de très bons romans qui abordent de sujets intéressants.
- Un roman reste un roman. Je ne lis que des traités, des essais, des livres historiques, enfin du sérieux. Et pour en revenir à la physiognomie…

Annabelle décroche. Elle commence à se demander si son rêve n'était pas trop beau. Elle y avait cru pourtant, elle se sentait réellement attirée par Richard, mais était-ce suffisant pour s'engager ? Ils ont passé le stade de la découverte, celui de la rencontre, celui de la cour de Richard, il est temps, à présent, d'envisager l'avenir et voilà qu'elle se laisse pénétrer par ces pensées négatives.

Richard ne se rend compte de rien, il parle, il parle, il est heureux, il a trouvé quelqu'un à qui parler et c'est son sujet de prédilection. Sans doute, croit-il éblouir Annabelle par son savoir.

Annabelle se pose alors la question : ont-ils abordé les sujets de fond ? Et qu'est-ce que les sujets de fond ? Elle qui avait senti au début du repas qu'il pourrait être le deuxième homme de sa vie se trouve à présent devant un parfait inconnu. C'est ce qu'elle voit en Richard : un étranger. Elle s'est emballée un peu trop vite. C'est la frustration qui l'a induite en erreur. Elle cherchait un homme et le premier qui s'est montré intelligent, gentil, attentionné, elle s'est précipitée sur lui. Elle devait reconnaître que Richard sortait du lot de tous ceux qui s'étaient présentés. Oui, elle s'était laissée entraîner par ce besoin pressant d'avoir à nouveau un homme dans sa vie. Elle avait oublié qu'elle devrait passer le reste de sa vie avec lui.

Elle lui avait assuré que la différence d'âge ne la gênait pas, elle avait été sincère, mais seulement parce qu'elle n'envisageait que le futur proche. Elle avait voulu se persuader que ça n'avait pas d'importance, elle n'en était plus aussi sûre. Son dentier, les taches sur ses mains avaient allumé une petite lampe dans son cerveau. Il était beau et semblait solide, mais pour combien de temps encore ? Il deviendrait une très vieille personne et elle n'avait pas envie de ce poids dans sa vie. Elle n'avait pas connu ses grands-parents et ses parents n'avaient pas vécu assez longtemps pour devenir très âgés. Elle n'en avait jamais côtoyé. C'est sans doute pour ça qu'elle n'y avait pas songé tout de suite. Et s'il était sénile, handicapé, dépendant ? Elle ne se voyait pas infirmière, garde-malade. Voilà à quoi elle pensait tandis que Richard dissertait.

Il avait dû se rendre compte qu'elle ne l'écoutait plus.

- Je t'ennuie peut-être avec mes histoires.
- À vrai dire, je n'y comprends pas grand-chose.
- Au début ça peut paraître étrange, mais quand on s'y plonge, on a toujours envie d'en savoir plus.
- Pas moi !

C'était sorti comme ça sans qu'elle ait eu le temps d'y penser. Et Richard se réveille enfin. Effectivement, il avait totalement oublié Annabelle.

- C'est donc vrai que je t'ennuie. Je te demande pardon. Que veux-tu, je suis déjà avancé en âge, mais j'ai toujours la volonté de m'instruire.
- Pas moi !

Elle ne savait plus répondre que ça. Ce sont les seuls mots qui lui venaient à la bouche. Richard prit alors conscience de son changement d'attitude.

- Il y a quelque chose qui ne va pas ? C'est moi ?

-   Non, c'est moi. Je dois être honnête avec vous.

Elle avait, sans s'en rendre compte repris le vouvoiement. Elle ne désirait plus poursuivre cette histoire. Elle se sentait mal avec lui. Elle aurait voulu trouver les mots pour ne pas lui faire de peine, il ne le méritait pas. Elle n'avait jamais eu à faire ça et ne savait pas comment s'en sortir.

-   Je me suis emballée et je le regrette. Je ne sais pas ce qui m'a pris. Tout est allé trop vite. Je ne suis pas à l'aise.
-   Ai-je dit quelque chose qui vous a déplu ?
-   Pas du tout. Je vous répète que vous n'y êtes pour rien. Je suis navrée, je vous ai donné de faux espoirs, je suis navrée et je vous présente toutes mes excuses. Il est temps que je me retire.

Annabelle ne sait plus comment s'en sortir, mentir encore ! Être vieux et ennuyeux n'est pas de sa faute. Elle s'en veut. Si elle avait été plus vigilante au lieu de rêver au prince charmant, elle n'en serait pas réduite à chercher une échappatoire. On ne l'y reprendra plus. Elle allait cesser sur-le-champ de croire au père Noël et surtout aux sites de rencontre. Elle était trop bête.

Richard reste abasourdi. C'était trop beau. Il lui en voulait de lui avoir fait miroiter le paradis, mais il la comprenait. Il aurait dû se méfier quand elle lui avait dit qu'il n'était pas trop vieux pour elle, mais il s'était tellement enflammé qu'il avait tout pris pour argent comptant. Il refusait de croire qu'elle lui avait menti, elle n'avait tout simplement pas mesuré ce que cela signifiait vraiment. Elle avait mis du temps avant de comprendre qu'elle se trompait. C'est ainsi qu'il essayait de se persuader qu'il ne s'était pas fourvoyé lui-même en lui faisant confiance.

- Finissons au moins le repas.
- Excusez-moi encore, je ne suis pas fière de moi. Je vous souhaite bonne chance, vous le méritez. Et merci pour ce magnifique repas.

La honte l'accable. Elle ne pense même pas à lui proposer de partager la note. Elle n'a plus qu'une envie, être le plus loin de Richard possible.

Elle se lève très vite, en sortant, elle croise le regard du serveur. Il a environ son âge et elle le trouve très beau. C'est un homme comme ça qu'elle voudrait. Arrivée dans la rue, elle court pour s'éloigner au plus vite de Richard. Elle a honte, mais elle se sent soulagée. Elle a le sentiment d'avoir échappé à un péril. Richard prend quand même le temps de déguster son dessert. La tristesse commence à le gagner. Il y avait cru. Mais ça n'avait duré qu'un moment, le temps d'un repas. Il regrettera cette femme. La prochaine fois, s'il y a une prochaine fois, il fera attention de choisir une femme de son âge.

André.

Non, rien n'a changé. Ils sont toujours là, ils n'ont pas bougé. Le père et sa fille ou autre chose. Pour moi, c'est sa fille, elle n'a rien d'une allumeuse, lui rien d'un pédophile. Elle a toujours sa tête d'ado dégoûtée de tout et lui essaie en pure perte de communiquer avec elle. Tiens, la voilà qui s'en va. C'était à prévoir.

Chez les vieux, toujours le même ennui, celui de ceux qui n'ont plus rien à se dire depuis des lustres. Ils font semblant parce qu'ils n'ont plus d'autre idée.

Les quinquas ne cherchent plus à donner le change, ils sont muets et regardent autour d'eux pour trouver de quoi passer le temps. S'ils l'osaient ou s'ils étaient dans une gargote, ils sortiraient leurs Smartphones et attaqueraient un jeu débile.

La vieille et le faux jeune ont, par contre, beaucoup de choses à échanger. Ça chauffe. Dommage que je ne puisse participer à la discussion animée. Le chignon de la femme pourtant strict en est tout ébranlé. Il n'arrivera jamais à la faire changer d'avis. Même un aveugle s'en rendrait compte, mais lui continue à espérer.

Le dernier couple à droite joue la carte de la séduction. Deux pigeons sur le retour qui roucoulent.

Les deux homos n'en ont pas fini. Mettra dans son lit, mettra pas ? Il a pas mal d'atouts dans sa manche, beau costume, chaussures sur mesure, un portefeuille bien garni, de quoi gâter le jeune mal fringué.

La vie quoi !

Je savoure doucement mon arabica. J'ai passé, comme toujours, un excellent moment à animer tout ce petit monde. Il ne me reste plus qu'à rentrer chez moi retrouver mon ordinateur pour vous faire part de mes élucubrations.

La semaine prochaine je retournerai à l'Excelsior pour rencontrer d'autres compagnons de table.